BARBARA BELLOMO

LA CASA DEL CARRUBO

ROMANZO

SALANI EDITORE

ISBN 978-88-310-0470-1

Questo romanzo è un'opera di fantasia che muove i passi da eventi storici realmente accaduti (vedi note dell'autore alla fine del libro)

Il marchio commemorativo dei 160 anni
è disegnato da Mimmo Paladino

Gruppo editoriale Mauri Spagnol, Milano
www.salani.it
Per essere informato sulle novità GeMS
visita www.illibraio.it

LA CASA DEL CARRUBO

A Nunzio
e al sentimento del tempo

Ammiro chi resiste,
chi ha fatto del verbo resistere carne, sudore, sangue,
e ha dimostrato senza grandi gesti che è possibile vivere,
e vivere in piedi anche nei momenti peggiori.

Luis Sepúlveda, *Le rose di Atacama*

Capitolo 1

Casablanca, 23 Gennaio 1943

Il tenente Albert Sullivan osserva l'edificio di cemento bianco dalle forme arrotondate che si staglia contro il cielo azzurro. Quella parte dell'albergo gli ricorda la torretta di una nave. E lui di navi da guerra negli ultimi anni ne ha viste davvero tante.

Il giovane calcia con lo stivale di cuoio nero una pietra sul vialetto di terra battuta. Il sassolino rotola giù, verso il prato. Intanto, in lontananza, Albert vede radunarsi diversi uomini in divisa. Fra tutti spicca Roosevelt con il suo completo chiaro. Ha sempre ammirato quel presidente democratico avanti negli anni, capace con la sua politica economica del New Deal di cambiare il destino degli Stati Uniti. Conoscerlo in carne e ossa, circondato dai capi di stato maggiore, è per lui un grande onore. Un onore che deve a Eisenhower. È stato lui a volerlo lì.

Ma perché il generale lo ha richiamato dal fronte aperto a Tunisi? Cosa sta per accadere a Casablanca?

Da giorni Albert non si domanda altro.

I pensieri si interrompono quando gli appare davanti, di sfuggita, la propria immagine riflessa nella vetrata di una delle sale dell'hotel. Per un attimo osserva compiaciuto il suo volto. Il naso dritto, il viso squadrato, la bocca carnosa gli donano un'aria interessante. Ma è la giacca di panno marrone con la cintura in vita e i gradi da tenente a catturare la sua attenzione. Finalmente è arrivato dove voleva.

Dall'interno sente arrivare il suono di un grammofono. Qualcuno ascolta la canzone di Glenn Miller *In the mood.* La melodia gli regala la sensazione di un caldo abbraccio. Ma dura un attimo.

Una voce si alza e la musica si interrompe bruscamente.

Albert riprende a camminare. Dallo stesso vialetto da cui scende, sale la lunga fila di soldati dalla divisa beige che presidiano la zona. Si muovono in marcia e il suono cupo degli stivali sul suolo è cadenzato in lunghi tonfi.

Lui si scosta, li lascia passare e riprende la discesa. Con nuova lena.

Arriva nello spiazzo dove sono i capi maggiori, assediati da giornalisti e fotoreporter. Drizza la schiena e liscia l'uniforme. Un gesto che mal cela il suo nervosismo. È abituato a gestire gli eventi e a dominare, se serve, la paura, ma a ventisette anni non ha ancora smesso di placare la curiosità e l'attesa lo innervosisce. È quello, lo sa, il suo punto debole.

Dopo il saluto militare entra nell'albergo e attraversa il lungo corridoio che conduce alla sala della conferenza. È luminosa. Al centro un imponente tavolo rettangolare di mogano lucido. Sopra, disposti in ordine, ventiquattro calamai e ventiquattro blocchi di fogli bianchi. Intorno altrettante sedie. In fondo, alla parete, una gigantesca carta geografica del Mediterraneo.

Sullivan scorge un uomo già seduto. Indossa un vestito scuro, una camicia bianca e un farfallino a pois. Tra le dita tozze della mano destra tiene un grosso sigaro, che ogni tanto porta alle labbra, senza fretta. Nell'altra mano un fazzoletto di stoffa bianca, con cui deterge il sudore. Albert non ha dubbi su chi sia: Winston Churchill. Troppe volte ha visto il suo volto sui giornali per sbagliare.

A quel punto si gira e lascia scorrere lo sguardo tra le persone ancora in piedi: due ufficiali francesi parlano fittamente con

Charles De Gaulle. Poco discosto un uomo alto e magro, con il naso adunco e gli occhi di un intenso celeste. È il generale britannico Harold Alexander. Sullivan si sofferma su di lui per una manciata di secondi. L'uomo che ha condotto la ritirata alleata a Dunquerke, che ha evacuato la Birmania e che ora opera nell'Africa del Nord sembra avere l'aria molto soddisfatta. Sotto i baffi castani le sue labbra sottili nascondono un sorriso inespresso. Intanto Franklin Delano Roosevelt osserva assorto la cartina dell'Europa alla parete e scaccia una mosca dalla fronte corrugata. Dopo scambia un'occhiata di intesa con Winston Churchill e prende posto accanto a lui.

E quasi che quel gesto indichi un ordine, tutti gli alti ufficiali si accomodano intorno al tavolo.

I rumori sembrano avere abbandonato improvvisamente la stanza per lasciare posto solo al ritmo dei respiri.

A rompere il silenzio è Churchill. La sua faccia rotonda con il mento sporgente e con le labbra sottili non mostra alcuna emozione e il tenente Sullivan, rimasto in piedi insieme ad altri, si chiede cosa passi davvero nella mente di quell'uomo che, accantonata la politica di *appeasement* del suo predecessore – Neville Chamberlain – ha di fatto guidato l'Europa verso la guerra.

« Attaccheremo il cuore molle dell'Europa centrale, entrando dalla Sicilia. L'isola sarà la nostra porta d'ingresso ». E ancora: « Per questo oggi siamo stati raggiunti anche dal generale inglese Harold Alexander e da quello statunitense Dwight Eisenhower ».

Albert spalanca gli occhi con aria sorpresa e si volta verso Roosevelt. Lui come tanti credeva auspicabile un bombardamento congiunto delle aviazioni inglesi e statunitensi sulla Germania o al limite un attacco all'Europa centrale dalle coste francesi. Cosa c'entrava quell'isola quasi dimenticata nel Mediterraneo? Cosa avrà da aggiungere il presidente degli Stati Uniti?

Roosevelt scioglie ogni possibile dubbio. Annuisce e conferma: « La Sicilia si frappone tra l'Africa e l'Italia. A oggi è l'unico bersaglio nel raggio d'azione dei velivoli di base a Malta e in Nord Africa. È per questo che attaccheremo lì ».

Churchill aspira una lunga boccata dal sigaro, mentre il suo volto si apre in un sorriso indecifrabile. Poi riprende: « Il comandante in capo sarà il vostro Dwight Eisenhower, ma ora lasciamo la parola al nostro Sir Harold Alexander, così che ci possa illustrare l'operazione Husky. A lui saranno affidate le forze di terra ».

Capitolo 2

Catania, 15 aprile

Un suono cupo, lungo e insistente.

Il professore Floridia smette di scrivere, poi alza le spalle e riprende a lavorare. È ormai abituato a quel sibilo acuto e incessante che giunge improvviso, di giorno e di notte. Nell'ultimo mese ha sentito almeno trenta allarmi. Fino a ora seguiti da un lungo silenzio. L'unico bersaglio è sempre e solo il lontano aeroporto di Fontanarossa.

Quella mattina però c'è qualcosa di diverso. Il prefetto ha sospeso le lezioni e ha rimandato alunni e professori a casa.

'Poco importa. Sarà l'ennesima precauzione. In fondo sono mesi, da Natale, che la scuola viene chiusa a singhiozzo' pensa. Ne approfitterà per completare la correzione delle bozze del libro di grammatica greca, ormai prossimo alla pubblicazione.

Il suono cessa.

Sospira. Ancora una volta è tornata la calma.

Ma è solo un'illusione.

Lo sente.

Il boato questa volta è assordante.

Vittorio Floridia sgrana gli occhi, preoccupato.

Le pareti e il tetto sembrano muoversi. Una crepa segna il muro a zig zag. Le finestre esplodono. La porta rovina a terra, seguita dai calcinacci. La libreria ondeggia più volte fino a che i volumi dell'ultimo palchetto cadono sul pavimento sollevando una nuvola di polvere.

Il suo primo pensiero corre alla moglie e ai figli. Unico conforto è sapere che in quel momento sono tutti in casa.

Scatta in piedi.

La penna rotola sui fogli e lascia una grande macchia di inchiostro. In un altro momento avrebbe imprecato. Ma ora, mentre guarda le carte piene di antichi caratteri, comprende per la prima volta l'inutilità del tutto. Del suo tutto, fatto solo di parole e di passato. Deglutisce e senza accorgersene sistema la camicia nei calzoni, abbottona bene il panciotto e liscia i baffi neri. Infine muove i primi passi verso il salotto.

«Agata! Agata!» La voce è ora concitata.

Lei è lì, appoggiata alla parete, in piedi. Il volto delicato e bianco come la cera è insanguinato, trafitto da tante piccole schegge. Gli occhi neri come il carbone sono spalancati, attraversati dalla luce della paura. Luca, accanto a lei, è sporco di calce e la osserva atterrito, mentre cerca di estrarre i frammenti di vetro dal suo viso.

Agata gli ferma la mano, con dolcezza e decisione: «Manca Elena» mormora. La voce è un sibilo. Non ha finito di parlare che la ragazza arriva. Cammina curva e stringe tra le braccia un libro di fiabe: «Sono viva. Sono qua». Le trecce bionde in perfetto ordine sembrano stonare con il vestito turchese strappato e le gambe sporche di sangue.

Lucietta, la gallina di Elena, ornata di fiocchetti azzurri e rosa, come fosse una bambola, va starnazzando per il salotto.

Per qualche minuto si sente solo il suo verso.

Poi un nuovo boato. Un muro si squarcia e una profonda fenditura si apre minacciosa sulla volta sopra le loro teste. Polvere bianca e impalpabile scende giù, copiosa, riempiendo la stanza di una nuvola che toglie il respiro.

Delle urla arrivano dal piano superiore. «Sono i signori Lo Cascio». Il professore riconosce le voci dei due anziani.

Un rantolo.

Il silenzio.

«Papà, dobbiamo andare a vedere» incalza Luca, pronto a correre in soccorso dei vicini.

«So che è difficile rimanere fermi, ma dobbiamo avere pazienza» considera il professore. Intanto un nuovo rombo. La parete fra lo studio e il salotto si frantuma come un castello di sabbia travolto da una folata di vento e sembra cadergli addosso.

È allora che si sente il pianto di Michele, che fa capolino da dietro la lunga gonna gialla di Agata. Il piccolo prima indica con la mano paffuta qualcosa che si muove sotto le macerie appena cadute, poi scappa dalla presa della mamma per raggiungere Amore, il cane dal lungo pelo beige, che guaisce imprigionato sotto i blocchi di calce. Guaisce piano, sempre più piano.

Tutti comprendono, a eccezione del piccolo che continua a scuoterlo e a spostare pietre. Luca sta per parlare, ma il padre gli fa cenno di tacere: «Capirà da solo. Ora dobbiamo pensare a come uscire da qui».

Il professore guarda intanto inorridito oltre il balcone. Il palazzo di fronte è crollato. Non è rimasto che un cumulo di pietre. Per questo, nonostante tutto, si sente baciato dalla fortuna.

Ma il pensiero dura pochi secondi. Altri colpi di artiglieria contraerea indicano che l'attacco su Catania non è ancora finito.

Cosa accadrà a lui e alla sua famiglia?

Un sibilo.

Un ultimo pezzo di volta cade giù dal soffitto e colpisce la gamba di Michele, che lancia un urlo disperato.

Il professore porta le mani al volto, mentre Agata corre dal figlio.

Capitolo 3

Catania, 16 aprile

Il professore esce dal rifugio di via Plebiscito e sgranchisce le gambe. Sono ormai trascorse diverse ore dall'ultimo attacco aereo e le sirene con il loro suono assordante hanno smesso di allertare la popolazione. È stata una brutta notte. Divisa tra volti di conoscenti ed estranei, riempita dal pianto dei più fragili e di quanti in quel bombardamento hanno perduto tutto. Nel ricovero temporaneo solo corpi schiacciati l'uno contro l'altro e puzza di sudore e urina. Dopo ogni nuovo allarme, le pareti hanno tremato a ricordare la precarietà dell'esistenza.

'Sembra sia finita' pensa Vittorio Floridia, mentre osserva il cielo scuro. Adesso respira a pieni polmoni, come assetato d'aria.

'Raid aerei sulla città' considera poi perplesso. 'Cosa preannunciano? Cosa accadrà domani?'

Non vuole rispondersi. Non sa rispondersi. Ma sa che è il momento di pensare al da farsi. Tornare a vivere a casa è da escludere. La palazzina è pericolante.

La giornata appena trascorsa lo ha segnato.

Ha fame.

Ha freddo.

Ma il suo primo pensiero sono i figli: Elena, dolce e remissiva; Luca, coraggioso e incosciente; il piccolo Michele, gracile e silenzioso. È proprio lui a destargli maggiore preoccupazione. Nella notte, tra le braccia della mamma, ha pianto senza sosta. La gamba gli fa male. E la medicazione che Agata ha fatto non sembra frenare il sanguinamento. Ora finalmente, sfinito, dorme e suda. Le sue mani, a detta di Agata, sono fredde come il ghiaccio. Ha rifiutato anche la mela che Luca ha procacciato prima di infilarsi nel lungo cunicolo buio.

È strano vivere in guerra, considera. Se ne parla tanto, ma fino a quando non bussa alla tua porta sembra sempre meno cattiva di quel che è. Sono anni che i Floridia vivono con le tessere annonarie, tra i morsi della fame, con la speranza che tutto finisca e che la vita possa riprendere come prima, ma anche con la rassegnazione che quella è la prova che la Storia ha riservato loro. Lui in verità la guerra la conosce bene per averla vissuta anni addietro, quando ha combattuto in prima linea fra gli alpini nel primo conflitto mondiale. Chiude gli occhi e gli sovviene il ricovero nell'ospedale di Saluzzo, dove era stato curato dopo essere stato ferito al torace da un proiettile nemico. Di quei giorni ricorda l'odore pungente dell'alcol, il dolore in ogni respiro, i lamenti degli altri feriti, gli occhi neri e il seno prosperoso dell'infermiera, il letto vuoto accanto al suo dopo la morte di Ninì. Ma ora è diverso. Dopo quasi quattro anni dall'inizio del conflitto che ha coinvolto quasi tutto il mondo l'attacco è arrivato lì, in una giornata di vita normale e ha colpito donne e bambini, senza distinzione. Il 'fronte' è entrato a casa. Nella sua casa.

« Ninì » mormora. Il ricordo dell'amico perduto anni prima è più vivo che mai. E lo invoca. « Se esiste qualcosa dopo la morte, come io credo, Ninì, veglia sulla mia famiglia ».

Poi osserva la luna. La luce perlacea illumina gli scheletri dei palazzi sventrati e acuisce il senso di desolazione che regna nel suo cuore.

In lontananza, oltre gli stralci di nubi che assomigliano a bava di lumaca, la mole dell'Etna. Silenziosa.

Luca compare al suo fianco. Ormai è più alto di lui, ha le spalle larghe. I ricci neri che si aprono sulla fronte gli danno un'aria sfrontata. Fra poco lo chiameranno alle armi. Vittorio sa che è questione di mesi. Suo figlio combatterà per una guerra che lui ha smesso di approvare. Una guerra che difende ideali un tempo da lui condivisi, ma ora sempre più lontani.

«Che ore sono?» La voce di Luca non lascia trapelare paura.

Il professore prende l'orologio dal taschino. Il vetro è rotto, ma le lancette funzionano ancora: «Le due e mezza».

«Prestino, no?» sorride il ragazzo. Si stropiccia gli occhi verdi e chiede: «E ora che si fa?»

«Tu rimani con la mamma e i tuoi fratelli, io vado a casa. Riempio due valigie e torno. Poi ci muoviamo verso la stazione».

«Per andare dove?»

«Ad Acate, da don Luigi, il fratello maggiore del mio amico Ninì».

«Sei sicuro che lo troveremo e che ci aiuterà?»

«Sì. È un uomo di parola, che sa il fatto suo. Ha una grande proprietà in campagna. La casa del carrubo. Ci scriviamo ogni mese, da venticinque anni. Fino alla settimana scorsa, mentre mi dava notizie della nipote Nunzia, mi ha offerto ospitalità se le cose si fossero messe male dopo il recente blocco navale. Ninì mi parlava sempre di lui. O meglio, del tempo in cui lui, Luigi, e la sorella Assunta erano inseparabili. Erano figli di un contadino che non sapeva leggere e non possedeva altro che una casa in argilla e un mulo. La madre era una sarta pagata a cottimo, morta troppo giovane. A quei tempi Ninì e Luigi aiutavano il padre a coltivare la terra e appena potevano studiavano. Sembra che Luigi fosse bravissimo. Ma questo non gli bastava, così andava a bottega dal farmacista di Acate, che a quel tempo si chiamava ancora Biscari. Ninì diceva sempre che avrebbe fatto strada. E così è stato» conclude e guarda di nuovo l'orologio.

«Se credi ci possa aiutare...»

«Non vedo altra soluzione. Bisogna lasciare la città al più presto».

«Vado io a casa a fare i bagagli» propone allora Luca.

«Sei solo un ragazzo. Le strade non sono sicure e la casa è distrutta».

«Sono più forte di te. E non sarà facile portare il peso delle valigie da solo».

I due si guardano: «Potremmo...»

Vittorio ha paura di proporlo.

«Il rifugio è sicuro. Sporco, ma sicuro. La mamma e i fratelli non correranno pericolo» lo sprona Luca quasi legga i suoi pensieri.

Lui annuisce. Padre e figlio senza dire altro si dirigono verso la loro casa. A dispetto del palazzo squarciato, il portone è ancora chiuso.

«Hai le chiavi?»

Vittorio annuisce e cerca nel panciotto. «Un colpo di fortuna» ammette ad alta voce. «Nella fretta ho rischiato di lasciarle dentro casa».

Il professore fa scattare la serratura ed entra per primo.

C'è un silenzio innaturale e c'è molto buio, ma a guidarli è la conoscenza dei luoghi.

Al secondo piano la porta dell'appartamento è accostata. Luca la spinge e fa subito un balzo. Lucietta, la gallina di Elena, è lì e vedendoli inizia a starnazzare.

«Tu prendi i vestiti dei tuoi fratelli. E quel che trovi da mangiare» intima il padre a Luca.

Intanto Vittorio va verso lo studio. Tra i libri a terra cerca il grosso volume di letteratura latina rilegato in pelle, dove ha nascosto i risparmi. Quelli che tiene per emergenza. Lo trova ancora nello scaffale. Uno dei pochi a non essere caduto.

I soldi ci sono. E con loro la speranza di raggiungere la campagna. Di mettere in salvo la sua famiglia.

Lascia andare velocemente lo sguardo intorno fino a vedere la bottiglia di cognac, ancora a metà. La stappa e ne beve un lungo sorso, a canna. Ha bisogno di fare scemare la tensione. Mentre la gola quasi gli brucia, torna a guardare il suo studio, nella penombra rischiarata solo dalla luna che entra dalle finestre ormai inesistenti. Liscia i baffi e osserva l'inchiostro rappreso sui fogli rimasti lì dalla mattina precedente.

Il suo pensiero corre agli anni di studio matto e disperato, di scrittura, di insegnamento. Richiama alla memoria i volti dei suoi alunni. Chissà, si chiede, cosa fanno in quel momento. Chissà quanti di loro sono ancora in vita e quanti, come lui, hanno perduto la casa. O peggio.

E prega. Prega per loro. Per quei ragazzi che segue da anni, quasi fossero figli. Ma più di tutti prega per Samuele, l'allievo che un ingiusto decreto legge, alcuni anni prima, gli ha portato via e che lui non ha mai dimenticato.

Dopo un lungo respiro, si dirige veloce verso la stanza da letto. Apre il grande cassettone appoggiato al muro. Butta diversi indumenti suoi e di Agata sul letto. Non importa che questo sia ricolmo di calce. Prende la grossa valigia di cartone marrone riposta sopra l'armadio e mette dentro tutto quel che può. Si rende conto solo allora di quel che deve lasciare. Non può portare che poche cose. Ma non ha scelta. Prendere e scappare. E se il Signore vorrà, un giorno, tornerà a recuperare il resto.

Con un sordo dolore al cuore raggiunge l'ingresso. Luca è già lì, con Lucietta sotto il braccio.

« Anche la gallina? » La voce di Vittorio si colora di meraviglia.

« Certo! Una sorpresa per Elena » incalza Luca.

« Per ora abbiamo già troppe cose. Forse dopo... »

« Papà... Dopo quando? Abbiamo già perso tutto. Perché tutto quel che rimane qui lo perderemo, lo sai ».

La lucidità del figlio lo spiazza. Luca è diventato un uomo senza che lui se ne sia reso conto.

« Cosa ti costa farla contenta? » continua Luca, « e poi Lucietta fa un uovo al giorno ».

Il professore annuisce. Sorride di quel figlio sempre pronto a fare felice il prossimo. Sempre pronto ad aiutare chi è in difficoltà.

Sono fuori quando Luca si ferma. « Vado su. Dai signori Lo Cascio ».

Il professore vorrebbe fermarlo, ma sa che il figlio ha ragione. Bisogna capire cosa ne è stato di loro.

Poco dopo vede Luca tornare.

Ha il volto chino. Trattiene le lacrime e scuote la testa.

Vittorio Floridia sente un dolore al petto.

Come aveva potuto credere anni prima che il duce avrebbe aiutato l'Italia?

E senza rendersene conto la sua mente torna indietro nel tempo.

« Papà, cosa c'è? »

C'è di nuovo il volto puntinato di lentiggini di Samuele La Tona. Il ricordo rimasto nascosto sotto la cenere è sempre pronto a riaccendersi. Era stata proprio la storia del suo studente a fargli aprire gli occhi e fargli comprendere che dal male può nascere solo altro male.

« Niente » taglia corto.

Non è il momento di parlarne.

Capitolo 4

Catania, 17 aprile

La stazione è presa d'assalto. Vittorio vede Agata vacillare. Michele ha quattro anni e non è facile portarlo in braccio. Ma lui purtroppo non può soccorrerla. Le valigie sembrano due blocchi di marmo e i muscoli delle braccia quasi gli bruciano.

Luca intanto indica la madre: «Oggi è stranamente silenziosa».

Vittorio annuisce. «È normale» afferma per rassicurare Luca, ma sa che normale non è. Sua moglie in tutti gli anni del loro matrimonio si è dimostrata sempre forte e determinata, mentre ora sembra essersi spenta. Passiva al corso degli eventi.

Il pensiero gli stringe il cuore.

«Elena invece non sembra percepire il pericolo» continua Luca che vede la sorella portare i grandi occhi azzurri ora a destra ora a sinistra eccitata, quasi la folla le ricordi una festa di paese. Sotto braccio ha sempre la sua gallina. L'animale muove le gambe nell'aria all'impazzata, spaventato dal caos che lo circonda.

Raggiungono il binario due e attendono.

Alle cinque e mezza il treno finalmente arriva. I lunghi vagoni grigi sono presi d'assalto. Salirvi sembra impossibile, ma il controllore li riconosce.

«Professore. Professore, anche lei qui?»

Vittorio annuisce. Ha riconosciuto il suo ex allievo dalla pelle olivastra che alcuni anni prima sedeva nel banco di legno del liceo Cutelli, accanto a Samuele. Per quanto prendesse sempre appunti e seguisse interessato, non riusciva mai a tradurre nulla di più complesso dei testi di Valerio Massimo o di Floro. Compensava con la letteratura e con la buona volontà. Di quella ne aveva da vendere. «Professore» ripete il giovane, «venga con me» e intanto fa spazio.

Ora sono tutti sulla carrozza, stipati in terza classe, sulle lunghe panche di legno. Vittorio rimane in piedi e fa accomodare la famiglia.

«E tu, papà?» chiede Luca, che prontamente si alza. «Siediti, io *mi assetto* sulla valigia».

Il professore gli fa cenno con la mano di rimanere al suo posto. Da qualche ora un'idea gli frulla in testa. Gli è venuta quando è tornato al ricovero per ricongiungersi con Agata, Elena e Michele. Vuole rimanere in città, tornare a casa e organizzare un carro per salvare i risparmi di una vita. È vero che ha sempre ritenuto che è più importante quel che si sa di quel che si ha, ma ora – messo alla prova – deve constatare che separarsi dai beni materiali non è per nulla facile. Ne va della sopravvivenza futura dei suoi cari.

Si avvicina ad Agata, abbottona il panciotto, le prende le mani e infrange il velo di reticenza.

«Devi essere coraggiosa». La voce gli trema leggermente.

«Che vuoi dire? Tu che farai?» domanda lei sgranando gli occhi.

«Io vi raggiungo fra qualche giorno. Il tempo di recuperare le nostre cose. Abbiamo lottato una vita per la casa di via Plebiscito. Devo tornare lì. Salvare tutto e spedirlo con un carro in campagna, ad Acate. Don Luigi ha una casa grande. Nelle sue lettere scrive sempre che lì c'è tanto posto. Temo che a breve il nostro appartamento sarà preso d'assalto dagli sciacalli. Lo svaligeranno. I miei libri, il grammofono, i mobili, le stoviglie...»

«Vittorio!» si impunta lei. «È pericoloso! Cosa importa delle stoviglie, dei libri. Vieni con noi!»

«Devo rimanere» sentenzia lui, con fermezza. Poi accarezza i capelli di Elena e porta una mano sulla spalla del figlio: «Mi raccomando, Luca».

Quando è il turno di salutare Michele si ferma. Si accorge solo ora che il piccolo è pallido. Ha smesso di lamentarsi, e sembra colto da un profondo torpore.

Poggia una mano sulla fronte: «Non mi sembra abbia la febbre».

«No, ma non reagisce» si lamenta Agata mentre una nuvola scura le offusca lo sguardo.

«Il sangue sembra però essersi fermato. Vedrai che appena avrà un letto e un po' di brodo caldo si riprenderà» la consola Vittorio e con le dita tozze sposta i ricci sudati dalla fronte del figlioletto. «Vedrai che presto si riprenderà» ripete.

«Ma mi lasci sola con Luigi? Un uomo?» lamenta lei. «Non voglio. Ti prego...»

«Sa chi sei. Vi aiuterà. Stai serena. È un brav'uomo. Sai bene come me ne parlava Ninì. Ad Acate lo conoscono tutti. E non sarai l'unica donna. Vive con la sorella Assunta, vedova». Si porta un dito alla tempia: «Sembra che non stia più bene con la testa. Ma la nipote, Nunzia, è una ragazza sveglia. E istruita» si affretta a dire, come se quel particolare cambi qualcosa. «Dovete scendere alla stazione del paese» le spiega, e senza che nessuno lo veda le allunga un rotolo di banconote. «Paga un garzone e fatti portare in farmacia. Al resto provvederà don Luigi. Vedrai che medicherà anche Michele».

Lei annuisce. Una strana espressione si affaccia sul suo viso. È contrariata.

Intanto senza dire altro il professore attraversa il vagone e con un salto non proprio agile scende dalla carrozza.

Capitolo 5

Acate, 17 aprile

L'aria primaverile è attraversata dal vento caldo.

Don Luigi si deterge il sudore dalla fronte con la manica della camicia di lino e siede sulla panca di legno sotto al carrubo. Gli occhi neri come il fondo di un pozzo si fermano sul giornale che ha comprato quella mattina in paese, ora piegato accanto a lui. Poi lascia che i pollici scorrano lungo le larghe bretelle marroni.

Lentamente.

Alza lo sguardo verso il grande spiazzo di terra battuta che si apre davanti alla facciata della casa di pietra chiara dalle porte rosse. Baldo, il cane dal pelo bianco, dorme tranquillo, mentre intorno quattro galline vanno starnazzando. Lina, la fedele governante, è seduta al sole davanti alla porta di casa, intenta a pulire un fascio di fave.

Una giornata che sembra come tante altre. Ma il farmacista è inquieto. Respira a fondo e prende fra le mani il quotidiano. Porta l'indice sulla notizia di Catania, da due giorni sotto bombardamento. Ha già letto l'articolo più volte, con il timore di vedere i loro nomi tra quelli dei defunti. Fortunatamente non ha trovato nulla. Eppure la preoccupazione non lo abbandona e striscia silenziosa come una serpe su un prato umido. Sa che le notizie che arrivano, quando arrivano, sono sempre confuse e immagina che non tutti i cadaveri siano stati estratti dalle macerie. Altri nomi si aggiungeranno presto alla prima lista.

Lui spera. Spera per loro.

Poi il dubbio: Vittorio Floridia e la sua famiglia busseranno alla sua porta? Riusciranno ad arrivare fino ad Acate? A quel punto cosa farà?

Sente che la guerra sta riportando in vita una ferita sopita. E lui, che per anni ha creduto di non avere più moti dell'anima e di riuscire a controllare tutto con la ragione, si sente ora come una foglia al vento.

Chiude gli occhi e torna indietro nel tempo.

A quando da giovane, alla fine della Grande Guerra, era riuscito a iscriversi all'università. Il suo sogno si era realizzato grazie all'aiuto del dottor Platania, il farmacista del paese, che gli aveva pagato gli studi a Palermo. E dopo la sua laurea, Platania, ormai vecchio, con un figlio che aveva preferito iscriversi in Medicina e trasferirsi in città, gli aveva fatto l'offerta: la farmacia, con la clausola che metà dei guadagni andassero al figlio.

Luigi aveva accettato di buon grado e, anno dopo anno, era riuscito a mettere da parte quanto bastava per rilevare l'attività. Allora sembrava arso da un fuoco sacro che lo spingeva ad andare avanti. Così era riuscito a comprare un appartamento in paese e dopo ancora le vigne. Per ultima aveva acquistato la grande casa del carrubo con i terreni circostanti. Una casa alla quale era molto legato per averla ristrutturata con le sue mani. Una casa in cui si rifugiava a leggere o a suonare il pianoforte nei fine settimana e ogni volta che aveva del tempo libero.

Andava sempre da solo, perché non si era mai sposato.

Più volte a dire il vero gli era stato proposto un matrimonio conveniente. Ma a lui non importava. La sua farmacia era la più bella e fornita della Sicilia meridionale. Gli ordini arrivavano da Caltanissetta, da Trapani e da Palermo.

Luigi riapre gli occhi e osserva la grande chioma dell'albero di carrubo sopra di lui, mossa dal vento primaverile. Pensa a

Matilde, la vedova che vede ogni settimana da ormai un anno. Si sforza di provare per lei qualcosa di forte e vero. Ma il suo cuore è muto. Come una miccia bagnata che non riesce a prendere fuoco.

Lascia che l'aria esca dalla bocca, lentamente, attraverso le labbra carnose, e rimane fermo ad ascoltare il cinguettio degli uccellini che hanno nidificato sui rami. Alla fine riprende il giornale e la lettura lì dove l'ha lasciata.

In prima pagina, sotto la notizia del raid aereo su Catania, la faccia di Mussolini e un lungo articolo dall'altisonante titolo: *La tenacissima resistenza in Tunisia.* L'immagine come anche la falsità di quello che legge lo innervosiscono. Lui conosce la verità di quella rovinosa campagna militare, perché ha una radio che riesce a sintonizzarsi su Radio Londra. L'ascolta ogni sera, felice di vivere in campagna, lontano da occhi indiscreti.

Quasi senza rendersene conto passa le dita della mano sinistra sulla lunga cicatrice che gli segna il fianco. L'escrescenza di carne ancora dopo anni è spessa e grossa. Chi gli ha suturato la ferita al campo militare di Guadalajara, nel 1938, non aveva certo esperienza, ma a lui non dispiace, perché quella brutta cicatrice lo aiuta a ricordare il tempo in cui i suoi ideali erano forti e il suo animo indomabile.

Aveva davvero creduto che arruolandosi come volontario nelle file delle brigate internazionali e svolgendo importanti compiti per i servizi segreti della resistenza avrebbe contribuito alla causa dei repubblicani contro i nazionalisti di destra e il *Generalísimo*? Ancora prima che la guerra civile in Spagna volgesse al termine, i bombardamenti tedeschi su Guernica e su Madrid gli avevano mostrato l'amara verità: i regimi di destra, sostenendosi a vicenda, si sarebbero insediati in tutta Europa.

Quando alla fine era rientrato in Sicilia, si era isolato. La noia lo aveva avvolto come una spessa nebbia e presto era sopraggiunta anche la rassegnazione. Forse per questo, dopo avere venduto l'abitazione in paese, si era definitivamente trasferito alla casa del carrubo. Lina, la fedele governante, lo aveva seguito. Era stata proprio lei a supplicarlo, piangendo, di non raccontare dove fosse andato per tutto quel tempo. Il regime fascista era diventatò troppo forte e in paese molti, come il veterinario Lo Iacono, pur di farsi notare non avrebbero esitato a denunciarlo al comitato di pubblica sicurezza.

'*Cu pocu parra, pocu sgarra*'. Lina glielo aveva ripetuto all'infinito fino a convincerlo. E per quanto gli seccasse ammetterlo, il tempo le aveva dato ragione. Lui era rimasto un uomo stimato e rispettato da tutti, tanto da guadagnarsi l'appellativo di 'don' da parte dei suoi compaesani e nessuna lettera scarlatta era stata messa sul nome della sua famiglia.

Per amore del suo lavoro e dei suoi cari aveva nascosto quel segreto a tutto il paese. E con il tempo in lui l'indignazione aveva lasciato il posto all'apatia.

Nascondeva ormai tanto bene i suoi reali pensieri che l'ispettore di pubblica sicurezza gli aveva affidato il figlio, perché imparasse da lui l'arte di Esculapio. Don Luigi era stato dapprima restio. Avere a bottega il figlio di un convinto fascista era troppo. Aveva però acconsentito pensando di raggirare l'ostacolo: prendere in prova il giovane Cosimo per poi scoraggiarlo. Ma la caparbietà, mista a timidezza, di quel ragazzino magro con il naso all'insù, lo avevano fatto ravvedere. Si era così convinto che il figlio non dovesse pagare per la fede politica del padre. Negli ultimi mesi poi, preoccupato per l'evoluzione del conflitto mondiale e di qualche voce sul partito, e constatato che il padre di Cosimo era meno peggio di tanti altri, aveva cominciato a parlare anche con lui.

Dove era finito il Luigi combattente? L'uomo che non aveva avuto paura di beccarsi una pallottola al petto? L'uomo che viveva di passioni?

Era sepolto. Sotto la cenere. Ormai morto.

A cambiarlo del tutto era stata la malattia della sorella Assunta, sopraggiunta dopo i suoi lutti.

Consapevole che non poteva fare altrimenti, aveva preso con sé lei e la nipote Nunzia.

Sul momento non ne era stato per nulla contento. Lo aveva fatto perché andava fatto.

Il giornale intanto vola via e lo riporta alla realtà presente.

Vede che Lina si alza, lesta, scotola la lunga gonna a fiori e corre a raccogliere i fogli sparsi, prima che il vento li disperda lontano.

La osserva. La donna, bassina e dal viso rotondo, è diventata un pezzo della sua vita. Lui le è grato per quello che fa e per come lo fa.

Poi torna a pensare ai Floridia.

Cosa accadrebbe nella sua vita se Vittorio e Agata bussassero davvero alla sua porta?

Il passato è destinato a rimanere sempre passato?

Un nodo allo stomaco.

Nessuno sa del suo segreto e di quello che lo lega a quella famiglia.

Poi si corregge. Qualcuno in verità c'è.

Sua sorella.

Ed è allora che la vede affacciata al balcone.

È vestita come sempre di nero. Il viso pallido è privo di espressione. Lo sguardo perduto del vuoto.

Capitolo 6

Londra, 17 aprile

Sullivan si stringe nel cappotto di panno marrone. Sebbene sia aprile, quella mattina a Londra c'è molto freddo. Il cielo è plumbeo e minaccia pioggia.

Accelera il passo. Sono settimane che è a Londra, al seguito del tenente comandante Ethan Mitchell e del tenente pilota Connor Richardson. I due inglesi all'inizio erano restii a collaborare con lui. Lo apostrofavano, non senza una nota di ironia, 'l'americano'. Ma negli ultimi giorni, da quando il loro piano sta per prendere la sua forma definitiva, qualcosa è cambiato. Albert ha percepito di avere finalmente conquistato la loro fiducia. E per la stima che ne ha, questo lo rende felice.

Riflette su quanto sia strana la vita. Fino a cinque anni prima era un giovane giornalista sportivo, che aveva lasciato il Texas per lavorare al *Post* a Washington: allora sognava ancora di sposare la sua amata Daisy. Ma era bastato un rigido inverno di lontananza perché lei dimenticasse le promesse fatte e si invaghisse di un ricco industriale.

Forse per la delusione, forse perché Daisy non aveva mai voluto che diventasse un militare, forse perché lo sport non gli bastava, aveva deciso di arruolarsi. Ma mai avrebbe immaginato che lo scoppio di una guerra mondiale gli avrebbe fatto fare una carriera tanto rapida.

Ricorda ancora la mattina dell'1 settembre 1939. Era appena rientrato da una sfiancante corsa per i viali del National Mall e mentre sorseggiava il caffè aveva acceso la radio. La voce di un cronista dava la notizia dell'invasione tedesca della Polonia. Aveva fatto un lungo respiro, intuendo cosa stesse per accadere in Europa. Non si era pertanto meravigliato che pochi giorni dopo l'Inghilterra e la Francia dichiarassero guerra a Hitler. Da lì l'inizio di un conflitto che si era esteso a macchia d'olio fino a coinvolgere gli Stati Uniti quando, dopo l'attacco nipponico alla base militare di Pearl Harbor del 7 dicembre 1941, si erano schierati a sostegno delle democrazie occidentali alleate contro le forze dell'Asse: Germania, Italia e Giappone. Da allora nulla era rimasto della sua precedente vita.

Sovrappensiero supera il piccolo spaccio di foglie di tè e per poco non va a sbattere contro un venditore di giornali, vestito di grigio. L'occhio gli cade su un titolo in prima pagina del *Daily Express*. La notizia è quella dell'affondamento del cacciatorpediniere italiano *Il Cigno*.

Sorride.

Non crede che sia una coincidenza quella che ha portato i suoi occhi sul giornale.

Intanto, recuperato l'equilibrio, riprende il cammino e poco dopo arriva davanti all'imponente palazzo di Whitehall, pronto a raggiungere gli uffici della Naval Intelligence Division.

Sale per l'ampia scala di marmo grigio, imbocca il corridoio in penombra e arriva davanti alla porta.

Bussa.

« Avanti ».

Sullivan entra e toglie il cappello.

« Buongiorno, Albert. Dormito bene? »

« Sì, signor tenente Mitchell ». Fa appena in tempo a rispondere che nella stanza entra anche Richardson. Connor è tanto alto che Albert deve guardarlo dal basso. Ma non è l'altezza a intimidirlo, quanto il rigore che traspare dal suo volto sottile, con i capelli impomatati e i baffi perfettamente curati. Più volte da quando lo conosce si è chiesto come un uomo tanto elegante possa essere stato un temerario pilota.

Intanto il nuovo venuto, dopo i normali convenevoli, si avvicina al grande tavolo al centro della stanza, sceglie una sedia e lentamente tira fuori dalla tasca una pipa e del tabacco. Albert non può fare a meno di cogliere la luce di soddisfazione che brilla nei suoi occhi.

«Gli attacchi aerei sulla Sicilia sono iniziati» esordisce Mitchell.

«Bene, e mentre sfiniremo la popolazione prepareremo il più grande sbarco della storia» considera Sullivan.

«Abbiamo il via libera per il nostro piano di depistaggio?» lo interrompe Richardson.

Ethan annuisce e porta un fazzoletto di lino bianco al naso. «Sì, possiamo procedere. Nostro compito è distrarre le forze dell'Asse dall'idea di un attacco sulle coste meridionali dell'isola. I bombardamenti devono sembrare casuali». La voce è roca e mal cela un raffreddore.

«Tempi di attuazione del piano?»

«Il prima possibile. La Royal Air Force ha già posizionato la ricostruzione di ottantotto Hawker Hurricane e di trenta Supermarine Spitfire in legno, di dimensioni reali, in un aeroporto in disuso in Egitto. Tedeschi e italiani crederanno che ci stiamo preparando per colpire in Grecia. Ma perché l'Asse sposti i suoi eserciti e abbassi la guardia in Sicilia, dopo i recenti bombardamenti, serve il colpo finale».

Albert drizza la schiena. Sa di essere stato chiamato a contribuire a un evento che lascerà il segno nella storia, cambiando forse le sorti del conflitto mondiale e il destino di molti uomini che non avranno mai un volto nei libri di storia.

«Ricapitoliamo». Mitchell apre il cassetto della scrivania di mogano dalla parte opposta della stanza rispetto a dove è seduto Richardson e, dopo essersi soffiato il naso, scorre velocemente i suoi appunti: «Abbiamo deciso di far ripescare ai tedeschi un corpo in mare, con dei documenti falsi destinati al nostro generale Alexander. Dobbiamo fare in modo che trovino il nostro uomo in un luogo che noi possiamo raggiungere facilmente con un sommergibile, ma che sia costantemente controllato dai loro servizi segreti. Abbiamo ipotizzato la costa atlantica spagnola, ma in che punto?»

Albert non sa fare a meno di intervenire. Da due giorni studia le carte geografiche e i dislocamenti nemici: «Vicino a Huelva. La zona è sotto il controllo di Franco ed è piena di spie della Sicherheitsdienst».

I due militari inglesi lo squadrano con attenzione e annuiscono soddisfatti.

«Ma di chi sarà il corpo?» chiede Albert.

A parlare è Richardson: «Di un qualsiasi cadavere. Lo congeleremo e lo trasporteremo fino alle coste spagnole. Lì lo vestiremo con una divisa dei Royal Marines. Studieremo le correnti e ci assicureremo che il cadavere raggiunga la costa».

Ethan quasi lo interrompe: «Oggi stesso mi recherò in obitorio e sceglierò l'esca migliore». Si ferma per starnutire e riprende: «Ci rimane un importante aspetto da definire: come spiegare il corpo del nostro uomo in mare?»

«Ci ho pensato questa notte: un incidente aereo». Richardson parla lentamente. «Sono piuttosto bravo a immaginarne uno» ironizza e strizza l'occhio a Sullivan. «Ne metteremo uno in scena per la Luftwaffe. I tedeschi saranno ancora più curiosi di andare a vedere cosa accade a Huelva. Il nostro cadavere sarà proprio di un maggiore dell'aviazione che perderà la vita nell'incidente».

Mitchell sembra persuaso. «Che nome gli diamo?» E senza aspettare risposta, propone: «William Martin?»

«Mi piace. Ma dovremmo anche pensare a un nostro infiltrato per verificare che il cadavere venga effettivamente ripescato» considera Albert.

«Attiveremo i nostri servizi segreti di terra». Il respiro di Mitchell è pesante. «Ora pensiamo alla parte più delicata. Dobbiamo essere credibili. Cosa porta il maggiore con sé in volo, oltre ovviamente alla lettera indirizzata al generale Harold Alexander in cui si comunica una prossima nostra offensiva in Grecia e in cui indichiamo come finto obiettivo la Sicilia?»

«Un comunicato all'ammiraglio Cunningham. Come comandante navale alleato del Mediterraneo deve essere informato». Richardson si alza e comincia a camminare per la stanza. Su e giù. Lentamente. La pipa spenta fra le dita.

Albert si sente autorizzato a intervenire: «Ovviamente il documento di riconoscimento dell'aviazione inglese».

«Certo». Ethan prende appunti: «Direi che il nostro uomo possa essere nato a Cardiff nel 1907. Il maggiore dovrà però avere con sé qualche effetto personale che ne rinforzi l'identità. Lei cosa porterebbe con sé, Albert?»

«La lettera della mia fidanzata, se ne avessi una».

«Bene, me la scriva».

«Io?»

«Sì, proprio lei. Certo ha più spirito romantico di me. Me la dia oggi stesso, questa sera la farò ricopiare a mia moglie. L'unica donna di cui mi fidi».

«Ma ci serve anche qualcos'altro. Dobbiamo creare una vita, una storia, degli affetti. Dobbiamo rendere William Martin vivo» considera Richardson.

«Potremmo mettere fra i suoi effetti un reclamo della banca» a parlare è ancora Albert. «Dà il senso della vita normale che scorre».

«Molto bene. Di questo me ne occuperò io, dopo l'obitorio. Lo farò preparare insieme agli altri documenti falsi». Mitchell continua a scrivere. Poi chiede: «Tra le sue carte personali mettiamo anche qualche foto?»

Sia Albert che Richardson annuiscono fino a che l'ex pilota non specifica: «Una sola, ma non della famiglia. Dovrebbe esserci anche il maggiore, ma noi non sappiamo ancora che aspetto abbia il nostro Martin. Meglio quella della fidanzata. Ipotizziamo che lei e il maggiore aspettino la fine del conflitto per sposarsi. Sul retro dell'immagine con la stessa grafia della lettera ci sarà scritto: 'A William. Con tutto il mio amore' e la data. Albert, toccherà a lei dare il volto a questa donna. Si procuri la foto di una ragazza, ma mi raccomando che sia un volto sconosciuto».

Mitchell storce il naso e starnutisce: «Non basta. I servizi tedeschi controlleranno certamente se la donna esiste e chi sia. Potrebbero contattarla con un sotterfugio per avere informazioni del maggiore, o peggio pedinarla».

Albert apre allora il portafogli e tira fuori un cartoncino leggermente sgualcito: «È una foto di mia sorella. È un'impiegata del Foreign Office. Ci aiuterà certamente».

Ethan la sfila dalle mani del tenente Sullivan, la osserva e sorride: «Vuole vedere che ha appena perso suo cognato?»

La battuta dissipa la tensione che c'è nell'aria. Ma dura poco.

Albert si rabbuia e chiede: «E se i documenti si perdessero in mare?»

«Li inseriremo in un portadocumenti da collo, ben aderente al corpo sotto i vestiti o troveremo un altro accorgimento similare. Sono carte segrete. Preziose. Il nostro maggiore Martin è persona responsabile e le tiene ben custodite» dice Richardson mentre accende finalmente la pipa.

«Nome in codice dell'operazione?» domanda ancora il tenente Mitchell.

Richardson non esita: «Mincemeat».

I tre sorridono soddisfatti.

«Forse...» Sullivan è cauto.

«Ci dica».

«Dopo il ritrovamento del cadavere potremmo far intercettare ai servizi di sicurezza tedeschi un messaggio per dare l'impressione al VI dipartimento della Sicherheitsdienst che noi non sappiamo che hanno trovato il maggiore e i piani di attacco».

Mitchell si illumina in viso. « Lo sgambetto finale ». Soffia il naso e dopo poco continua: « Sembra che dall'ambasciata britannica in Spagna troppo spesso ci sia fuga di notizie. Potremmo far sapere che nulla è stato toccato delle carte di Martin ».

« Conoscendo quanto sono pignoli quei fanatici delle SS sarà credibile » afferma Richardson divertito. Intanto aspira la pipa lentamente. Poi guarda Sullivan: « Sa perché io e Ethan l'abbiamo accolta nel nostro progetto? »

Sullivan aspetta trepidante.

« Per la sua determinazione. Da dove le deriva? »

Negli occhi del tenente passa un lampo.

Lui sa da dove deriva: « Dalla delusione ». E una rabbia mai del tutto sopita torna a farsi strada.

Capitolo 7

Marina di Acate, 18 aprile

Il tenente Paolo Politi contempla la spiaggia di rena sottile e chiara battuta dal flusso del mare turchese. Se non sapesse che c'è una guerra in corso direbbe di essere alle porte del paradiso. E non che non abbia già visto il mare. Più volte con la famiglia è andato a fare le gite domenicali lungo le coste del Lazio. Eppure lì, in Sicilia, i colori sono diversi. Brillanti, accesi, sanguigni.

« *Kennst du das Land, wo die Zitronen blühn?* » recita mentre osserva un agrumeto lontano, che si intravede oltre la distesa di talee alla fine della spiaggia.

Politi alza le spalle. Ha finito il turno di ispezione. Si dirige così a passi lenti verso il campo che ospita il suo battaglione. Rientrando osserva ancora una volta i soldati che scavano nella sabbia chiara ai margini della spiaggia. Più lontano, al bivio per Scoglitti, altri lavorano il calcestruzzo per costruire una casamatta.

Sono settimane, considera, che il maggiore Luzi non fa che spronare i suoi uomini a realizzare nuove e robuste fortificazioni, a rendere le trincee più sicure, a nascondere le mitragliatrici sotto le reti mimetiche.

'Perché? Che sia vero quel che si vocifera?' si chiede.

Scuote la testa con aria risoluta. « Non qui. Siamo lontano da tutto. Se puntano alla Sicilia, sceglieranno un altro posto. Qui c'è solo mare e rena chiara » mormora, quasi parlasse a un interlocutore e volesse scacciare un pensiero fastidioso. Si asciuga il sudore con la manica di cotone della divisa color caffè latte, guarda l'orologio e sorride. Finalmente può inforcare la sua bicicletta e pedalare verso Acate, o come lo chiamano ancora i suoi abitanti, Biscari. Il paese non è vicino, ma ha voglia di incrociare Nunzia, la nipote del farmacista.

Per la verità l'ha vista solo una volta dietro il grande bancone di mogano, intenta ad aiutare lo zio a ordinare le bocce smerigliate sulle mensole dello scaffale. I capelli ricci erano legati da un nastro verde e avevano il colore dello zafferano. Ma ad attirarlo davvero erano state le fossette intorno alla bocca carnosa, gli occhi grandi color miele e il profumo di ambra rosa che si avvertiva nell'aria a ogni suo movimento.

Era già tornato in paese per rivederla, ma si era limitato a sbirciare da dietro la vetrina di cristallo colorato, mentre lei schiacciava nel mortaio spezie che odorava e mischiava a un liquido oleoso. La ragazza lo aveva scorto e aveva abbozzato un tenue sorriso, fermando per qualche minuto il lavoro. Poi aveva abbassato lo sguardo.

E ora sono giorni che pensa a quel momento.

Arrivato alla bici, sale in sella e inizia a pedalare veloce lungo lo stretto sentiero sterrato costeggiato dai fichi d'India. Al primo bivio incontra una jeep della divisione Hermann Göring in ricognizione. Scambia un rapido cenno di saluto privo di entusiasmo e lasciandosi alle spalle i tedeschi si dirige verso nord.

La fatica comincia a farsi sentire e, come spesso gli capita ultimamente, pensa alla sua vita. Una vita alla quale è quasi rassegnato e dalla quale non sembra potere fuggire per i suoi stessi natali.

«Al destino non si scappa» dice mentre pensa alla sua famiglia. Gente profondamente conservatrice che ha servito per generazioni la patria. Il nonno era un ammiraglio, il padre un generale, il fratello un maggiore. Una lunga tradizione che si ripete e a cui lui si sente profondamente estraneo. Non capisce come ci si possa arruolare spontaneamente. Lui è affascinato da tutto quello che non ha il sapore di guerra, di polvere da sparo o di sangue. A lui piace leggere. Da Kant e Schopenhauer, da Virgilio al contemporaneo Pirandello.

Ma come spiegarlo al padre? Inutile anche provare.

A casa forse lo comprendeva solo sua madre. Erano solo frammenti di ricordi a farglielo pensare, perché in verità con lei non aveva mai parlato di guerra e di futuro. Non poteva. Il padre non lo avrebbe compreso.

Paolo ricerca nella sua memoria e vede le tante volte in cui i suoi sguardi si sono incrociati con quelli della madre davanti all'ennesimo racconto del varo del cacciatorpediniere *Rondine*, battezzato dalla nonna Adele. Tutti ridevano inorgogliti della propria stirpe. Tutti tranne loro due. E quante volte l'aveva vista alzare gli occhi azzurri al cielo sentendo interminabili racconti della guerra? Ma quello che lo aveva sorpreso maggiormente era stata la confessione che lei gli aveva fatto sul regime fascista una sera, mentre accendevano la fiamma nel grande camino di pietra del palazzo in via dei Coronari, dove abitavano. Gli aveva confidato, abbassando la voce di un'ottava, che l'unica cosa buona del fascismo era avere fermato l'ondata socialista che aveva attraversato l'Europa nel 1919.

Per il resto neanche in lei aveva mai colto altri segnali di vero dissenso. Forse la madre, come lui, custodiva le sue idee in silenzio, mettendole a tacere o nascondendole nel segreto del suo cuore.

I pensieri sono spezzati dalla vista delle prime case del paese. Non vede l'ora di arrivare, ma mentre costeggia la chiesa di San Vincenzo un uomo lo ferma. È basso e tarchiato. Ha un grosso anello d'oro al dito e l'unghia del mignolo lunga e affilata.

Paolo tenta di proseguire, ma l'altro lo afferra deciso per l'avambraccio e gli passa una lettera.

«Questa è *ppi ttia*» dice in un siciliano a lui poco comprensibile.

Politi, imbarazzato, prende la busta e ci legge sopra il suo nome. Poi guarda incuriosito il francobollo e sgrana gli occhi. Quando la apre, per poco non sbianca.

Sono anni che aspetta quel messaggio, ma ora che lo riceve si sente sperduto.

Dopo che l'uomo è sparito dalla sua visuale sente il bisogno di fermarsi a ricordare. A ricordare il suo primo amore, Carla, che con la famiglia aveva dovuto lasciare Roma, nel novembre di qualche anno prima, poco dopo che erano state promulgate le leggi razziali o, come erano state chiamate, le leggi per la difesa della razza italiana. Quando si riprende, inforca di nuovo la bici e con minore entusiasmo torna a pedalare. Il cuore è in subbuglio, il pensiero di vedere Nunzia lo alletta meno di prima e la lettera che tiene in tasca gli sembra che scotti.

Il respiro si regola solo quando supera l'edificio di calcare giallo della chiesa di San Nicolò di Bari, che a quell'ora comincia a colorarsi di arancione.

Si dirige rapido verso la piazza centrale.

Due vecchi al bar sembrano discutere fittamente davanti a una spremuta di limone. Tre donne sedute su un uscio lavorano a maglia, mentre una quarta riporta dentro casa i pomodori lasciati essiccare al sole, che ormai si spegne in lontananza.

Il giovane smonta dalla bici. La poggia al muro della casa in mattoni chiari di fronte alla farmacia e, tirato un lungo sospiro, entra.

Capitolo 8

Acate, 18 aprile

Don Luigi osserva oltre la vetrata colorata. Riconosce l'esile sagoma avvolta in uno scialle scuro che si è fermata a guardare dentro. È Matilde. Sta per muovere un passo, ma lei è già andata via.

Sospira.

Deve parlarle.

Sono giorni che ci pensa.

Ormai i loro incontri sono diventati assidui e anche se lui non riesce a provare la passione che lei vorrebbe, le è in qualche modo affezionato. Forse è ora di prendersi cura di lei e del bambino. In fondo a lui cambia poco. Mentre per lei, vedova con un figlio piccolo e due genitori anziani, può significare tutto.

Assorto nei suoi pensieri va quasi a sbattere contro il militare che varca la soglia. L'uomo ha una divisa nuova di zecca ed è alto e magro. Luigi si scosta e il giovane gira gli occhi intorno a sé come in cerca di qualcosa. Non sembra granché sereno.

Cosimo sta per andargli incontro, ma il famacista gli posa una mano sulla spalla: «Ci penso io. Tu vai da Amedeo» e indica il cliente già al banco.

«Posso esserle d'aiuto?» chiede poi rivolto al soldato. Il tono è cordiale.

Paolo nega con la testa. Ora che l'immagine di Carla è risorta a distrarlo, il senso di delusione si mischia alla rassegnazione. Sta già per andare via, quando gli occhi neri e profondi di don Luigi lo scuotono dal torpore in cui sembra caduto. «Io... veramente...» balbetta, poi sputa fuori tutto di un fiato: «Desideravo dell'olio di ricino». Intanto Paolo continua a guardare il farmacista. Avrà più di quarant'anni e meno di cinquanta. Ha le spalle larghe, il fisico asciutto, i capelli folti e scuri, il sorriso aperto e sicuro. Trasmette un forte carisma.

«Cosimo» dice don Luigi al ragazzo, «prepara la boccetta per il nostro tenente». Intanto con un gesto meccanico lascia scorrere i pollici sotto le larghe bretelle marroni che tengono su i pantaloni.

«Ma il veterinario Lo Iacono mi chiedeva...»

«Ad Amedeo penso ora io» lo interrompe il farmacista, e quando Cosimo scompare dietro una porta a vetri lui ritorna al bancone.

Politi si avvicina e con i gomiti puntati sul ripiano di legno lucido attende. Leggermente imbarazzato.

«Come va al campo?» gli domanda don Luigi mentre ripone le medicine per il veterinario in un sacchetto di carta bianco. È intenzionato a mettere a proprio agio quel ragazzo turbato, ma dall'aspetto compito. Anni di lavoro gli hanno insegnato a parlare con tutti. Non c'è compaesano che non gli abbia raccontato confidenze. Di salute, d'amore, d'onore tradito, di fede perduta, di soldi. Ma visto che il tenente ancora non risponde, insiste: «Ho visto che continuate a scavare senza sosta. E dalle città arrivano notizie poco confortanti: Palermo, Catania e Messina sono bombardate ripetutamente. Centinaia di morti».

«Le città sono facili bersagli. Non solo in Sicilia. Anche Napoli è sotto il fuoco nemico» si intromette Amedeo, che allunga la mano per salutare Politi: «Amedeo Lo Iacono, veterinario di Acate».

Anche Paolo si presenta.

«Neanche le notizie dalla Tunisia sono buone. Siamo stati tirati in una guerra...» continua il farmacista.

« Caro don Luigi, devi avere più fiducia nel duce. Il mio duce » aggiunge e si porta la mano al cuore. « Resistiamo bene, mi sembra ». Il tono dell'uomo non ammette repliche.

Una profonda ruga compare sulla fronte di don Luigi. Sta quasi per dire qualcosa ma si trattiene. Si limita ad annuire poco convinto, mentre un sordo fastidio si impossessa di lui come spesso gli capita davanti all'ottusità del veterinario. Intanto riprende a giocare nervosamente con le bretelle dei calzoni. Quel gesto automatico lo aiuta ad alleggerire la tensione.

« Certo, tre anni fa, dopo l'occupazione della Francia, sembrava essere finita » afferma ancora Amedeo, mentre prende il sacchetto di carta con le medicine. « La vittoria era vicina così » e schiocca le dita. « Se non fosse stato per *'sti gran cornuti* degli inglesi sarebbe tutto già concluso » considera infine e, dopo aver salutato, esce. Poi ritorna e rivolto a don Luigi: « Di' al giovane Cosimo di portare i miei saluti al papà ».

« Riferirò ». Il farmacista alza gli occhi al cielo e spiega a Politi: « Il papà di Cosimo è l'ispettore di pubblica sicurezza del paese ». Un sospiro: « E come vede Acate pullula di ferventi fascisti ». Poi cambia espressione in viso: « Lei cosa mi dice della Tunisia? »

Finalmente il tenente sembra avere trovato la parola. Anche il volto ha un'espressione meno incerta: « L'VIII armata britannica non ci dà tregua. A giorni si aspetta l'offensiva finale ». Una pausa lunga il tempo di un respiro: « Anche io sarei stato lì se, vista la tragica evoluzione della campagna, la divisione Livorno non fosse stata mandata in Sicilia ».

Don Luigi sembra diventare ancora più cupo in volto. Squadra il tenente da capo a piedi e domanda: « Da dove viene? »

« Da Roma. Sono arrivato qui solo da qualche settimana. Ora sono stato assegnato alla brigata costiera di Marina di Acate ».

Il farmacista fa una lunga pausa. Un'idea frulla nella sua testa. Riflette ancora qualche secondo, poi parla. « Se sta al campo, vorrei chiederle un favore ».

« Mi dica ».

«Vorrei recapitare un messaggio al maggiore Luzi. Posso approfittare della sua gentilezza?»

«Se posso...» risponde il giovane titubante.

Don Luigi si abbassa dietro il grande bancone, prende un foglio e una penna stilografica e con tratto sicuro, appoggiato sul ripiano, scrive qualche riga. Poi ripiega il foglio e lo inserisce in una busta. «Maggiore Arturo Luzi» aggiunge e passa la busta al tenente.

«Spero nulla di compromettente» dice Paolo e serra la mascella. In quella giornata ha ricevuto troppe lettere per non diventare inquieto.

«Quando può» lascia cadere il farmacista, vago e quasi divertito.

Intanto Cosimo è tornato. Tiene tra le dita sottili una piccola boccia di vetro che passa al militare: «Ecco qui il suo olio di ricino» dice e sorride, di un sorriso che sa di pane caldo appena sfornato.

Capitolo 9

Catania, 19 aprile

Il tempo è trascorso e il buio della notte lascia posto alla luce. Il professor Floridia può di nuovo uscire dalla casa mezza diroccata per riprendere il suo giro in città alla ricerca di un carro. L'impresa si è dimostrata più ardua del previsto. Dopo quasi due giorni passati a bussare a diverse porte la sera prima è riuscito finalmente ad avere un appuntamento con un trasportatore. Lo incontrerà di prima mattina a piazza Stesicoro.

Vittorio si stringe nella giacca impolverata, quasi quel gesto gli dia conforto, infila le chiavi in tasca e si dirige verso via Santa Maddalena. Mentre cammina l'immagine dei palazzi sventrati lo incupisce.

Intanto il cielo, prima screziato di rosa, diventa sempre più chiaro.

Quando arriva alla piazza, lascia alle sue spalle la chiesa di San Biagio. Poi si ferma. È colpito dalla scena che appare davanti ai suoi occhi: centinaia di sfollati, sporchi, feriti, scalzi, si strattonano e si spingono per entrare nell'anfiteatro romano al centro della piazza. Uomini e donne tengono in mano coperte, secchi, galline, forme di formaggio e valigie. Sono disgraziati rimasti senza casa che cercano un rifugio provvisorio nelle gallerie dell'antica costruzione di età imperiale, in parte ricoperta dall'eruzione vulcanica della fine del Seicento.

Un omone con una ferita alla testa lo urta con rabbia. La rabbia di chi non ha più nulla da perdere. Dopo una leggera esitazione, lui si scosta, cambia marciapiede e si mette alla ricerca dell'uomo della carrozza.

Trovarlo non è facile. Alla fine lo riconosce. Bassino, magro, due grandi baffi ben curati e una coppola. Sta trattando con un signore distinto e fa cenno a Vittorio di aspettare. Quando l'uomo rimane solo lo raggiunge.

Gli parla a voce bassa. Con circospezione. Alla fine gli stringe la mano. L'accordo è concluso, se pure il prezzo richiesto è esorbitante. Ma gli anni di risparmio ora possono aiutarlo. Per 4.500 lire si è assicurato un carro per la mattina dopo. L'appuntamento è davanti al nuovo ospedale civico Vittorio Emanuele. Da lì lui e il carrettiere proseguiranno fino a casa.

La prudenza non è mai troppa.

Contento di avere trovato una soluzione riprende a passeggiare, ma non fa in tempo a superare i Quattro Canti che sente un'altra sirena. Questa volta il cuore batte all'impazzata. Si accorge che non è l'unico ad avere paura. I pochi passanti che sono per strada scappano da tutte le parti e gli ricordano delle formiche sorprese all'improvviso da un acquazzone. Lui intanto spedito raggiunge il ricovero vicino a piazza Bellini, dove arriva poco dopo sudato e trafelato.

Le ore passano.

Il cielo questa volta è silenzioso. Nessun velivolo nemico. Nessuna bomba.

Lentamente gli uomini e le donne lasciano il rifugio. E ancor più lentamente la città ritorna alla vita.

'È incredibile' considera, 'come l'animo umano sia veloce a dimenticare il pericolo' e intanto percorre la via Vittorio Emanuele e poi risale su per via Etnea. Prima di tornare a casa vuole osservare le rovine del bombardamento del giorno precedente. Ai Quattro Canti, dove è passato poche ore prima, il palazzo dei Pavia è ridotto a un ammasso di pietre. Desolato, passo dopo passo, continua il suo giro per la città. La distruzione è ovunque. Il suo artefice è il caso: alcuni palazzi sono diventati un cumulo di macerie, altri sono solo danneggiati e altri sono rimasti perfettamente integri.

Ma ecco che arriva il suono di un'altra sirena.

Che fare?

Un altro falso allarme?

Ha appena il tempo di chiederselo quando sente il rumore dell'artiglieria contraerea. Maledice la scelta di essere rimasto in città, mentre la preoccupazione che qualcosa possa essere accaduto alla linea ferrata sulla quale è passato il convoglio della sua famiglia gli spezza il respiro.

Sente il boato.

Una fitta al braccio. Il dolore si espande al petto. Forte. Sempre più forte.

Le gambe gli cedono.

Si accascia.

La testa sbatte su qualcosa di duro e appuntito.

Capitolo 10

Acate, 20 aprile

Salta giù dal convoglio e guarda il viso sottile della madre. Il pallore è coperto da uno strato di fuliggine. Il ragazzo immagina che anche il suo volto sia ugualmente sporco. Nel vagone si respirava a stento per il fumo di pipe e sigari dei passeggeri rinchiusi in uno spazio ristretto. Eppure loro, considera, sono stati tra i fortunati. Grazie all'ex studente del padre che li ha fatti passare per primi hanno trovato posto sulle panche di legno. Molti, troppi, hanno trascorso l'intero viaggio seduti sul pavimento sporco dei vagoni.

Si gratta il collo. Sente prurito ovunque. Agata lo osserva vigile: «Sono le pulci».

«Pulci?»

«Hai visto in che condizioni abbiamo viaggiato» la voce è atona.

«Due giorni» lamenta Elena. «Sembrava non finire mai. Quando hanno fermato il vagone poi...» Il sorriso nelle ultime ore le si è spento.

Luca la zittisce con dolcezza e intanto porta la mano sulla pancia che borbotta. Non ha il coraggio di dirlo ad alta voce, ma non ricorda di avere mai sofferto tanto la fame. È dalla mattina prima che non mette nulla sotto i denti. Ha lasciato l'ultimo pezzo di formaggio che ha preso a casa alla sorella, fingendo di non volerlo. «Non pensiamoci più» afferma invece raccogliendo tutta la forza che ha. «Hanno riparato la ferrovia e siamo comunque arrivati a destinazione. Avevo temuto che dopo l'ultimo bombardamento ci facessero tornare indietro».

«E soprattutto siamo ancora vivi» sussurra Agata come un sibilo, carico di tristezza.

«Mamma, che hai? È per papà? O sei solo stanca?» intanto il ragazzo si sporge a guardare il fratellino. Per tutto il viaggio ha dormito, rigirandosi ogni tanto, senza mai aprire gli occhi. «O è per Michele?» chiede poi grattandosi la testa. «La ferita alla gamba è proprio brutta. Ha uno strano colore... violaceo».

I bei lineamenti di Agata si contraggono in una smorfia che ha il sapore del dolore. Luca osserva gli occhi neri muoversi nervosi, ma a sorprenderlo è la ruga profonda che appare al centro della fronte.

«Pensiamo a toglierci di dosso queste pulci». Agata cambia discorso e abbozza un tenue sorriso. Dopo gli passa una mano tra i capelli: «Che ne dici?» Ma la domanda si perde tra gli starnazzi di Lucietta che appena toccata terra ha iniziato a chiocciare ininterrottamente e a zampettare per la stazione deserta. Nessun altro oltre a loro è sceso ad Acate.

La madre scuote la testa e passa il corpicino di Michele a Luca. «Tienilo tu. Cerco qualcuno che ci porti da don Luigi» e senza aspettare risposta sparisce. Cammina a passi veloci, mentre la gonna gialla, ormai sporca e sfilacciata, ondeggia segnando il corpo esile.

Dopo poco la donna ritorna accompagnata da un ragazzone dal viso rotondo e dai capelli rossi.

«*Iddu è*» si limita a dire Agata e riprende Michele tra le sue braccia che ora piange e indica la ferita.

Elena intanto afferra veloce Lucietta e Luca aiuta il garzone a caricare le valigie sul carro. Ma qualcosa lo infastidisce. È lo sguardo morboso che il ragazzo dai capelli rossi lancia a sua sorella. Il fastidio è acuito dalla consapevolezza che Elena fa sempre questo effetto agli uomini. Dimostra più dei suoi quindici anni e i suoi ricci dorati, gli occhi azzurri e il nasino all'insù non passano mai inosservati. Anche in mezzo a tutto lo squallore che hanno attraversato nelle ultime ore, lei, con le trecce ormai sfatte e i capelli sporchi, continua a brillare come una stella. Ma dentro, Luca lo sa, è ancora una bambina e l'idea che qualcuno la possa desiderare come *femmina* lo agita profondamente. Così d'istinto si frappone fra i due e l'abbraccia. Ma Elena fa un salto indietro: « Le pulci non le voglio! »

Intanto il garzone posiziona le valigie e le assicura con una corda robusta. Gli altri salgono sul carro e si avviano ad attraversare il paese, a quell'ora abbagliato dal sole.

Luca osserva alcune donne ferme sull'uscio a parlare fittamente. Qualcuna lavora a delle ceste di vimini. Il gruppo supera una locanda dove tre uomini giocano a ruba mazzetto. « Sembra che qui non sia accaduto nulla » mormora il ragazzo.

Il carro si ferma davanti alla farmacia. I tre uomini del tavolo si alzano, curiosi, per vedere chi siano i nuovi venuti. Perché dei civili dall'aria stanca e trasandata arrivano in paese? Possibile che vengano dalla città bombardata?

Uno di loro chiede.

« Sì, veniamo da Catania » risponde Luca.

« E come *fu*? »

« Terribile ». Taglia corto. Non ha voglia di raccontare. Non sa farlo. Significherebbe rivivere la recente paura e lui non è abbastanza forte. Il cuore pulsa veloce e intanto guarda la madre, che senza preoccuparsi degli sguardi dei paesani entra nella farmacia, sistemando come può la sua gonna spiegazzata.

Quando anche il ragazzo dai capelli rossi si allontana, diretto al bar, Luca ne approfitta. « Stai attenta a Michele » dice a Elena e spicca un salto fino a terra.

Anche lui vuole vedere quel farmacista di cui ha sentito parlare a casa e che ora li deve aiutare. È davvero un uomo d'onore come crede il padre?

Mentre muove i primi passi verso il negozio ripensa ai racconti tante volte sentiti. Il padre e Ninì vicini in trincea. Il tempo che non sembra avere fretta e scorre lento. Poi il nemico che spara alle truppe italiane. La paura. Il ricovero. Da lì le strade dei due giovani si separano. Ninì muore di setticemia nell'ospedale militare vicino a Cuneo. Il padre torna a casa. Appena rientra cerca i familiari del compagno. Rintraccia don Luigi e va a trovarlo. Per ore gli racconta del fratello, delle sue ultime parole per i suoi cari. Da allora il professore e il farmacista si scrivono, ogni mese. Lui stesso si è sempre meravigliato, all'arrivo di ogni lettera, di quanto un identico dolore possa unire due anime distanti e in fondo sconosciute.

Finalmente arriva davanti alla porta a vetri. La scosta e si ritrova in una bottega tappezzata interamente di legno scuro.

Nella stanza odori diversi riempiono l'aria: il profumo del pepe si mischia a quello dei chiodi di garofano e della cannella. Ma Luca intuisce che ce ne sono molti altri a cui non sa dare un nome.

Capitolo 11

Acate, 20 aprile

Alza lo sguardo e vede il carro di Ezio – il giovane spicciafaccende di Acate – che si ferma davanti alla farmacia.

Prima il dubbio.

Poi la certezza.

I Floridia sono arrivati.

Chiude gli occhi, serra le labbra e passa la mano sul volto. «Ho promesso a me stesso e a Vittorio che lo avrei fatto» mormora. E lo farà perché per lui un uomo è uomo solo se mantiene sempre la parola data. Costi quel che costi. L'importante ora è la cautela. Nessuno dovrà mai scoprire in paese il suo segreto. Ne andrebbe dell'onore. Ma non del suo. E questo lui non se lo perdonerebbe mai.

Quando vede la donna avvicinarsi, il velo dei suoi ricordi si squarcia. Ma subito si riprende.

Ha una gonna gialla sotto il ginocchio e il passo spedito. Sembra quasi che corra, tanto che i capelli lisci raccolti in una semplice coda si agitano nell'aria. A don Luigi involontariamente scappa un sorriso.

Agata entra e raggiunge il bancone. Poi si ferma imbarazzata, le gote le si tingono di rosso. Sembra avere perso la parola.

«È un sollievo vedervi qui» sbotta don Luigi. E per lui è davvero un sollievo. «Da quando ho saputo dei bombardamenti ripetuti su Catania sono stato molto in pena» si ferma, incerto se dire altro. Il cuore comincia a pulsare più forte. 'Perché è sola?' Lascia che lo sguardo vaghi di nuovo oltre la vetrata, fino al carro. Ha quasi paura di sapere, ma non può fare a meno di chiedere: «Vittorio dov'è?»

«Sta bene. Ma ci raggiungerà solo fra qualche giorno. Ha mandato noi avanti... sono mortificata. Gli avevo detto che non era il caso di venire da sola. Con i ragazzi...»

«Mortificata?»

«Sì, mortificata. Spuntare così, come dei vagabondi...»

Lui scuote la testa e le sorride. «Lo devo alla memoria di Ninì, ricordi?» E rivolto a Cosimo che gli sta accanto imbambolato spiega: «Mio fratello mi scriveva sempre dal fronte per dirmi come fosse legato a Vittorio e quante volte lui lo avesse salvato».

Cosimo annuisce, timido. Poi torna a guardare il bilancino pieno di polvere sottile, arancione, che tiene in mano.

«I ragazzi stanno bene?»

«Sono sul carro. Il piccolo è ferito».

«L'importante è che siate arrivati».

«È stato un viaggio infinito. Siamo in condizioni terribili» e indica imbarazzata la camicetta bianca piena di macchie.

«Lascerò qui Cosimo e vi accompagnerò alla casa del carrubo. Lina, la mia governante, vi aiuterà nelle prime necessità».

«Luigi, grazie» mormora Agata e abbassa lo sguardo mentre una lacrima solitaria le attraversa la guancia.

Scende il silenzio. Cosimo guarda prima il farmacista poi la signora che ha davanti. Alla fine poggia la bilancia sul bancone e va nel retrobottega a prendere delle veline colorate.

Il silenzio diventa ancora più pesante.

Don Luigi si morde il labbro e fa scorrere i pollici lungo le bretelle. Sta già per fare un passo verso di lei quando vede un giovanotto che entra in farmacia. Ha la stessa aria sporca e stanca di Agata, e lo stesso viso rotondo. «Questo bel ragazzo è tuo figlio, immagino» dice e senza aspettare alcuna risposta conclude: «Andiamo. Sarete stanchi e affamati. E a dire dalle vostre facce vi serve anche un bel bagno caldo».

Capitolo 12

Costa spagnola

Sul mare non spira un alito di vento, eppure le acque gorgogliano. Lenta, la sagoma scura di un sottomarino affiora nelle acque spagnole. È un Seraph della Royal Navy britannica.

Il capitano di corvetta Brandon Donnelly osserva attentamente la costa con il periscopio. L'uomo, poco più che trentenne, alto e magro, dal viso scarno e dagli occhi incavati, nascosti da folte sopracciglia, da lunghi e silenziosi minuti studia le deboli correnti. Ora ha finalmente individuato il punto dove si arenerà 'Billy'. Il luogo prescelto è in prossimità di una lunga roccia solitaria conficcata nella spiaggia di rena chiara che si apre a pochi chilometri da loro.

Soddisfatto guarda le lancette dell'orologio. Quando queste si allineano alle quattro del mattino scorge nel cielo stellato una lontana esplosione. Come gli è stato disposto, lascia la camera di manovra.

Ha ricevuto l'incarico alcune settimane prima dal tenente Sullivan a nome della Naval Intelligence Division. L'ordine da eseguire è chiaro: raggiungere quello specchio d'acqua, aprire la cassa, assicurarsi che 'Billy' venga ripescato, sparire. Tutto senza fornire spiegazioni ai militari imbarcati con lui. E se pure all'apparenza lui è solo un piccolo ingranaggio in una grande macchina militare e politica, conosce bene l'importanza del suo compito. Senza gli ingranaggi le macchine non funzionano. Per questo, ora che è arrivato il momento tanto atteso, è attraversato da un vivo sentimento di orgoglio.

Intanto si rivolge al sottotenente di vascello Cohen: « Richard, chiama due sommozzatori. Digli di venire subito alla camera di lancio ».

Cohen annuisce. Il volto lungo e sottile del giovanissimo sottotenente non riesce a nascondere la curiosità.

Sono giorni che a bordo tutti si chiedono la ragione di quel viaggio in acque spagnole. Ma non hanno mai ricevuto risposta.

Sono giorni che lui si arrovella su cosa contenga la cassa di ferro che è stata fatta caricare sul sottomarino poco prima di salpare e che Donnelly custodisce con tanta cura. Ma non ha osato chiedere.

Sono giorni che i marinai si interrogano su chi sia il 'Billy' di cui borbotta Donnelly. Una spia che deve salire a bordo? Qualcuno che verrà a prendere il misterioso oggetto?

I suoi pensieri si interrompono non appena entra nel locale lungo e stretto. Intorno le sagome affusolate di tre missili. A sinistra la cassa.

« Portiamola sul ponte » ordina Donnelly, mentre si morde il labbro.

Il primo a uscire dalla torretta del sottomarino è Richard, seguito dal capitano in perfetta uniforme, che rigira fra le mani il berretto di ordinanza. Il gesto mal cela il suo nervosismo.

La cassa è riposta con delicatezza sul ponte bagnato. Portarla fuori dal sommergibile non è stato per nulla semplice.

« È ancora fredda » considera Donnelly passando due dita sul coperchio. « Gelata ».

Richard comprende che quel particolare è importante. « Aspettiamo qualcuno? » domanda poi.

Donnelly nega con la testa. « Liberiamo qualcuno ».

« Chi? »

«Non so in verità chi sia, né che ruolo abbia in questa guerra. Io lo chiamo semplicemente 'Billy'».

«Vuol dire che è chiuso... che è...?» Richard indica davanti a sé, verso il coperchio. Comincia a comprenderne il macabro contenuto.

«Forse è più corretto dire che *era*» afferma il capitano. Poi ordina ai sommozzatori di svitare i bulloni.

I due si mettono subito all'opera con estrema destrezza.

Lentamente il coperchio viene sollevato e poggiato sul ponte.

Dentro un uomo in uniforme ricoperto da ghiaccio secco. Il volto è bianco perlaceo e leggermente gonfio, gli occhi sono spalancati e ricoperti da una fuliggine di gelo. Sopra l'uniforme un giubbotto di salvataggio.

Richard fa un passo avanti e avvicina la lampada di bordo che tiene in mano. Vuole osservare meglio. L'uomo congelato che vede davanti non avrà più di quarant'anni. Il viso è sottile, segnato da grandi baffi neri. La divisa è quella dell'aviazione della marina militare inglese. Legata al suo polso c'è una valigetta nera, rettangolare dagli angoli rinforzati.

«Ma chi è?» domanda ancora Richard.

«Ti ho già detto che non lo so. Mi hanno solo informato che è il cadavere di un povero cristo ripescato da due barboni nelle acque del Tamigi. Ho l'ordine di farlo giungere a terra, sulla spiaggia presso Huelva. Non so altro». E riprende: «Ho individuato poco fa il punto. È battuto dai gendarmi. Lì il nostro 'Billy' non passerà inosservato». Mentre parla, passa un foglio con le coordinate a uno dei sommozzatori. «Basterà che vi avviciniate alla costa spingendolo fino a riva e che poi torniate veloci indietro. Prima che faccia luce dobbiamo diventare invisibili».

«Non sei curioso?» chiede Richard a Donnelly.

«Non è il mio lavoro esserlo, né dovrebbe esserlo il tuo» taglia corto il capitano infastidito da tanta insistenza.

«Ma...»

Donnelly gli fa cenno di non dire altro. Scende così in un muto silenzio che dura il tempo di un respiro.

Richard si morde la lingua per avere parlato troppo. Ormai dovrebbe averlo imparato: la guerra è così. C'è chi decide, c'è chi esegue e c'è chi subisce. Ormai dovrebbe averlo capito. Eppure ancora non si rassegna. Non farà mai carriera.

Donnelly intanto si volta, impartisce gli ultimi ordini ai sommozzatori e rientra nel sommergibile.

Mentre i sub indossano le mute e controllano l'attrezzatura, Richard prova ad aprire la valigetta. È chiusa.

Sta già per desistere quando vede al collo dell'uomo una catena con una chiave.

La sfila e fa scattare la serratura. Dentro una busta trasparente con carte, piani di attacchi aerei e alcune lettere, la foto di una bella bruna in riva a un lago.

Non la apre, ma i suoi occhi intravedono un tesserino militare. Sopra un nome: William Martin.

Ora 'Billy' ha un'identità.

Che senso avrà tutto questo? Si chiede mentre richiude la valigia e rimette la chiave al collo del cadavere.

Intanto i due sommozzatori sono tornati, pronti all'opera.

È l'alba. Donnelly inquadra la spiaggia dal periscopio. Due gendarmi spagnoli passeggiano sulla riva, fumano e scherzano. Uno dei due si ferma per orinare, l'altro indica le lamiere sulla spiaggia, poi con il dito la sagoma arenata vicino al grande scoglio.

Gli uomini corrono ora verso il corpo. Si guardano e danno l'allarme.

Un sorriso sornione si apre sul bel viso del capitano di corvetta che dà ordine di accendere i motori e di inabissarsi. La missione è stata conclusa con pieno successo.

Capitolo 13

Marina di Acate, 20 aprile

Il forte vento freddo squarcia il manto grigio del cielo, mentre le onde si increspano schiumose a preannunciare una tempesta.

Il tenente Politi è lì, sulla riva. Aspira l'aria pungente e salmastra a pieni polmoni. Con le mani in tasca e il bavero alzato, pensieroso, osserva i cavalloni alti che si abbattono sulla spiaggia per risucchiare indietro la sabbia, rilasciando poi tronchi, alghe e conchiglie.

Quando il sole è ormai alto, Paolo decide di rientrare al campo. Si è allontanato già da tre ore per il giro quotidiano di ronda e non gli sembra di avere scorto nulla di strano. Solo due B-17 che hanno sorvolato più volte le coste, ad alta quota, per poi dirigersi a nord. Altri due uccelli di metallo, considera il tenente, che percorrono i cieli come presagi di una imminente sventura.

Quando raggiunge la base lo attende però una sorpresa. Il maggiore Luzi è tornato al campo prima del previsto. Alcuni camion militari sono fermi nel piazzale e diversi uomini corrono a destra e sinistra, con il fucile in spalla e l'elmo di ferro sotto il braccio.

Dopo poco Luzi esce dalla sua baracca dal tetto di paglia. Paolo nota che il maggiore ha la bocca serrata e la mascella tesa. Ma a stupirlo di più è l'uniforme in perfetto ordine che cozza con la sabbia che si solleva a ogni folata. Cosa bolle in pentola?

Non fa in tempo a chiederselo. Luzi lo vede e lo chiama: «Tenente Politi». La voce è tesa come un elastico pronto a vibrare.

«Maggiore, mi dica» dice il giovane avvicinandosi a passo veloce e mettendosi sull'attenti.

«Il nostro generale ci ha convocati questa mattina al comando di reggimento. Novità dai servizi segreti tedeschi. Si prepari».

Politi annuisce e dopo poco è sulla macchina del regio esercito, seduto sul sedile posteriore. Guarda le campagne attraversate dal vento che muove le foglie di carrubo. L'auto intanto supera una macchia di alberi di ulivo e prosegue sul terreno di rena chiara costeggiato da bassi muretti in pietra, oltre i quali si apre la campagna ondulata e solitaria, intervallata solo da qualche casolare e da un gregge al pascolo.

Il tenente però non riesce a godere della vista. Rigira nervoso i pollici. Muore dalla voglia di chiedere cosa sia accaduto. Ma sa anche che non può chiedere.

È Luzi a parlare: «Mussolini fino a qualche giorno fa credeva che la Sicilia fosse un possibile obiettivo, ma i tedeschi credono diversamente».

«In che senso?»

«Recenti sviluppi fanno ritenere che l'isola presa di mira sia la Sardegna e non la Sicilia».

«Be'... da lì è più facile arrivare sia alla Francia sia all'Italia centrale».

«Eppure...» Luzi è perplesso: «Un'operazione in Sicilia da parte dei nemici spiegherebbe i bombardamenti sulle nostre città».

«Potrebbe sempre trattarsi di azioni diversive, visto che questa volta non hanno mirato a bersagli militari, per confondere i siciliani. Catania dopo il raid aereo è allo stremo. Questo semina il terrore e fa salire il malcontento verso il nostro governo».

«Così pensano i tedeschi». Il maggiore sospira: «In effetti in guerra tutto è possibile». E dopo un attimo di esitazione riprende: «Certo, bene sull'isola non si sta. Gli sfollati dalle città bombardate sono numerosissimi. La popolazione scappa in cerca di salvezza. Mi hanno detto che questa mattina è arrivata una famiglia anche qui ad Acate, in treno, per chiedere ospitalità a don Luigi. E molte altre persone stanno giungendo, a piedi. Sono disperse nella campagna, alla ricerca di alloggi di fortuna».

Nel sentire il nome del farmacista, Paolo coglie l'occasione. Sono due giorni che porta con sé la lettera di don Luigi. Nella tasca interna della divisa. È stato a lungo indeciso sul da farsi. Teme di star per consegnare un messaggio non dovuto, ma capisce che in ogni caso la verità verrà a galla. Tanto vale farlo ora che sono soli su un mezzo di trasporto. Così dopo un silenzio che dura il tempo di battito d'ali di gabbiano afferma: «So che non è il momento, ma non ho avuto altra occasione per darle...»

«Darmi cosa?» incalza il maggiore.

«Ho una lettera da don Luigi per lei». E infila la mano nella tasca. Le sue dita toccano due buste. Paolo chiude gli occhi. Quale delle due è quella giusta? La più piccola ricorda. Così, con il cuore che pulsa più del dovuto, la estrae.

Un sospiro di sollievo. Ha preso il messaggio corretto.

Arturo Luzi apre e inizia a leggere, poi alza il sopracciglio: «In paese sono curiosi di sapere... Le lumache di certo sono buone. Don Luigi è un uomo interessante... Se la situazione si placa andrò».

«Lumache?» Paolo non capisce.

«Sì. Per una cena. Dice che ne devono arrivare di grosse così dalla zona di Enna e mi invita» e unisce indice e pollice a mimare la dimensione di una noce. Si gira a guardarlo: «Tenente, a lei piacciono le lumache?»

'Lumache?' pensa Paolo. Non ne ha mai mangiate e preferirebbe non iniziare ora. Ma la curiosità di vedere Nunzia e di evitare la mensa al campo gli tolgono ogni esitazione. «Certo!»

«Allora verrà con me, sempre che andrò. Prima vediamo cos'ha da dirci il generale».

Capitolo 14

Acate, 20 aprile

Elena e Luca sono seduti sopra le valigie che traballano a ogni fossato. Scrutano con stupore il paesaggio disseminato di muretti di calcare bianco che rifrangono i raggi del sole. Entrambi pensano alla città appena lasciata e al nero della pietra lavica di Catania che accompagna tutti i loro ricordi.

Luca è profondamente scosso. Fino ad alcuni mesi prima non avrebbe mai immaginato di dovere affrontare simili difficoltà. Dopo Natale, a dire il vero, le sirene che annunciavano possibili raid aerei su Catania, le notizie confuse che circolavano tra gli adulti su quanto accadeva ai diversi fronti e la fame procurata dal blocco navale lo avevano reso più guardingo. Più volte, da quando aveva compiuto diciassette anni, si era chiesto cosa ne sarebbe stato di lui se la guerra non fosse terminata. Sicuramente lo avrebbero chiamato alle armi. Eppure allora c'era la speranza a proteggerlo. La folle speranza che la guerra avesse un termine e che la Sicilia venisse risparmiata. Ora la verità ha squarciato il velo. E lui è lì, su un carro in piena campagna, senza avere idea di dove sia suo padre.

Quando il mezzo di trasporto supera una distesa di fichi d'India e inizia a costeggiare un grande vigneto, le sue riflessioni sono spezzate dallo stupore e non riesce a trattenersi: « Ma è bellissimo! Di chi è? »

«È il terreno della casa del carrubo» spiega don Luigi. Conosce Luca da pochi minuti ma gli fa già simpatia. Per la sua curiosità e per come si prende cura della sorella e della madre. Un ragazzo con le spalle robuste. Una dote che a lui piace più di molte altre.

«Vuol dire che è suo?» domanda Luca mentre la vista corre oltre l'orizzonte dei tralci verdi. Il padre non gli aveva detto che don Luigi era figlio di un povero contadino?

«Se ti piacciono le vigne ti porterò a vederne altre. Ancora più grandi. Produco vino da due decenni. Prima della guerra ne facevo tanto. Lo imbottigliavo e lo mandavo per tutta la Sicilia. Ora ne esce solo qualche botte. Non è più tempo» considera con un velo di nostalgia. Lui all'età di Luca camminava per quelle terre non sue carico di sogni. Alcuni li aveva realizzati, altri erano rimasti cristallizzati in speranze senza tempo.

Si volta così a guardare i suoi ospiti e incrocia lo sguardo di Agata. Cerca di capire cosa provi quella donna fuggita da un bombardamento e lontana dal marito. Poi vede Elena che gli sorride e ricambia.

Intanto il gruppo arriva davanti a un ampio cancello in ferro battuto leggermente arrugginito, ma maestoso. Il carro cigola e procede per un lungo viale costeggiato da alberi di gelso e pini per poi fermarsi davanti a una splendida costruzione con le porte rosse. Davanti un immenso carrubo. Sulla destra in lontananza, oltre l'aia, le stalle. Intorno alcuni asini brucano lenti l'erba.

Un cane dal pelo bianco e lungo va incontro al farmacista, scodinzolando.

«Questo è Baldo» dice don Luigi e si sporge ad accarezzare il muso con la mano. «E questa è la casa» e indica verso la costruzione principale.

«La sua famiglia doveva essere molto ricca!» esclama Elena con ingenuità. Luca le dà una gomitata e lei lo guarda stranita.

«O per nulla, cara mia» afferma don Luigi e volge lo sguardo verso Agata per concludere: «I tuoi genitori conoscono la mia storia».

«Ha fatto tutto da solo?» Elena non si ferma, incurante delle occhiate che Luca le lancia. È in piena ammirazione per quell'uomo dall'aspetto distinto e dai modi sicuri.

«Elena, ora basta domande» interviene Agata. La voce è asciutta.

«Ti avevo avvisata» le sussurra Luca all'orecchio. La ragazzina per tutta risposta gli volta le spalle. Le labbra serrate e le braccia incrociate.

Quando la vettura finalmente si ferma, Luca è il primo a saltare giù. E ancora prima di aiutare la madre sbircia intorno senza che nessuno se ne accorga.

Scorge allora una ragazza, seduta sotto un pino intenta a leggere. Gli sembra sia poco più grande di lui. Ha una gonna lunga, verde chiaro, stretta in vita, un maglione di cotone rosa e una larga fascia a fermare i capelli del colore dello zafferano. Da lontano non distingue altro, fino a che lei non alza il viso e lo guarda fisso.

«Nunzia, vieni qui» a chiamarla è don Luigi. «Abbiamo ospiti».

La ragazza si morde il labbro, corruga la fronte. Scotola la gonna dalle foglie che sono rimaste impigliate. Tenendo stretto al petto un libro dalla copertina blu e dalle incisioni dorate raggiunge il carro.

«La famiglia di Vittorio Floridia. Sono appena arrivati da Catania» spiega don Luigi alla nipote passandole una mano tra i capelli. Quella ragazza per lui è ora come una figlia e accarezzare i suoi capelli di zafferano gliela fa sentire vicina.

Nunzia solleva il sopracciglio. La sera prima ha origliato dietro la porta dello studio dello zio. Luigi suonava il pianoforte, come spesso capitava. Poi la musica si era interrotta per essere sostituita dalla voce metallica di uno speaker di Radio Londra che parlava proprio del raid aereo sulla città etnea. Ora vorrebbe chiedere dei bombardamenti, ma non ne ha il coraggio. Dovrebbe ammettere di avere spiato.

Don Luigi continua a parlare: «Avvisa Lina che prepari pane, olive, noci e formaggio di capra».

Intanto Elena smonta dal carro e libera Lucietta, che veloce va verso l'aia mischiandosi alle altre galline. La ragazza la guarda allontanarsi e si avvicina al fratello, timorosa. Sembra che lo screzio di prima si sia sciolto come neve al sole. «Stai serena» la conforta Luca e le accarezza la mano.

Poi è la volta di Agata, che scende tenendo Michele stretto al petto.

Don Luigi l'aiuta sorreggendola per un braccio. Luca vede che sul volto dell'uomo si apre un sorriso. Questo si spegne non appena guarda il bambino: «Ha la febbre!» afferma il farmacista.

Nunzia intanto è di ritorno, seguita da una donna bassina e grassottella dalla faccia allegra, che si pulisce le mani al grembiule marrone cinto in vita.

«Non molta. Gli deve essere venuta ora» si affretta a dire Agata. «È la ferita che mi preoccupa» e mostra lo squarcio nella gamba: «Ho provato a fasciarla. Ha uno strano colore e la gamba si è gonfiata molto».

«Non mi piace per nulla». Don Luigi storce il naso, e alla donna con il grembiule: «Lina, manda subito a chiamare il medico». E poi, rivolto ad Agata: «Nell'attesa che il dottore arrivi pulisco la ferita e la disinfetto con l'olio di iperico». Tace la verità di quello che vede. L'infezione è progredita in modo preoccupante. Non si tratta più di una semplice ferita.

«Grazie». Il viso di Agata si illumina di gratitudine.

La governante a quel punto si allontana borbottando: «*Malu tiempu*».

Luigi fa segno a Lina di non aggiungere altro. Quella donna ha l'istinto sempre vivo. Anche lei ha capito la gravità della situazione.

«Staranno da noi?» si intromette Nunzia. Nella sua voce si coglie una punta di curiosità.

«Pensavo di dare al professore e alla famiglia la casa delle spezie. Ma da soli, senza Vittorio... in campagna... con un bambino che ha una ferita tanto infiammata...» passa l'indice sul mento, pensieroso: «Credo sia meglio che per ora rimangano qui».

Don Luigi ha appena finito di parlare, quando Luca la vede.

In lontananza, una donna vestita di nero, con un lungo velo di pizzo in testa, avanza verso di loro a passi lenti. Quando è vicina al gruppo Luca coglie il pallore del suo incarnato e la sua magrezza. Gli occhi azzurri come il cielo sembrano velati da una profonda tristezza.

Nunzia nel vederla fa quasi un balzo: «Come mai qui?» mormora.

La donna la trafigge con gli occhi e non risponde. Senza proferire parola si avvicina a Michele e gli mette una mano sulla fronte.

Si ferma.

Guarda Agata in viso e quasi trema. Poi con le dita sottili le accarezza il volto.

Intanto Luca vede Nunzia rivolgere allo zio un'occhiata carica di stupore.

Nessuno parla e nel silenzio generale la donna rientra a casa.

«Chi è?» chiede Elena sottovoce al fratello.

Luca alza le spalle.

È Nunzia a spiegare: «È mia madre. Non usciva dalle sue stanze da tre anni».

Capitolo 15

Berlino, 30 aprile

Lasciare quella mattina il letto caldo di Julia gli è costata molta fatica. La sua amante, con il corpo sottile e proporzionato e il caschetto castano di capelli lisci e sottili, ha un fascino del tutto sconosciuto alla moglie. Ma il lavoro come direttore della sicurezza del Reich è più importante anche di Julia o di qualsiasi altra donna.

Il generale Jörg Hallermann istintivamente porta lo sguardo verso il grande arazzo con la svastica nera su fondo bianco e rosso che ricopre la parete alla sua destra. Un sospiro di orgoglio gli apre il petto.

Non è stato facile per lui occupare, l'anno prima, la poltrona di un uomo come Reinhard Heydrich, fiore all'occhiello delle SS. Anche perché la sua morte improvvisa lo ha reso un mito alla Sicherheitsdienst. Il 'Macellaio di Praga' o 'il Boia' – così era soprannominato Heydrich dai nemici – era miracolosamente sopravvissuto all'attentato dei militari cecoslovacchi, sostenuti e addestrati dall'Inghilterra, ma non era riuscito a superare la brutta infezione della ferita d'arma da fuoco che lo aveva colpito nell'agguato. In poco più di una settimana quello che non erano riusciti a fare i partigiani nemici era riuscito a farlo la setticemia.

Anche lui lo aveva molto ammirato. E più volte nei sei mesi

successivi alla sua scomparsa si era chiesto chi fosse all'altezza di sostituirlo al servizio centrale segreto.

A fine gennaio la scelta di Himmler era caduta proprio su di lui che ora sente il dovere di conquistarsi il rispetto dei suoi sottoposti.

Tamburella con le dita sulla scrivania di legno lucido.

Le labbra sottili si aprono in un ghigno.

La svolta.

Sulla sua scrivania giace il messaggio della talpa all'ambasciata britannica di Madrid e recapitatogli dell'Oberführer Friedrich Müller del VI dipartimento della Sicherheitsdienst qualche ora prima.

Documenti maggiore Martin ancora sigillati

Sorride.

Inglesi. Dei poveri ingenui.

Gli uomini delle SS hanno svolto come sempre la missione con grande professionalità. Hanno trovato i documenti, li hanno ricopiati e li hanno riposti come se non fossero mai stati letti.

Nessuno al servizio segreto britannico può sapere che ora il Führer ha tra le mani i piani degli alleati.

Jörg passa la mano sul mento eccessivamente pronunciato, che tanto piace a Julia, poi inizia a girare la matita tra l'indice e il medio.

Veloce.

E pensa.

Quanto crede in questa guerra?

Tanto.

Con tutto se stesso.

Non ha alcun dubbio che Hitler riuscirà prima o poi a controllare l'Europa. Quello che non riesce però a comprendere fino in fondo è come mai gli inglesi si siano lasciati convincere da Churchill. Quell'ometto dalla faccia rotonda e dagli occhi acuminati ha opposto resistenza al Führer e non ha lasciato la Germania libera di proseguire l'acquisizione del suo spazio vitale. Di certo l'Inghilterra davanti alla forza della stirpe ariana ha avuto paura di perdere il primato economico europeo, ma gli inglesi non si erano resi conto del pericolo dell'avanzata slava? Non avevano intuito che l'unica speranza per resistere a quel popolo senza speranze sarebbe stato di collaborare con la Germania? Ovviamente c'era anche da considerare il ruolo fondamentale giocato dal loro grande alleato. In molti si chiedevano infatti se gli Stati Uniti senza il conflitto sarebbero mai usciti del tutto, nonostante i provvedimenti di Roosevelt, dalla crisi economica in cui erano sprofondati nel 1929. Perché una cosa era certa. Con la corsa agli armamenti le industrie statunitensi avevano ripreso a produrre a pieno ritmo.

Hallermann scuote la testa. Ormai è tardi. Presto gli inglesi si sarebbero pentiti delle scelte fatte. E in fondo meglio così. In fin dei conti avevano deciso anche loro, insieme alla Francia, le umilianti condizioni di pace di Versailles al termine della Prima guerra mondiale.

«La Prima guerra mondiale» mormora non senza fastidio. La matita si frantuma tra le dita e un lampo passa nei suoi occhi: «Un conflitto in cui gli ebrei hanno chiuso i finanziamenti alla Germania e alla causa bellica. La conseguenza è stata la caduta del Kaiser, la nascita di quella debole repubblica semipresidenziale di Weimar e l'inevitabile impoverimento del popolo tedesco».

Il suo pensiero corre ora all'amico di infanzia Eichemann e alla 'soluzione finale'. Serra i pugni e senza che neanche se ne renda conto un frammento del legno spezzato della matita gli penetra nel polpastrello.

Intanto il pendolo batte sette colpi lunghi e uno breve.

Bussano alla porta.

La sua segretaria avanza con passo deciso. Porta un vassoio con una tazza di caffè e un *butterbrot* con *leberwust.*

Il generale la osserva. Ursula Schneider è alta e bionda. Non che in volto non sia carina, ma con la sua gonna stretta e lunga fin sotto il ginocchio e la camicetta bianca chiusa fino all'ultimo bottone, gli ricorda il tronco di un albero. Eppure di una cosa è certo. Per quanto giovane, Ursula è una donna capace, forte, terribilmente riservata e ha una indiscussa fede nazista. E questo per lui non ha prezzo.

Smette di guardare Ursula, le fa cenno di posare il vassoio e ritorna al messaggio decriptato.

È arrivato il momento di lavorare.

Capitolo 16

Acate, 4 maggio

Sono giorni che segue i suoi movimenti. Ha scoperto che Nunzia vive con lo zio, un uomo molto rispettato, sempre gentile con tutti, ma che si tiene lontano da ogni mondanità. Gli hanno detto che nella stessa casa – che ad Acate tutti chiamano la casa del carrubo – c'è pure la madre, che però non esce mai. Da anni, dopo un lutto, la donna ha smesso di recarsi in paese, tanto che diserta anche le messe domenicali.

Il lunedì Nunzia va in farmacia almeno un'ora prima di don Luigi. La ragazza arriva sempre dal sentiero sterrato e trascorre la mattinata a pestare le sue erbe medicinali. Nel pomeriggio le porta ai pazienti che ne hanno bisogno, insieme ad altre medicine preparate da don Luigi.

Al rientro dal lavoro Nunzia è spesso in compagnia dello zio o della governante Lina, se quella si reca al mercato o va a trovare qualche parente.

A Paolo non rimane che aspettarla lì, all'ingresso di Acate. Avrebbe potuto anche seguirla nei suoi giri. Ma il timore di essere visto da occhi indiscreti gli ha fatto escludere la seconda ipotesi, perché se pure vive da poco in Sicilia, ha capito che sull'isola meno si fa sapere di sé e meglio si vive.

Ora l'aspetta con le spalle rivolte al muro. Rigira una margherita bianca tra le mani e osserva un piccolo ragno che tesse la sua tela tra gli steli ai suoi piedi.

Finalmente la vede arrivare.

La ragazza indossa un abito arancione senza maniche, stretto in vita da un nastro scuro, e pedala veloce, nonostante la salita e la strada acciottolata.

Quando lei lo vede si ferma di colpo e poggia entrambi i piedi per terra, rimanendo comunque sulla bicicletta. Le mani ferme sul manubrio.

«Ciao, ti aspettavo» la saluta lui.

«Aspettavi me?»

«Vedi altri?»

Lei sbircia intorno, mentre un rossore colora le sue guance.

«Sono qui in servizio al campo sul litorale. Mi chiamo Paolo Politi».

«So chi sei». Nunzia è schietta. «Ti ho visto in farmacia e so da Cosimo che ci sei pure tornato».

«È vero. Ero andato in farmacia per rivederti» confessa lui, con voce più bassa.

Lei deglutisce e inclina leggermente la testa.

«Pensavo...» inizia Paolo, ma le parole gli muoiono in gola.

Nunzia rimane in silenzio ad aspettare. I grandi occhi color miele fissi nei suoi.

Lui riprova: «Pensavo che un giorno potremmo fare una passeggiata a Scoglitti, se ti fa piacere».

«Da soli?» Lei ride. «Tenente, siamo in Sicilia. L'isola mormora» e intanto si morde il labbro inferiore.

«Solo una passeggiata» spiega lui.

«E non solo siamo in Sicilia, c'è anche una guerra in corso». Nunzia rincara la dose.

«Ma la vita continua» considera Politi. «Come dice quel vostro autore che tanto mi piace? La forma è fissa, ma la vita scorre».

Lei alza le spalle: «Intendi Pirandello?»

Lui annuisce: «Piace anche a te come scrive?» E poi senza attendere risposta, con tono rassegnato: « Lo prendo per un no? Per il mio invito » precisa a ruota, « non per Pirandello ».

La ragazza ribadisce: « La Sicilia. La guerra ». Sta quasi per partire. Un piede sopra il pedale. L'altra gamba si alza, poi guarda la margherita che il tenente tiene ancora in mano e che fa girare a destra e sinistra, giocando con il gambo. Torna a poggiarsi per terra e a mordersi il labbro: « Facciamo un gioco. Se i petali sono dispari ci penso. Se sono pari è un no definitivo ».

Il tenente guarda il fiore e inizia a contare i petali, uno dopo l'altro. A ventuno si ferma.

Nunzia alza le spalle. « Insomma, mi sa che mi tocca venire ».

A Paolo brillano gli occhi.

« Domani pomeriggio. Ci vediamo al bivio per Scoglitti » dice Nunzia tutto d'un fiato e poi scappa via veloce per ridere non vista, perché lei sa bene che le margherite bianche dei prati in quella zona hanno sempre e solo ventuno petali.

Capitolo 17

Acate, 4 maggio

Luca cammina per la campagna assolata. In lontananza, oltre la valle, scorge l'immensa distesa azzurra del mare sovrastato dal cielo di un celeste tiepido e dorato.

Riempie i polmoni dell'odore della primavera e passo dopo passo attraversa il vigneto. Non ha fretta né una meta e così ogni tanto si ferma a raccogliere i fiori gialli di acetosella per succhiarli. Avidamente.

In città tutto questo non è possibile, considera, e gira lo sguardo verso il paese di Acate ormai alle sue spalle.

La tranquillità del paesaggio intorno a lui stride con il tumulto nascosto da giorni nel suo cuore. Pensa alla scuola che da un anno riesce a frequentare solo a singhiozzo. Ha nostalgia dei suoi compagni di classe, degli scherzi fra coetanei, della spensieratezza perduta. Volata improvvisamente via come i semi di un soffione che si disperdono nell'aria al primo colpo di vento. Rimpiange tutto della sua vita passata, perfino il suo insopportabile professore di greco. Gli sembra di vederlo davanti ai suoi occhi, con lo sguardo severo, il sorriso perverso, gli occhiali spessi come il fondo di una bottiglia e le spallucce curve a chiedere a raffica i paradigmi dei verbi. A dire il vero lui lo detestava e non perché non amasse tradurre quei segni tanto diversi dal comune alfabeto. Né per la sua indole scontrosa. Al contrario. Il docente in classe era gentile solo con lui, perché figlio di un collega di latino e greco. E questo, lo sapeva bene, lo rendeva inviso ai suoi compagni.

Una voce alle sue spalle lo fa trasalire.

«Buongiorno, Luca».

Don Luigi appare da dietro i tralci. «Controllo le vigne e guarda chi ti incontro?» Il farmacista lo guarda fisso, mentre una luce di affetto attraversa i suoi occhi neri come il carbone. «Che ci fai in giro tutto solo?»

«E con chi altri?»

«*Attento devi stare*».

«Perché?»

«Con tutti questi soldati...»

«Non ne ho visti. E poi dubito si interessino a uno come me».

«La gente è strana. In guerra lo è di più» dice e un'ombra gli incupisce il viso.

«Ha proprio un bel terreno» considera Luca, con gentilezza.

«Ho tanto, caro ragazzo. Ma temo le perquisizioni forzate e non solo quelle».

«Almeno per ora non ha bisogno delle tessere annonarie come in città» commenta Luca mentre si china a raccogliere della *nepitella,* che schiaccia poi tra l'indice e il pollice per sentire l'inebriante profumo che la pianta sprigiona nell'aria.

«Quello no. Dovrei averne anche per...» Don Luigi si ferma. Non è il caso di dire troppo al ragazzo. Lo osserva ancora una volta. Assomiglia terribilmente a sua madre. E per un attimo rimpiange di non avere anche lui un figlio maschio. A lui i ragazzi piacciono. Gli piace Cosimo, gli piace Luca. Quel pensiero lo fa sentire quasi in colpa verso Nunzia. Lei è la migliore nipote che si possa avere: curiosa, ribelle quanto basta, capace di pensare con la sua testa e con lui condivide la passione per le piante medicamentose e per gli unguenti. Anzi, deve ammettere, lei è anche più portata. Ha un vero talento.

«Dovrebbe cosa?» interviene Luca ignaro dei suoi pensieri, e senza accorgersene fa cadere a terra le foglie di *nepitella.*

«Lascia stare, sono cose da adulti» dice Don Luigi mentre pensa alle scorte di viveri che ha nascosto nel grottino della sua seconda casa, la casa delle spezie.

«A me piacciono le cose da adulti».

L'uomo annuisce e fa scorrere i pollici lungo le bretelle. «E allora ti dico. Ogni sera ascolto la radio».

«Ha una radio?» Luca quasi non sta nella pelle. Si domanda se un giorno potrà anche vederla.

«Ho un grande apparecchio. Lo uso per sentire le notizie che arrivano dal fronte, dal nostro governo, ma mi sintonizzo anche su altri canali, diciamo meno ufficiali, o su Radio Londra, per sapere cosa dicono gli alleati. Ognuno ha la sua verità. E in mezzo c'è la nostra pelle». Sospira: «La Tunisia è quasi perduta, anche se la nostra stampa minimizza. Le forze dell'Asse ancora resistono, questo sì, ma le forze alleate sono di molto superiori e stanno per avere la meglio. Credo sia questione di giorni. Ormai italiani e tedeschi sono circondati e chiusi su questo continente. Attaccheranno da qualche parte. E chissà che non inizino proprio dall'Italia».

«Ma non dalla Sicilia! Pensa che faranno di peggio che bombardare le città? Siamo solo un'isola».

«Non siamo un'isola, noi da sempre siamo *l'isola.* Dall'Africa all'Europa, dalla Spagna alla Grecia. Siamo al centro del Mediterraneo. E soprattutto siamo meno forti del nord Europa». E dopo una breve pausa: «Ho imparato dalla vita a non avere aspettative». La voce nasconde una nota stonata. Non esprime chiaramente il suo timore: che il prossimo obiettivo sarà la sua terra. Hitler ormai è chiuso sul vecchio continente, ma è ancora troppo forte per essere colpito.

Luca lo guarda in silenzio. Quanti anni può avere don Luigi? Qualcuno più del padre, considera, visto che era il fratello maggiore di Ninì. Eppure i capelli ancora scuri, il fisico asciutto e muscoloso lo fanno sembrare ben più giovane.

«Cosa pensi?»

«Secondo lei... Mio padre è...» non ha il coraggio di finire la frase. Il pensiero del padre gli brucia nel petto.

«Vivo. È vivo». Tronca don Luigi mentre fa scorrere di nuovo i pollici all'interno delle bretelle. Vuole rassicurare il ragazzo. Gli sembra già abbastanza provato.

«Come fa a saperlo?» incalza Luca.

«Ho mandato Ezio, il garzone del carro, fino a Catania per cercarlo. A casa non c'è, ma la cosa importante è che nessuno lo ha individuato tra i cadaveri dei bombardamenti. Mi sono fatto portare la lista completa. 157 nomi. Nessun Vittorio Floridia». Poi cambia discorso. C'è qualcosa che gli preme dire. Che deve dire: «Luca, tu ora devi stare vicino a tua madre. Ho parlato con il medico».

«Per Michele?»

«Non ci sono buone notizie».

«Che ha? Lo hanno scoperto?»

«Una gran brutta infezione della ferita alla gamba. Il dottore pensa di dovere amputare l'arto». E chiude gli occhi. Sa bene cosa comporti l'amputazione di una gamba. Il dolore e soprattutto i rischi.

«Amputare?» fa eco Luca. «Ma non può. È solo un bambino». Luca sente di colpo gli occhi bruciargli e stenta a trattenere le lacrime.

«Senza una gamba si vive. Sarebbe il male minore».

«Vuol dire che Michele rischia la vita?»

«Spero di no. Per lui. Per voi. Per tua madre. Sai, mia sorella dopo, non è stata più la stessa».

«Assunta? Cosa le è successo? Perché è così strana?» chiede e già si pente di essere stato tanto curioso.

«Anni fa ha perduto un figlio. Si chiamava Giulio». Sospira al pensiero di quel nipote che tanto gli assomigliava.

«E come è morto?»

«Non se ne può parlare. L'ho promesso a mia sorella. Ma Assunta ora non c'entra. Tu prega e stai vicino a tua madre e a tua sorella. Sono donne. E tu sei la loro roccia». Lo guarda dritto negli occhi e cambia tono: «Dobbiamo stare attenti alle *femmine.* A Elena e Nunzia. Troppi soldati in giro. Mi sono spiegato?»

«Soldati...?»

«Davanti a una bella *figliola* gli uomini sono lupi affamati». Lui lo sa. Ricorda ancora i mesi passati nelle file delle brigate internazionali. Gli uomini lontani dalle case, la folle eccitazione di chi non sa se vivrà l'indomani, le sbronze. Ricorda ancora bene alcuni episodi che solo il velo del tempo ha reso meno dolorosi. Decide di cambiare discorso: «Ho invitato il maggiore Arturo Luzi del campo di Marina di Acate da noi. L'ho conosciuto mesi fa, poco dopo che è arrivato in Sicilia».

«Non ha detto che dobbiamo evitare i soldati? Perché lo ha invitato allora?»

Don Luigi ride. Luca ha proprio ragione. Così spiega schietto: «Alcuni è meglio averli amici. Dobbiamo capire cosa accadrà davvero in queste terre. Abbiamo troppo da perdere. La casa del carrubo è isolata. E per la prima volta da quando ci vivo sono in apprensione. Sai, ho scoperto che il cugino del maggiore è un Oberführer della Sicherheitsdienst. La madre di Luzi è tedesca».

«Un agente segreto delle SS? Cambia qualcosa per noi?»

Don Luigi si morde il labbro: «Non credo a dire il vero». E con altro piglio: «Quella sera ci saranno anche l'ispettore di pubblica sicurezza con il figlio, Cosimo. Lo hai visto. È il mio aiuto in farmacia. Un ragazzo simpatico. Ci verrai anche tu».

Luca annuisce in silenzio. Poi chiede: «Si parlerà di politica?»

«Anche. L'ispettore è ovviamente un ardente fascista».

«Lei pure?» Luca è diretto.

«Se sono fascista?» Don Luigi solleva il sopracciglio. «Nessuno può dire a voce alta di non esserlo».

«Ma qui non ci sente nessuno» osserva Luca, e gli sorride.

L'altro oscilla con la testa, cauto, mentre Luca parla a ruota: «Mio padre fino a qualche anno fa lo era. Esaltava sempre il duce. Diceva che era un rispettato statista che aveva salvato l'Italia dall'avanzata bolscevica. Ricordo di avergli pure chiesto chi fossero i bolscevichi. Ero piccolo e non capivo nulla del comunismo».

«E poi?»

«Papà un giorno ha cambiato idea. Lo ricordo bene. Avevo dodici anni, era il 1938. È successo quando hanno allontanato dalla sua classe un ragazzo, Samuele, perché ebreo».

«Cambiare opinione, caro Luca, per quanto possa essere doloroso, è un segno di grande intelligenza. E quell'anno per molti ha segnato una cesura. Forse eri troppo giovane per capire».

Ha appena terminato di parlare quando vede in lontananza, oltre la vigna, una lunga fila di persone seguite da muli carichi di sacchi di iuta. «Sono persone che hanno lasciato i centri urbani in cerca di salvezza» dice mentre distingue un vecchio ricurvo poggiato a un bastone che sembra debba cadere a ogni passo, una donna scalza con un gran pancione seguita da due bambini piccoli e dei ragazzi con il viso basso che camminano in silenzio. «Su, torniamo a casa» conclude. «Si è fatto tardi. Tua madre ti starà cercando».

Capitolo 18

Londra, 6 maggio

Albert Sullivan si guarda soddisfatto allo specchio illuminato dalla lampada da tavolo che diffonde nella stanza un scia dorata, lasciando tutto il resto in penombra.

Sa che è arrivato il momento tanto atteso. Osserva ancora per qualche minuto la divisa, orgoglioso dei gradi. Sa che se tutto andrà bene presto riceverà una promozione. E quella per lui è un'ossessione. Un'idea che insegue da cinque anni. Dopo il bombardamento che ha vissuto a Pearl Harbor e dopo la conseguente morte dei suoi più cari compagni di brigata, è diventato un pensiero dominante che sembra rodergli dentro, privando di sapore ogni altro aspetto della sua vita.

Si allontana dal suo riflesso e muovendosi cauto si avvicina al grammofono. L'arrangiamento di Glenn Miller a Joe Garland, sentito mesi prima a Casablanca, è diventato un appuntamento fisso al rientro dagli uffici della Naval Intelligence Division.

Poggia la puntina sul vinile e riempie il bicchiere di cristallo smerigliato di una generosa dose di gin. Lo lascia sul vassoio di peltro, poi sfila la cintura, sbottona la giacca della divisa, toglie le scarpe nere e lucide e guarda dritto davanti a sé verso il suo primo articolo. Lo ha portato fino a Londra e incorniciato. Un pezzo sulle Olimpiadi di Berlino del 1936. Allora aveva appena vent'anni ed era certo del suo futuro. Amava lo sport, le gare e le vittorie come poco altro in vita sua.

La stessa competitività che lo aveva animato ancora prima, negli anni della Grande Depressione, quando era ancora un adolescente con i brufoli in faccia. In quel periodo cupo non esisteva per lui altro svago se non quello di giocare con una palla da rugby sgonfia e organizzare gare di corsa e di salto con i suoi compagni di strada. E lui che veniva dalla famiglia più povera del quartiere, che aveva visto suo padre crollare dopo il licenziamento in fabbrica, voleva vincere a tutti i costi. Forse anche per questo, deve ammettere a se stesso, odia Daisy. Lei gli ha preferito un uomo più ricco.

Allontana il pensiero di Daisy e osserva ancora una volta il trafiletto incorniciato. Riporta la vittoria di Jesse Owens nel salto in lungo e una foto della premiazione. Sul podio lo sportivo afroamericano, con accanto il secondo classificato Luz Long, a cui aveva soffiato la medaglia, e il giapponese Naoto Tajima. Ricorda bene quanto gli era piaciuto scrivere di quell'uomo di colore che, nella Germania nazista, aveva soffiato il podio a un ariano.

Ma era una vita fa. La vita sognata con Daisy e mai realizzata.

Riprende tra le mani il bicchiere e beve un sorso di liquido incolore. Riflette che l'amore è come un strano veleno che entra in corpo e fa perdere anche se stessi. Per questo dopo Daisy ha deciso di dedicarsi solo al suo lavoro. Per questo non vuole, e anzi evita accuratamente, ogni relazione o coinvolgimento personale.

Si lascia sprofondare sulla poltrona di raso verde. Beve un altro lungo sorso che sembra bruciargli la gola, schiocca le dita della mano sinistra a ritmo di blues e sente la tensione accumulata in quella lunga giornata sciogliersi.

Chiude gli occhi e pensa.

Per tutta la settimana ha temuto che il loro piano fosse fallito, che il capitano di corvetta Donnelly avesse eseguito male il comando o che le correnti gli avessero giocato un brutto tiro, ma da quando ha appreso che l'alto comando tedesco ha trasferito un'intera divisione corazzata dalla Francia in Grecia e ha fatto collocare campi di mine al largo delle coste egee ha ripreso a sperare. A dargli la definitiva conferma che i servizi segreti tedeschi hanno letto le carte del maggiore e abboccato all'amo, è stata la notizia arrivata in ufficio poche ore prima: una intera squadra di dragamine è stata tolta alla Sicilia per essere dirottata in Grecia.

L'aspetto del suo piano che lo ha gratificato di più è stato rendersi conto che tutti gli sforzi dell'Asse sono ormai diretti a rafforzare le difese lungo la costa settentrionale, tra Messina e Palermo.

Risolto il primo problema, Sullivan ha iniziato a studiare le carte militari dell'isola, difesa da quattro divisioni di fanteria italiane – la Aosta, la Assietta, la Napoli, la Livorno –, da tre divisioni costiere e da due tedesche, la Sizilien e la Göring.

Ha anche preso contatti con i generali incaricati di guidare le forze alleate sotto la direzione di Eisenhower e Alexander: l'inglese Bernard Law Montgomery, al comando della VIII armata britannica, e lo statunitense George Patton, a capo della VII armata americana.

Ha incontrato il primo solo una volta per poche ore a Whitehall. Il volto di Montgomery gli ha ricordato quello di una volpe per via del viso triangolare e dei baffetti rossicci, ma nel complesso la sensazione che ha avuto davanti al militare inglese è stata positiva. Montgomery è una persona pacata e decisa che gli ha ispirato la fiducia di un uomo di esperienza bellica vissuto, sin dal primo conflitto mondiale, tra la sabbia e la polvere da sparo insieme alle sue truppe. Alla fine della breve chiacchierata il generale si è detto pronto a spostare le truppe non appena conclusa la campagna in Tunisia, a suo parere ormai agli sgoccioli.

La discussione con Patton, avvenuta su una corazzata a largo delle Canarie, è stata invece più lunga e difficile. Il militare ha il sorriso duro e i modi bruschi. Non gli piace ascoltare e dà per scontato di avere sempre ragione. Sebbene abbia quasi sessant'anni, il suo corpo sembra scolpito nella roccia. Nel corso dell'incontro a stupire Albert è stato il suo carisma. Non lo meraviglia più, dopo averlo conosciuto, che Patton possa avere risollevato in pochissimo tempo gli animi abbattuti delle truppe americane raccolte in Africa, portandole alla vittoria, solo pochi mesi prima, nella battaglia di El Guettar in Tunisia.

Ora, dopo avere conosciuto i due comandanti non ha più dubbi. Per gli alleati l'operazione Husky sarà un massacro.

Sullivan beve un altro sorso di gin e mormora: « Un bagno di sangue ». Poi si corregge: « Un mare di sangue ».

Riapre gli occhi, che attendono qualche secondo prima di abituarsi di nuovo alla penombra, e sorride, orgoglioso di se stesso.

Negli ultimi mesi il suo ufficio ha pensato anche ad azioni che facessero perdere popolarità a Mussolini agli occhi dei siciliani. Non solo è iniziata una vera guerra dal cielo sulle città inermi, ma i servizi segreti hanno contattato Lucky Luciano, ancora in carcere, perché la mafia sabotasse dall'interno la fedeltà degli isolani a Mussolini. I mafiosi, per la lotta che il duce gli ha fatto, sono antifascisti e questo ora torna utile.

Alcuni di loro sono stati incaricati di contattare spie e di cercare possibili dissidenti. È fondamentale creare una rete in Sicilia, per carpire cosa accade sull'isola.

Per rafforzare il dissenso contro il governo italiano è stato inoltre predisposto, per i primi di luglio, il lancio aereo sui centri abitati dell'isola di otto milioni di volantini. A lui e alla sua squadra dell'intelligence rimane solo da definire il messaggio da scriverci.

Il tenente vaga con il pensiero e cerca le possibili parole. Fatica. L'immagine di Daisy con i lunghi capelli che profumano di lavanda riappare a disturbarlo. La scaccia infastidito con se stesso e dopo poco riprende la sua occupazione. Cerca le giuste parole. Le cerca in italiano, una lingua che ormai studia da mesi.

'Perché morire per Mussolini?' pensa.

'No. Non va bene' riflette. 'Il messaggio non deve colpire subito Mussolini. È comunque un italiano, come i siciliani. Un uomo che ha conquistato le folle. Prima bisogna colpire il suo alleato. Lo straniero. Hitler'.

Cambia il tiro: 'Perché morire per Hitler?'

Sorride.

Gli sembra un buon inizio per il volantino.

Gli italiani devono capire che questa non è la loro guerra. La devono sentire lontana. Sfiancati dai bombardamenti, impauriti dal nemico che si presenta con un volto amico, devono desiderare solo la pace.

Continua così a pensare a quali parole può scrivere ancora.

'Nessuno ti ha chiesto se volevi questa guerra'.

La frase gli piace.

Eppure, considera, serve qualcosa di più incisivo.

Qual era il motto di Mussolini?

Bisbiglia tre parole in un italiano improbabile: «Credere, obbedire, combattere».

Un lampo attraversa i suoi occhi.

Le avrebbe ripetute sul volantino seguite da tre domande: 'Perché? Per chi? Per quanto?'

Sarebbe bastato? Annuisce, sicuro. In fondo i siciliani non sono altro che uomini rozzi abituati a vivere su un'isola arretrata, preoccupati solo ad ammazzarsi fra di loro per gelosia.

Chiamarli alla sua causa non sarà così difficile.

Estrae allora una Lucky Strike dal pacchetto quasi terminato e l'accende. E mentre il fumo esce dalla sua bocca, pensa che bisogna fare anche una gran scorta di sigarette. A chi non piace fumare, dopo mesi di astinenza?

«Oh, sì» mormora. «Ai siciliani piacerà parecchio».

Intanto il pensiero di Daisy gli balugina ancora una volta davanti. Si alza e va verso il primo cassetto del mobile. Lo apre. Prende con due dita la fotografia. Lei è lì. La larga fascia bianca a tenerle raccolti i capelli, la bocca carnosa, gli occhi chiari. Come ha potuto preferirgli un altro? Così senza pensare oltre, lascia andare la foto, afferra la giacca ed esce sbattendo la porta.

Ha un disperato bisogno di distrarsi.

Ha un disperato bisogno di allontanare l'immagine di Daisy che sente ancora cucita addosso.

Capitolo 19

Acate, 14 maggio

La lunga tavola è imbandita. Lina, che per l'occasione indossa un grembiule bianco, si affretta a sistemare le ultime posate sulla tovaglia di cotone riccamente ricamata. Conta nuovamente i bicchieri di vetro sottile, li dispone a filo con i coltelli e alla fine con aria soddisfatta afferma: «*Abbásta picca pì sugnàri*».

Elena cammina su e giù sul grande tappeto bordeaux e blu e la osserva da lontano. Si sente a disagio con il vestito bianco di stoffa soffice che le ha prestato Nunzia e in quel grande salotto illuminato da imponenti lanterne di ferro battuto. Deve però riconoscere che è curiosa di assaggiare le lumache. L'odore che si spande da qualche ora per tutta la casa le mette già l'acquolina in bocca.

La ragazzina ferma i suoi passi, poi si dirige furtiva verso lo studio di don Luigi per raggiungere il grande pianoforte a coda di legno lucido. Le mani le tremano e i polpastrelli le sudano, ma non sa fare a meno di alzare il ripiano che nasconde i tasti. Li sfiora con le dita. Quelli bianchi sono lisci e luccicanti, sembrano di porcellana, mentre i neri sono leggermente più opachi e meno levigati. Chissà se un giorno don Luigi potrà insegnarle a suonare.

Per un attimo il passato ritorna presente.

È a passeggio con papà per le strade di Catania. Davanti a lei vede il grande teatro di Catania, il Massimo Bellini, illuminato. Le candele tremolano oltre le alte vetrate e le ricche signore ben vestite si apprestano a entrare. I suoi occhi cadono su un grande cartello che annuncia la 'Norma'. Non ha il coraggio di confessare al padre che le piacerebbe entrare per vedere lo spettacolo. Si è limitata a guardare la punta delle sue scarpe infangate per capire che il suo è solo un sogno.

Sospinge lontano il ricordo e torna in quella stanza. Così richiude il piano con cautela e raggiunge Luca, ancora in salotto, assorto a guardare i quadri alle pareti.

«Questo deve essere Ninì» considera Luca quando la vede tornare.

«Ha la stessa forma del viso di Assunta e gli stessi occhi neri e profondi di don Luigi» nota lei. L'idea che l'amico di suo padre sia morto tanto giovane la rattrista, così cambia discorso e abbassa la voce di un'ottava: «Hai notato che Lina dà del tu a tutti e, quando non ci sono estranei, mangia a tavola insieme agli altri?»

«Certo. E anche che non risparmia nessuno con le sue frecciatine in dialetto».

«E Nunzia?» Elena la vede che armeggia con i grandi dischi neri. «Ho saputo da Lina che si è fatta costruire dallo zio un laboratorio nella casa nascosta nel querceto».

«Quella dove saremmo andati a vivere noi se Michele non si fosse ammalato».

«Non è per la casa. Ma è una ragazza! Ha diciannove anni. È davvero insolito. A scuola ci insegnano a essere... diverse» butta lì. Elena non trova una parola che riesca a esprimere bene quel che pensa. «E poi lavora in farmacia! Come un *masculu*. Tu non lo trovi strano?»

«Un poco. Ma qui si respira l'odore della libertà. Sembra sia tutto normale e possibile. Anche come ci hanno accolti, come se fossimo di famiglia».

«Già, e quello che don Luigi non fa per la salute di Michele, neanche fosse suo nipote. Michele» ripete. «Vederlo così mi fa male. Ma almeno le notizie delle ultime ore sono buone. Sembra che reagisca alle nuove medicine». Un lampo le attraversa gli occhi: «Vado a trovarlo! Vediamo come sta» e scappa via veloce.

Intanto il grammofono emette le note di *Parlami d'amore Mariù.* Nunzia canta il ritornello e muove i fianchi a ritmo di musica.

Luca, rimasto ormai solo, si gira a osservarla con attenzione. Poi distoglie lo sguardo veloce, quasi imbarazzato. È incantato dalla sua voce limpida e intonata, ma ad attrarlo come un'ape al miele è il suo corpo sinuoso.

«Luca, sei pronto?» Le parole di don Luigi lo riportano nella stanza. Il farmacista si avvicina, indossa un pantalone scuro, una camicia chiara inamidata e le solite bretelle. I lineamenti del volto sembrano scolpiti.

«Sì, sì» risponde. «Ho indossato la camicia che mi ha dato. Grazie infinite».

«Sembri un vero uomo. Anzi ormai lo sei» e gli strizza un occhio. «Sei pronto per conoscere Cosimo» e indica il tavolo.

«Perché otto piatti?» chiede Luca.

«Assunta non prende mai parte alle cene, lo sai».

«Certo, ma neanche Lina oggi siederà con noi e la mamma mi ha detto che dopo avere salutato l'ispettore raggiungerà Michele» e intanto conta sulla punta delle dita.

«Il maggiore Luzi verrà accompagnato da un suo tenente. Se non ho capito male lo stesso che ho conosciuto in farmacia».

Un tonfo. Nunzia ha fatto cadere un disco per terra.

Agata entra in quel momento. Indossa un vestito blu notte stretto in vita con un'ampia scollatura a barca.

Luigi si anima improvvisamente e si disinteressa di colpo alla nipote. Per qualche istante pensa al suo passato. A un altro vestito blu. E quando lei si avvicina le sorride e non può fare a meno di notare che sa di sapone. Respira quell'odore fino in fondo, mentre sente un ricordo fermargli il respiro. Il ricordo della donna che ha amato e che sempre amerà.

Luca coglie il cambiamento del farmacista, si irrigidisce e guarda attentamente la madre. I suoi occhi si muovono verso gli orecchini nuovi che luccicano al chiarore delle lanterne e sulla stoffa di seta della gonna, poi tornano a squadrare don Luigi, con aria interrogativa.

«Michele ora è con tua sorella» sussurra Agata.

«Dove lo hai preso?» le chiede il figlio diretto. E indica il vestito. Il tono è quasi brusco.

«È di Assunta» interviene don Luigi mentre scruta Agata. La vede arrossire. Non si aspettava evidentemente una simile reazione da Luca.

«Un tempo mia sorella era la donna più elegante del paese» afferma ancora don Luigi, che comprende l'imbarazzo della donna. «Ma ti spiace vedere tua madre così bella?» chiede serio.

Luca scuote la testa, poco convinto. Poi volge uno sguardo torvo al farmacista. Don Luigi lo sostiene e annuisce lentamente. Capisce che Luca è ormai un uomo e che forse ha sbagliato lui a dare ad Agata quel vestito. Anche se lo ha fatto mosso dalle migliori intenzioni.

Agata cerca di passare oltre: «Luigi, ho preparato il gelo di cannella. Spero che possa piacere a te e ai tuoi ospiti».

«Non dovevi».

«È il mio modo per ringraziarti per volere Elena e Luca questa sera a cena con te» la voce le trema. Poi saluta e lascia i due uomini per raggiungere le altre donne.

Non passa molto che si sente il rumore di un motore scoppiettante.

«È l'ispettore con Cosimo» afferma sicuro il padrone di casa andando verso l'ingresso. Luca lo segue. Sembra abbia dimenticato quanto accaduto poco prima. È curioso di vedere padre e figlio che giungono in macchina.

«Carissimo ispettore, ben arrivato» lo saluta don Luigi, che subito presenta Luca: «Questo è il giovane Floridia, mio ospite e figlio di un carissimo amico. Ha l'età di Cosimo».

Luigi vede che Luca dà la mano prima all'ispettore, poi al ragazzo, che è poco più alto di lui. Cosimo come sempre ha un bel sorriso, sincero, se pure la sua espressione palesa ancora una volta la sua timidezza. Luca da parte sua sembra incuriosito dal coetaneo. Probabilmente, immagina il farmacista, per il fatto che da troppo tempo non frequenta ragazzi della sua età. Ha fatto bene a invitare anche il suo aiutante.

«Ma mi dica...» L'ispettore di pubblica sicurezza ora lo distrae dal resto del gruppo.

Rimasto solo con Cosimo, Luca sfiora con un dito la carrozzeria dell'auto dal profilo curvo e chiede: «Che modello è?»

«Un'Aprilia berlina».

«È bellissima».

Cosimo annuisce in silenzio e guarda il padre con orgoglio.

'Deve essere bello essere il figlio di un uomo importante' riflette Luca, ma subito scaccia via quel pensiero di invidia e pensa a suo padre. Chissà dov'è. Come sempre da ormai un mese, quando pensa a lui, scende sul suo cuore un sipario carico di melanconia.

In lontananza intanto appaiono le sagome del maggiore e del tenente su un sidecar.

Dopo i saluti e un giro del salotto si siedono tutti a tavola.

Luca, Elena e Cosimo sono vicini, don Luigi a capotavola, poi il maggiore Luzi, Politi e Nunzia. L'ispettore di pubblica sicurezza è di fronte.

Lina gira senza sosta intorno al tavolo, mentre don Luigi mesce il vino da una grande caraffa di vetro. Approfittando della distrazione dello zio, Nunzia alza lo sguardo verso il tenente Politi, che fa un semplice cenno di assenso. Luca non può fare a meno di cogliere la luce che attraversa il suo volto. E di nuovo quella fitta provata poco prima mentre guardava la madre accanto a don Luigi. Pur volendolo negare a se stesso, comprende per la prima volta che alcuni sguardi sono molto più loquaci di mille parole. E comprende di essere ai margini, per la sua età, di un mondo che lo attrae e lo incuriosisce, ma da cui è ancora in parte escluso.

«Tutto bene?» gli chiede intanto don Luigi vedendolo in silenzio.

«Oh, sì» mente Luca. Intanto Lina gli si avvicina e gli mormora all'orecchio: «*Cchiù longa è a pinsata chiù rossa a minchiata*».

'Che Lina abbia capito?' si chiede Luca sentendosi come il bambino che è colto nella dispensa a rubare marmellata.

Intanto don Luigi gli indica il bicchiere. È preoccupato per Luca. Lo vede ancora scuro in volto.

«Non bevo mai vino, grazie» dice finalmente Luca. «Mio padre...» e lascia cadere la frase.

«Neanche Cosimo» interviene l'ispettore. «Ma per una cena di lumache potete fare una piccola eccezione».

Lina torna con il grande tegame di terracotta fumante e lo poggia al centro della tavola per distribuire la vivanda, poi si allontana.

«Oh, don Luigi, lei sì che si tratta bene» dice il padre di Cosimo. «Intorno abbiamo la fame».

«Mi vuole fare sentire in colpa?» ironizza il farmacista.

«Sarei colpevole come lei» ride l'ispettore, iniziando a gustare il piatto.

Una lumaca scappa dalle mani di Elena, mentre tenta inutilmente di estrarla dal suo guscio, e finisce per terra, spruzzando sugo sul pavimento. Luca riprende la sorella con lo sguardo e lei diventa rossa come un peperone. È Nunzia a venirle in soccorso: «Capitava anche a me le prime volte. Sfuggono. Una volta una ha colpito la fronte dello zio. Ti ricordi?» chiede a don Luigi, che annuisce divertito.

Le risate tolgono Elena dall'imbarazzo e la cena scorre veloce in un'atmosfera amicale.

Dopo il dolce don Luigi invita tutti nel suo studio.

Di nuovo Luca vede Politi portare gli occhi verso Nunzia, che ricambia. Luca quasi si imbarazza.

Intanto Elena si estrania dal gruppo e siede davanti al pianoforte. Con l'indice va su e giù sul legno lucido. Don Luigi le si avvicina. «Ti piace?» le chiede. Lei annuisce e si morde il labbro inferiore. «Mi piacerebbe tanto saperlo suonare» confessa.

L'altro le accarezza i capelli.

«Non è che...» riprende timida lei.

Il farmacista storce la bocca. «Non è che...?» e aspetta.

«Non è che potrebbe insegnarmelo? Lei lo sa suonare. E bene. La sento da dietro la porta. Mi siedo sull'ultimo gradino della scala per ascoltare».

«La prossima volta puoi entrare. Porta Luca. Magari piace anche a lui».

«Oh, non credo proprio gli interessi».

«Allora facciamo così: un pomeriggio che hai voglia e io ho tempo, proviamo».

Elena drizza la schiena e con le mani liscia il morbido vestito, gli occhi azzurri attraversati da un lampo di gioia. «Grazie» dice.

Don Luigi ora si avvicina ai due ragazzi. Cosimo chiede in quel momento a Luca: «Come è stato vivere un bombardamento?»

«Accade tutto veloce. Sembra un terremoto» confessa Luca.

«Ho sentito che ci sono state tantissime vittime. Fortuna che qui siamo stati risparmiati».

Lina intanto gira tra gli ospiti per servire il caffè.

«Buonissimo» si complimenta il maggiore Luzi. «Al campo è quasi imbevibile. Un beverone marrone di orzo».

Don Luigi storce le labbra: «A me il caffè piace molto. Ma o è buono o non lo bevo» ammette.

Luca parla contemporaneamente anche con Politi: «Mi dica di Pantelleria. Le notizie che arrivano dai giornali sono confuse».

«La stampa filtra. Si chiama censura» si intromette don Luigi. «Dobbiamo continuare a credere di vivere in una grande nazione che respinge il nemico».

«Ora non esageriamo» lo riprende l'ispettore. «Il duce fa bene a tenere alti gli spiriti, non crede?» Il farmacista solleva leggermente le spalle, poi porge l'orecchio al tenente che ha iniziato a parlare: «Pantelleria è caduta tre giorni fa, dopo un violento attacco della Raf».

«È molto grave?» domanda Luca, e subito si morde la lingua per la domanda che ora gli sembra sciocca.

«L'isola ha un buon porto e una discreta pista di atterraggio. Un bel trampolino per gli alleati, se lo volessero usare».

«E lo useranno?» Nunzia spalanca gli occhi e porta una mano sulla bocca.

«Non è detto. Ancora non si escludono altri obiettivi».

«Dimmi, dimmi» interviene don Luigi curioso.

«Sembra che i tedeschi siano in possesso di importanti informazioni» confida Politi.

Luzi gli fa cenno di essere cauto e prende la parola: «Sembra. Quello che invece è certo è che un nostro aereo di perlustrazione ha notato un grande dispiegamento di forze in Egitto. Per questo molti credono possibile un attacco nel Mediterraneo orientale. Io, a dire il vero, sono scettico e molto preoccupato che tolgano uomini e armi dall'isola».

«Suo cugino, l'Oberführer Müller, che ne dice? Lavora con il generale Hallermann, il capo della sicurezza del Reich. Sarà certo informato di tutto». Don Luigi è diretto.

«Caro don Luigi, non dimentica niente». Una pausa di una manciata di secondi: «Ma non immaginerà certo che un agente della Sicherheitsdienst rilasci confidenze. Nessun tedesco ne rilascia mai».

«A meno che non lo si faccia bere molta birra» butta lì Politi, suscitando l'ilarità del maggiore che ripete: «*A meno che non lo si faccia bere.* Me lo ricorderò la prossima volta che vedrò Friedrich».

«Lo vedrà presto?» domanda ancora don Luigi.

«Come mai così curioso?»

«Sapere cosa ci accadrà è preferibile al dubbio. Per noi come per lei» e gli porge una scatola di sigari.

Luzi ne prende uno. «Mi ha anticipato che sarà a Roma i primi di luglio. Credo che lo incontrerò in quell'occasione al comando centrale». Un pensiero sembra ora frullare nella testa di Luzi che intanto rigira il grosso sigaro tra le mani: «A prescindere da quello che credono i servizi segreti tedeschi, il disastro di ieri nella campagna in Africa non preannuncia nulla di buono. Le forze alleate sono ormai entrate a Tunisi e a Biserta».

«Quindi siamo un possibile obiettivo o no?» domanda ancora Nunzia confusa.

«Secondo me lo siamo sempre stati» le risponde il maggiore. «Credo comunque che quella più esposta sia la costa settentrionale dell'isola. Palermo e Catania sono prede ambite per i loro porti. Non a caso forse sono le città che hanno sofferto i maggiori e continui attacchi delle contraeree americane e inglesi».

Capitolo 20

Londra, 18 maggio

Il sangue pulsa veloce. La curiosità e l'impazienza lo agitano. Sa che deve controllarsi e che nulla deve trasparire delle sue emozioni. Rivedere Dwight Eisenhower e il generale Alexander lo riempie di orgoglio, ma quella mattina stringerà la mano a uno degli uomini più potenti al mondo: Winston Churchill, rientrato con lo stesso Eisenhower da pochi giorni da Washington, dove è andato per discutere ancora dell'imminente sbarco in Sicilia.

Suona al grande portone di mogano scuro di Whitehall. Dopo poco un giovane alto e magro, vestito in un completo scuro, fa capolino e lo conduce senza dire una parola per un lungo corridoio al termine del quale c'è una porta. L'uomo la apre e gli fa cenno di seguirlo. I due scendono per alcuni gradini lungo un cunicolo stretto. Davanti a loro un secondo corridoio. Lo percorrono mentre i passi risuonano con un eco sinistro. Sullivan entra in una stanza dal soffitto basso sorretto da capriate di legno tinte di un bianco panna che tende al giallo.

L'inserviente richiude la porta alle sue spalle e scompare.

Albert rimane solo per alcuni minuti. Il silenzio è rotto dal battito del suo cuore. Intanto sbircia intorno a sé. L'ufficio sembra una centrale operativa. Nell'ampio locale ci sono tre scrivanie di legno chiaro, disposte a formare una grande U. Sopra vaschette portadocumenti, piene di fogli e di cartelle in cartoncino di diverso colore, e una grande radio. Accostate a ogni tavolo due semplici sedie rettangolari con la seduta di pelle scura e i braccioli di acciaio.

Il tenente allenta leggermente la cravatta. Quella mattina ha stretto troppo il nodo. Poi osserva le pareti, ricolme di carte geografiche, dell'Europa, della Russia, del Nord Africa, del Mediterraneo, dell'Italia, della Jugoslavia. Accanto, una grande bacheca di panno verde vuota con delle puntine allineate riempie una grande porzione del muro.

È allora che li sente. Dei tonfi pesanti giungono dal corridoio. Poco dopo nella stanza entrano tre uomini. Uno più basso, con il vestito stazzonato, il cravattino a pois e il viso rotondo. In mano un grosso sigaro spento.

Sullivan abbassa la testa in segno di rispetto. Churchill ha il potere di riempire quella stanza della sua autorità. Dietro c'è Dwight Eisenhower, in perfetta uniforme, con un sorriso aperto e due occhi pungenti come spilli. « Ehi, Albert. È un po' che non ci si vede. Bel lavoro con il nostro maggiore Martin e con l'operazione Mincemeat. Il corpo, i piani d'attacco, il messaggio di depistaggio dell'ambasciata britannica in Spagna. Tutto andato a buon fine ».

« Merito dei miei servizi segreti » puntualizza Churchill asciutto.

« È stato per me un piacere collaborare con il tenente comandante Mitchell e con il tenente pilota Richardson alla Naval Intelligence Division » conviene educatamente Sullivan.

Intanto Harold Alexander rimane un passo indietro. I suoi occhi azzurri lo scrutano divertito. I piedi ben piantati a terra. Sullivan non può fare a meno di vedere che quell'uomo dalla pelle abbronzata e dalla camicia dell'uniforme con le maniche arrotolate ha un fisico asciutto che lo fa apparire ben più giovane dei suoi cinquant'anni.

« Generale » interviene di nuovo Eisenhower. « Le presento il tenente Sullivan. Prenderà parte alle operazioni in Sicilia da terra ».

Albert gli stringe la mano. La presa è decisa.

Churchill osserva l'orologio, lo ripone nel panciotto e prende la parola.

« Non ho che pochi minuti. Il generale è arrivato questa mattina a Londra dal Nord Africa » dice Churchill e si siede. Poggia il bastone dal manico argentato e tira fuori dalla tasca della giacca un pacco di fiammiferi. Accende lentamente il sigaro e lascia che una grande nuvola di fumo si spanda nella stanza. I suoi gesti sono accompagnati da una grande flemma, nonostante quel giorno sia terribilmente nervoso. La battuta della laburista Bessi Braddock gli ronza ancora in testa. La donna che mira a diventare deputato al parlamento la sera prima è andata a trovarlo. Alla fine della discussione, visti i profondi dissensi che li separano, è uscita dalla stanza sbattendo la porta e apostrofandolo: « Siete disgustosamente ubriaco! »

Non che non fosse vero o che a lui fosse mancata la risposta, sgorgata immediata e spontanea: « E voi, mia cara, siete terribilmente brutta. L'unica differenza è che domattina io sarò sobrio, ma voi rimarrete brutta ».

La donna era andata via senza rispondergli oltre, ma quello che lo aveva infastidito era che la battuta della laburista nascondeva un'amara verità. Per questo da più di ventiquattro ore non tocca alcolici. « A te la parola, Dwight » dice e aspira un'altra boccata.

Eisenhower spiega: « Abbiamo finito di rastrellare tutte le navi britanniche, americane e canadesi possibili. Come sapete si muoveranno dalle coste del Nord Africa. Ma ora che la campagna di Tunisia può dirsi conclusa, dobbiamo pensare anche a nuove manovre che coinvolgano le divisioni aerotrasportate alleate ». E rivolto al generale Alexander: « È il momento dei vostri diavoli rossi ».

« Ci precederanno a terra? » domanda l'uomo. La voce è sicura. Ma questo non meraviglia Sullivan. Il generale ha preso parte a due conflitti mondiali, ha mietuto successi tanto nella prima quanto nella guerra in corso. Ha la consapevolezza di chi sa di essere stimato dal suo popolo per avere riportato a casa nel 1940 i tanti soldati rimasti isolati a Dunkerque, dopo la sconfitta inferta dalla Wehrmacht alle truppe anglo-francesi.

«Da informatori locali, reclutati proprio dal nostro tenente Sullivan, conosciamo la dislocazione delle divisioni italiane e tedesche. Sappiamo dove sono i depositi delle armi, cosa contengono, quanti uomini sono schierati sul litorale siciliano e quali sono le zone maggiormente scoperte.

«Informatori?» chiede Alexander.

«Uno in particolare» risponde Eisenhower. «Per questo oggi ho voluto qui Albert». E rivolto proprio a lui lo sprona. «Disponi pure sulla bacheca i documenti che hai ricevuto dalla tua talpa». Il generale statunitense indica verso il grande panno verde appeso alla parete e, mentre Albert è indaffarato ad attaccarvi sopra delle immagini, continua a parlare: «Faremo ancora qualche ricognizione e continueremo con i raid aerei, ma quando Patton e Montgomery attaccheranno la costa via mare, voglio che le divisioni siano già sull'isola a chiudere il nemico alle spalle». Così dicendo si avvicina a una delle grandi carte geografiche a parete. «I diavoli rossi dovranno arrivare al suolo la sera prima del D-Day e occupare il ponte su questo fiumiciattolo» e serra gli occhi per leggere il nome del corso d'acqua: «L'Anapo. Questo impedirà alle divisioni italiane di raggiungere la città di Siracusa dove prevediamo di fare arrivare le forze di Montgomery. L'aviazione americana raggiungerà invece la Sicilia più a occidente, in prossimità dei centri abitati di Gela e di Licata, lì dove sbarcherà il nostro Patton».

Alexander annuisce più volte: «Possiamo facilmente dislocare la prima brigata. Con alianti trainati da C-47 Dakota. A quanti uomini pensi?»

«Mille diavoli rossi per il settore occidentale e altri mille della nostra 82ª divisione per l'altro fronte».

«Ora passiamo ai particolari». I due uomini si avvicinano alla bacheca su cui Sullivan ha ormai finito di disporre i documenti.

«I nostri paracadutisti potrebbero toccare suolo poche ore prima dello sbarco navale» propone Alexander.

«Di notte?» Eisenhower storce la bocca.

«Per voi è un problema?»

«Potrebbe esserlo, gli uomini...» si ferma. Non è il caso di mostrare le debolezze dell'aviazione americana lì davanti ad Alexander e Churchill, quindi si riprende. «Come per tutti» conclude. «La notte in genere è più insidiosa per lanciarsi nel vuoto. Ma basterà attendere una notte di luna piena».

Alexander appare convinto e osserva con attenzione la bacheca. «Davvero un ottimo lavoro, tenente. Il suo informatore è stato molto scrupoloso nel darle le notizie».

«Merito del servizio segreto inglese con il quale collaboro» aggiunge Albert e subito volge lo sguardo verso Churchill, che ora annuisce soddisfatto.

«Per l'esercito nemico sarà una strage» considera allora il generale inglese.

Mentre tutti sono intenti a controllare coordinate e punti strategici, quali possibili luoghi di atterraggio lungo la costa, Churchill aspira ancora una volta il sigaro, poi rompe il silenzio. «Sì, generale. L'operazione Husky lascerà sul campo centinaia di militari italiani e tedeschi. Lei lo vedrà di persona. In questo momento non vorrei proprio vivere in Sicilia. Dopo i bombardamenti delle città, i civili saranno investiti anche da questa seconda pessima sorpresa. Credo che rimpiangeranno di non poter riscrivere il loro passato. Rimpiangeranno la loro atavica accondiscendenza».

Capitolo 21

Acate, 18 maggio

Il corpicino è magro e freddo e ha il colore della cera.

La febbre è salita di nuovo e don Luigi vede il medico scuotere la testa. Non è meravigliato. È dal pomeriggio precedente che l'uomo è molto preoccupato.

Guarda Agata. Sembra un uccellino con un'ala spezzata. Anche lei è pallida e con un gesto automatico porta di continuo la mano destra sul volto di Michele per girare la pezza di lino bagnata. Con la sinistra stringe intanto l'avambraccio di Luca, che contro la volontà del dottore è entrato nella stanza. «L'altro ieri sembrava stesse per migliorare» mormora lei, mentre il pianto le riga il volto.

Il farmacista deglutisce. Sente il cuore diventargli di pietra. Sa cosa sta per accadere. E non trova che vuote parole: «Agata, capita nelle malattie. Il corpo ha ritrovato le forze, l'infezione sembrava essersi fermata, invece era già troppo tardi. E ha ripreso a lavorare. Mi spiace. Mi spiace molto. Ora devi farti forza. Il dottore deve intervenire prima che si diffonda e colpisca altri organi» e fa cenno a Luca di accompagnarla fuori.

Agata accarezza la fronte al bambino, poi lentamente, sostenuta dal figlio maggiore e da don Luigi, esce dalla stanza. Il palmo sull'addome.

Luca è incredulo.

Il fratello non può perdere la gamba. Quando don Luigi gli aveva parlato nel vigneto, lui non aveva realmente compreso.

La guerra aveva fatto la prima violenza alla sua famiglia, riflette, mentre il suo pensiero corre al padre. Perché ora non è qui? Perché ha lasciato sua moglie sola in un momento del genere?

Il ragazzo sente gli occhi pizzicare, ma trattiene le lacrime. Lui non è una *femmina* e in Sicilia gli uomini non piangono. Intanto alle sue spalle sente il respiro di Elena. È rimasta ferma sull'uscio insieme a Lina e Nunzia, che le accarezza i capelli. Quando la ragazzina vede la madre uscire dalla stanza si scioglie in un lungo singhiozzo. Luca vorrebbe abbracciare e calmare anche lei, ma è impietrito. Il suo dolore è troppo grande per aiutarle entrambe.

Volge lo sguardo verso Nunzia. Quella mattina indossava un vestito marrone largo in vita con il colletto rosa e tra i capelli un fiocco dello stesso colore. Luca chiude gli occhi e capisce. Capisce che la ragazza quel pomeriggio ha dismesso i toni allegri di sempre e si è cambiata per rispetto del loro dolore. È solo un gesto, ma che ha il sapore di un caldo abbraccio.

Accanto Lina che si fa il segno della croce e prega.

Don Luigi ricompare. «Su, andate» dice quando vede due omaccioni vestiti di bianco avvicinarsi alla casa.

Uno degli uomini tiene in mano un lungo laccio di cuoio con un perno di ferro, l'altro una sega.

Elena la vede e trema.

Lina allora, con un gesto improvviso, le afferra il braccio e la porta via da lì. Il suo viso è chiuso in un muto silenzio. Imperscrutabile.

Il salotto è in penombra.

Nunzia apre svelta le imposte e dopo dispone delle limonate e dei biscotti su un grande vassoio di peltro. Solo Luca prende un bicchiere. Ma non beve. Lo rigira più volte fra le dita, poi lo lascia accanto al grammofono, sotto il ritratto di Ninì. La sua testa è affollata di ricordi: il padre che con orgoglio mostra a lui ed

Elena il piccolo fagottino appena nato; i pianti notturni del fratello, le pipì nel letto, i capricci. Ma a fargli più male è il suono, ancora vivido nella sua memoria, delle risate forti che riecheggiavano a casa quando Michele giocava con il loro cane, Amore.

Ora tutto questo non sarà più.

Il pensiero genera dolore.

E il dolore sembra squarciargli il petto. Di nuovo sente gli occhi pizzicare.

Deve uscire da quel salotto.

Al più presto.

Appena fuori ha la sensazione che il pianto sommesso della madre sia interrotto da un altro rumore. Lento e delicato. Di stoffe che si muovono.

Si gira e vede comparire una sagoma nera. È Assunta, che procede a piccoli passi attraverso l'aia, raggiunge la vetrata del salotto, scosta la tenda ed entra.

Luca sbircia allora dalla finestra.

Qualcuno alle sue spalle. Non ha bisogno di voltarsi. Il profumo di ambra rosa la tradisce. È Nunzia che guarda di sottecchi sollevando la testa oltre la sua spalla. Gli occhi sgranati dalla meraviglia.

«Il velo» mormora la ragazza. E Luca comprende. Le poche volte che ha visto la donna teneva sempre un velo di pizzo sul capo. I capelli bianchi e sottili sono questa volta raccolti in uno chignon. Ora Assunta porge il pizzo, più volte ripiegato, ad Agata, che lo apre e lo accarezza delicatamente.

È un gesto.

È un simbolo.

È una sofferenza condivisa.

Le due donne si guardano a lungo, infine Assunta sospira: «Ogni dolore ha bisogno del suo tempo» le dice. Una volta fuori la donna guarda Nunzia. Sembra che un lontano sorriso stia per apparire sul suo volto pallido e scarno. Ma è solo un'illusione che ha la lunghezza di un battito d'ali.

Assunta va via veloce come un corvo nero che spicca il volo.

Luca allora inizia a camminare. Passo dopo passo, diretto verso il vigneto di don Luigi. Ha bisogno di vedere il cielo azzurro, di respirare a pieni polmoni, di non pensare a Michele, al padre, ai bombardamenti, alla guerra, alla morte che incombe su tutti loro. E quel vigneto è diventato il suo rifugio.

Non si accorge così di essere ancora seguito.

Solo quando arriva sotto il grande noce e si accascia sull'erba secca con le spalle alla rude corteccia, avverte la sua presenza.

Sul momento vorrebbe chiederle di andare via. Di lasciarlo in pace. Vuole stare solo. Vuole piangere per suo fratello. Ma davanti a lei non può.

Quando però Nunzia gli sorride e gli prende la mano, non ha il coraggio di allontanarla.

Stanno lì per interminabili minuti, confortati dal silenzio.

«Spero che tua madre sia più forte della mia».

«Cosa è accaduto a tuo fratello?» chiede Luca consapevole che nella casa del carrubo nessuno vuole parlare di quella donna chiusa in volontario esilio nelle sue stanze da tre anni.

«Giulio. Oggi avrebbe ventun anni. Era un ragazzo bellissimo, dal sorriso sornione. Assomigliava molto a mia madre. Sai, un tempo era la donna più affascinante di tutta Acate. Dopo che papà è morto di polmonite, l'allegria di Giulio si è trasformata in disobbedienza. A me faceva ridere un sacco. Ma devo anche ammettere che era incontrollabile. Una volta lo hanno trovato in dispensa che baciava la ragazza che ci portava le uova. Un'altra, prima del pranzo di Natale, si è intrufolato in cantina, ha aperto la botte di vino del nonno e gli ha versato dentro un intero flacone di olio di ricino rubato dallo zio Luigi in farmacia. Immagina cosa non sia accaduto. Un giorno ha fatto di peggio: ha fumato nel fienile. Ne è partito un incendio che è costato un anno di lavoro».

«E tuo zio?»

«Allora non vivevamo ancora alla casa del carrubo e in ogni

caso Giulio sembrava non dare retta a nessuno. Io credo fosse buono, ma che soffrisse molto per la morte di papà. Rompere gli schemi era il suo modo di reagire. Fatto sta che dopo l'incendio al fienile la mamma ha deciso di mandarlo a studiare in collegio. A Siracusa. È lì che ha contratto il tifo».

Una farfalla gialla vola davanti al volto di Nunzia che lascia la mano di Luca e cerca di acchiapparla.

«Dai, continua» la esorta Luca ora curioso.

Nunzia si distrae dalla farfalla e riprende: «Dal collegio hanno rispedito Giulio a casa. Zio Luigi ha passato giorno e notte in farmacia a produrre decotti. Sarà per quello o perché Giulio era una roccia, ma è guarito. La mamma è stata fino ad allora forte. Ha pregato ininterrottamente e le sue preghiere sono state esaudite. Almeno così diceva. Tre anni fa a giugno lo hanno chiamato alle armi. A novembre è partito per l'Albania, a gennaio è arrivata alla casa del carrubo la notizia della sua morte. A me in verità non lo hanno mai detto, l'ho scoperto origliando. Come se tacerlo cambi qualcosa. Nessuno ne discute. Si parla di Giulio come se fosse ancora al fronte o non se ne parla». Nel ricordare Giulio una lacrima si stacca giù dal ciglio color miele e attraversa la guancia. «Giulio» mormora mentre un sordo fastidio si impossessa di lei come sempre quando pensa al fratello. Trova terribile che sua madre non le permetta neanche di piangerlo, di ricordarlo a casa. Evitando di parlarne lo ha sotterrato due volte.

Intanto torna a guardare la farfalla gialla che ora si nasconde dietro una foglia, poi abbassa lo sguardo e riprende: «La mamma che credeva il figlio un favorito dalla fortuna per non essere morto di tifo, si è lasciata andare. Nessuno l'ha mai più vista pregare».

«E tu che hai fatto?»

«Niente. Pensavo durasse qualche giorno, poi qualche settimana, poi qualche mese. Ma è ancora così. Si è vestita di nero e mai ha cambiato colore. Esce di rado. Per lo più è Lina che le porta le cose in stanza. Non parla con nessuno e considera riprovevole ogni forma di felicità. Oggi è andata da tua madre perché ha riconosciuto un dolore simile al suo».

Luca sgrana gli occhi. «È da allora che vivete con don Luigi?»

«Già. Lo zio è stato sempre gentile con noi. Credo gli faccia piacere averci a casa. Mi ha insegnato lui ad amare le essenze. L'odorato è il senso a cui di solito diamo meno importanza. E invece è un mondo pieno di magia. Per questo amo trascorrere le mie giornate a pestare le spezie: pepe, peperoncino, cannella, curcuma, liquirizia, *nepitella*, semi di finocchio, citronella. Mi sono convinta che ogni anima abbia il suo profumo e lo zio mi ha aiutato a capire che le piante possono aiutare a guarire e alleviare i dolori, del corpo e dello spirito. Anche questo» confessa porgendo il polso, «l'ho fatto io».

«È buonissimo» si affretta a dire Luca. Annusa a lungo e aspira mentre sente un formicolio lungo la schiena. Subito si scosta.

«Allo zio ne ho fatto uno al bergamotto» spiega la ragazza, «a Lina uno con le more essiccate e la scorza di arancia». Si ferma. La farfalla gialla si è ora posata sul suo vestito. Quando riprende il volo Nunzia continua: «Ora cercherò l'essenza giusta per tua madre e per Michele. Per lui il risveglio non sarà facile. Dovrai stargli vicino. Aiutarlo».

«Potrei intanto fargli delle stampelle».

«Mi sembra un'ottima idea. Nella stalla c'è tutto il legno che vuoi».

«Se non superasse l'intervento?» Il viso si rabbuia. Poi scuote la testa e chiede: «Pensi che soffrirà molto? Voglio dire... La gamba...» Si interrompe e chiede: «Cos'era quel laccio di cuoio?»

«Credo si chiami *tourniquet*. Si usa per bloccare il sangue».

«Lo avranno già fatto?»

«Serve un po' di tempo. Prima lo devono sedare. Ma lo zio è molto bravo in queste cose. Vedrai che andrà tutto bene».

«Gli sei molto legata, vero?»

«Oh, sì. È una persona diversa da tutte le altre. Forte, decisa, leale. In farmacia mi insegna tutto». E confida: «Vorrei anche io laurearmi, ma dopo le leggi... » alza le spalle. « Siamo considerate buone solo per vegliare il focolare. Ma non per lo zio ».

« Come mai allora non si è sposato? » Luca vuole fuggire dall'immagine della lunga sega che ha visto poco prima. Dall'idea che suo fratello potrebbe morire.

« Era sul punto di farlo. Aveva chiesto la mano alla donna che amava. Ma il padre di lei non ha dato il consenso al matrimonio. A quei tempi era solo il figlio di un povero contadino e la ragazza era benestante ».

« Che smacco ».

« Già. Lui ha lavorato tanto per essere quello che è oggi. Ha dato la dote a mia madre. E avrebbe aiutato anche Ninì, se ne avesse avuto il tempo ».

« Che ne è stato della fidanzata? Non poteva ricercarla dopo? » domanda Luca.

« Non so bene. Veniva con la famiglia solo d'estate per lunghe villeggiature. Quello che posso dirti è che da allora zio Luigi non ha più voluto sentire parlare di donne. Non gli va bene nessuna. Dice che l'amore è come il caffè: c'è quello lungo che danno ai soldati al campo, e poi c'è quello schiumoso che fanno a Napoli. E se hai bevuto il caffè buono, quello annacquato non va più bene. Ricordi la battuta l'altra sera alla cena delle lumache? Nessuno tranne me la poteva capire. Lui è così. Dice tutto, ma nessuno riesce a decifrarlo ». E dopo un breve silenzio: « Insomma era molto innamorato di quella donna ». Nunzia si ferma a guardare la farfalla gialla volare via e sparire dalla loro visuale. Poi prosegue: « Il mercoledì veramente... » e ride.

« Il mercoledì cosa? »

« Va sempre in paese. Di sera. Lui pensa che io non lo sappia. Ma un giorno l'ho seguito ».

« Di sera? Non hai avuto paura? »

Lei scuote la testa.

« E cosa hai scoperto? »

« Che vede una donna, sempre la stessa. Una vedova. So solo

che si chiama Matilde e che è poco più giovane di lui». Riprende a ridere. «Ma poi torna a casa e la mattina è come se nulla fosse accaduto. A parte il fatto che il giovedì a colazione Lina è sempre imbronciata».

«Le piace tuo zio?»

«Lo venera. Non dirmi che non ti sei accorto. La sua è piena adorazione». Nunzia sorride: «L'amore è così. Ti prende all'improvviso e non ti lascia».

«Che vuoi dire?»

Lei alza le spalle. «Sei ancora piccolo per capire».

«Non che tu sia tanto più grande».

«Due anni non sono pochi» afferma Nunzia con una smorfia.

«Vuoi dire che sei innamorata?» Luca storce la bocca e la punzecchia. In verità vorrebbe dire altro. Vorrebbe farle comprendere che lui non è più così piccolo da non capire o non provare alcune sensazioni. Ma non trova le parole.

Nunzia intanto scuote la testa mentre i suoi occhi sembrano dire il contrario. Poi cambia discorso: «A proposito della fidanzata di cui si sono perse le tracce... Sai che mi ha detto lo zio?»

«Cosa?»

«Che assomigliava moltissimo a tua madre».

Capitolo 22

Catania, 20 maggio

«Disarmonia degli elementi».

Il giovane dottore si avvicina. Il paziente sembra farneticare, ma almeno ha ritrovato la parola.

«Come si sente?» chiede il medico.

«Il dolore... Il dolore è disarmonia degli elementi» continua l'altro. «È fatale. È naturale, capisce? Il dolore è parte della nostra natura. Non possiamo evitarlo. Ci tocca. A tutti. Non si può vivere senza dolore. Senza dolore c'è solo la morte. Eppure nessuno vuole il dolore. Ma tutti vogliono la vita».

Il medico lo guarda perplesso. «Ricorda cosa è successo?» domanda poco dopo.

L'uomo apre gli occhi ridotti a due orbite bianche e fissa il soffitto. «Ricordo solo il dolore. Successo? Cosa mi è successo?»

«Ora non ne prova più? Di dolore intendo».

«Dolore fisico no. Ma non trovo più la luce».

«Non mi vede? Mi sente ma non mi vede, giusto?»

Il paziente annuisce con la testa. «È tutto rosa. Di un rosa intenso». Chiude le palpebre e le riapre. «Niente altro che rosa. Ma dove sono? C'è un odore strano. Di disinfettante e...»

«È al Vittorio Emanuele. È stato ricoverato qui per le gravi lesioni riportate in un'esplosione. Quasi un mese fa. È rimasto a lungo privo di conoscenza».

«Un mese?» E senza aspettare risposta: «La mia vista? Tornerà?»

«Temo di no» ammette l'altro. «È stato compromesso il nervo ottico, ma quel che è peggio l'esplosione ha...» cambia tono. «In verità abbiamo temuto a lungo per la sua stessa vita. Per quanto le sembrerà strano quel che sto per dirle, lei è stato fortunato». E continua: «Non aveva documenti quando è stato portato qui. Dovrebbe darci le sue generalità. Per vedere se riusciamo a contattare qualche suo parente».

«Io... sono confuso».

«Non ricorda il suo nome?»

«Ma sono davvero cieco?» ripete l'uomo e dopo poco: «Conosce la storia di Demodoco?»

«Demodoco? Chi è?»

«Un aedo cieco alla corte di Alcinoo, il re dei Feaci». E recita: «*La Musa lo fece privo degli occhi, ma gli donò il melodioso canto.* Il dolce canto che ha commosso Ulisse. Sono cieco come Demodoco, capisce? Ma non saprei commuoverla raccontando la distruzione della guerra. La guerra! La vedo. La vedo nei miei ultimi ricordi. I palazzi rasi al suolo, le strade piene di macerie... La mia casa. Ricordo. Ricordo la mia casa. E mia moglie. I miei figli. Io leggo. Insegno. Sono un professore».

«Bene» dice il medico. «Dove insegnava?»

«Al liceo. Al Cutelli».

«E sua moglie? Come si chiama?»

«Ha i capelli castani».

«Ma il suo nome?»

«Agata. Ma dove sono? Devo sapere dove sono. Lo capisce? Mia moglie dov'è?»

«Stia calmo. Non si deve agitare. Ha solo bisogno di tempo».

«Ha detto che è passato un mese» dice portando le mani sul viso scarno. «Cosa è accaduto in questo periodo? C'era la guerra...»

«C'è ancora. Da quando è qui si sono susseguiti bombardamenti sulla città. La settimana scorsa abbiamo assistito alla sconfitta delle forze dell'Asse nell'Africa settentrionale. Gli alleati hanno iniziato un violento bombardamento su Pantelleria e sembra puntino anche su Lampedusa e Linosa».

«Si avvicinano. E ora?»

«Chi può dire cosa accadrà domani» considera il medico con aria rassegnata.

«I miei tre figli, mia moglie, il cane... Il cane è morto. I vicini sono morti pure. I signori...» Poi cambia tono: «Mia moglie. L'ultima volta che l'ho vista era su un treno».

«Dove andava?»

«Non ricordo... aspetti. Dal fratello di Ninì. Ma Ninì è morto».

«Come si chiama il fratello di questo Ninì?»

«Non ricordo...» E alza l'indice confuso: «Ma Demodoco lo ricordo. Lui sì».

Capitolo 23

Londra, 21 maggio

Seduto sulla poltrona di pelle scura Winston Churchill osserva il fumo che si alza alto verso il tetto. Posa il sigaro e finisce di bere la coppa di Pol Roger. L'ha portata dal pranzo.

Poi sbottona la giacca di velluto a costine. Le bistecche della colazione gli sono rimaste sullo stomaco. 'Saranno i pensieri' considera e svuota il bicchiere. Ama quello champagne dall'olfatto importante che nasconde al palato una nota di nocciola e l'aroma degli agrumi. Ma fuori dai pasti preferisce il whisky allungato con l'acqua. Il gusto più deciso contrasta con il sapore legnoso del sigaro. Così senza esitare cambia bicchiere e si versa un'abbondante dose di Johnny Walker etichetta rossa, a cui aggiunge dell'acqua.

Beve un sorso del liquido ambrato. Lo tiene in bocca, lo assapora, poi lascia che scenda lentamente giù per la gola.

Chiude gli occhi e respira a fondo. Sente che il papillon sbatte sotto il mento. Una, due, tre volte.

Ha un pensiero che gli frulla da un po'. Sente che troppi fili sono ancora aperti. C'è la delicata questione della Turchia. E quella altrettanto spinosa della Jugoslavia. Ma a preoccuparlo di più è quel che potrebbe accadere in Italia.

Non è stato facile a Casablanca convincere Roosevelt dell'opportunità di attaccare le forze dell'Asse partendo dalla Sicilia. E il presidente americano ora scalpita per un secondo sbarco, ancora più imponente, nel Nord della Francia. Proprio per questo si è dovuto recare di persona a Washington. Sapeva che sarebbe stato un errore abbandonare il piano di uno sbarco in Sicilia, come ora sa che sarebbe sbagliato allentare la morsa sull'Italia dopo lo sbarco sull'isola. Servirà anzi aprire al più presto un nuovo fronte nella penisola, più a nord. Per dare una spallata definitiva al regime di Mussolini. Dopo il primo pugno occorre assestarne un secondo altrettanto forte.

Roosevelt e Stalin sono poco interessati all'Italia. Loro pensano al mondo, lui, Churchill, all'Europa.

Istintivamente guarda sulla cartina alla parete quella lunga striscia di terra a forma di stivale che si protende nel Mediterraneo. 'Ha ragione il generale Ismay. Prima di lasciarla bisogna assicurarsene il pieno controllo. Puntare su Roma. La capitale'.

I suoi pensieri sono interrotti da qualcuno che bussa alla porta.

«Avanti».

Il suo segretario, alto e magro, fa un passo: «Primo ministro, l'ispettore Andrew Calson è arrivato».

«Lo faccia passare» dice Churchill, agitando la mano in aria.

Dopo poco la porta si riapre. Il nuovo arrivato indossa un doppio petto scuro. Il volto è quadrato. La mascella prominente.

«Caro Winston, come va oggi?» domanda l'ispettore.

«Discretamente, Andrew» e fa segno verso la poltrona che ha davanti a lui. Poi gli indica la bottiglia di whisky: «Bevi. Bevi. Ci aiuterà».

«È ancora presto» considera l'ispettore.

«Non è mai presto» ride Churchill. «Quando ero ancora giovane avevo deciso di non bere mai prima di metà giornata. Ora la mia regola è quella di evitare di bere prima del caffè. Dal mio caffè del risveglio sono passate già otto ore».

L'altro sorride e lascia cadere il cappello a bombetta sulla sedia: «Nuovi problemi di sicurezza?» domanda.

«Non più del solito». E senza altri giri di parole: «Ma c'è qualcosa nell'aria. L'incontro a Washington è stato un pieno successo. Le normali conferenze con i nostri rappresentanti non sono più sufficienti. Le questioni da affrontare sono troppe e delicate».

«Mi stai dicendo che tu e Roosevelt vi rivedrete ancora?»

«Oh, non solo noi. Questa volta ci sarà anche Stalin. Ne abbiamo discusso a lungo. Nome in codice *Eureka.* Decidere in concerto una comune strategia per il proseguo del conflitto. Uniti contro il nemico comune».

Calson alza il sopracciglio.

«Almeno per ora» si affretta a concludere Winston.

«Come tua guardia del corpo dovrei risponderti che l'incontro è una follia. Riunirvi tutti e tre in un unico luogo per una conferenza ufficiale? Un invito a nozze per Hitler. Se mai quel fanatico lo venisse a sapere sguinzaglierebbe le SS. Sarebbe l'occasione giusta per togliere di mezzo in un sol colpo tutti i suoi più acerrimi nemici. Proprio ora che è circondato e con l'acqua alla gola». Scuote la testa: «Ma tanto nessuno potrà mai dirti o consigliarti. Sappiamo entrambi che se hai deciso di farlo, lo farai».

«Esatto, bisogna solo decidere dove. Stalin propone Mosca. Come una normale conferenza tripartita».

«Escluderei uno dei tre Paesi. Ripeterei il modello di Casablanca».

Winston annuisce, e stringe le labbra: «Già ma ad Ankara... a Teheran... o che so io».

«Rispetto a Casablanca c'è però una importante variante».

«Quale?»

«Il nuovo capo dei servizi di sicurezza tedeschi, Jörg Hallermann. A gennaio non c'era ancora un degno sostituto di Heydrich».

«Ci ho pensato anche io, cosa credi. Dopo che ho scampato la polmonite di febbraio, comincio a tenere alla mia pellaccia».

Capitolo 24

Acate, 25 maggio

La dimora sorge in una piccola vallata, protetta dagli alberi di noce. Ha le mura in pietra chiara, le porte di legno scuro, le tegole di terracotta, ricoperte da foglie e da muschio, ormai secco.

Nunzia è alla finestra. Scosta la tenda e in lontananza scorge la casa del carrubo, con il suo piazzale e l'alto albero.

Guarda l'orologio da polso con il sottile cinturino di cuoio. Ormai manca poco. Raggiunge lo specchio, liscia la gonna plissettata e guarda la propria immagine riflessa. È da ore che non fa che pettinarsi mentre avverte il seno alzarsi e abbassarsi e un senso di ansia l'attanaglia.

Dopo la passeggiata a Scoglitti ha rivisto il bel tenente dagli occhi verdi e il viso gentile altre due volte. L'ultima il giorno prima dell'operazione Michele. Da allora si sono scambiati solo qualche lettera, nascosta sotto una pietra all'ingresso del paese, vicino al campo di margherite bianche. È stata lei a declinare tutti gli inviti, e non perché non abbia voglia di vederlo, ma perché il dolore profondo che sente aleggiare intorno a sé per la sorte del bambino le ha insinuato nel petto il senso di colpa per essere, solo lei, felice.

Perché lei è davvero felice.

Non aveva mai immaginato di poter provare una sensazione uguale.

Da settimane il mondo le appare più colorato.

E ora che Michele sta un po' meglio ed è fuori pericolo, lei attende il tenente con trepidazione. Le sembra che le lancette dell'orologio abbiano smesso di girare.

Un minuto ha la durata di un'ora.

Per distrarsi torna alla finestra e lascia che i suoi pensieri vaghino tra le pieghe del passato. Ricorda quando don Luigi, due anni prima, ha fatto ristrutturare quella casa. Per settimane lei lo aveva implorato di lasciargliela usare. Desiderava più di ogni altra cosa uno spazio tutto suo, dove essiccare le erbe raccolte in campagna, conservare le ampolle con l'alcol e tenere i mortai. Lo zio all'inizio era stato restio. Poi un giorno l'aveva portata alla casa e, con tono serio, le aveva detto che era sua, ma che doveva essere consapevole delle conseguenze del suo desiderio di libertà, perché se nel medioevo l'avrebbero presa di certo per una strega, in quel paese della Sicilia in pieno regime fascista sarebbe passata comunque per una mezza matta.

A lei non era importato di quelle preoccupazioni. Aveva stretto le braccia intorno al suo collo e lo aveva ringraziato ripetutamente, sapendo che senza la malattia della madre tutto quello non sarebbe mai stato possibile. Assunta non le avrebbe mai permesso di girare da sola, di coltivare i suoi interessi, di trascorrere ore sui libri. Le avrebbe invece detto, se fosse rimasta quella di un tempo, che certi lavori non si addicono a una donna e che era momento di trovarsi un marito.

Ma la madre aveva smesso da anni di seguirla. Lei ne aveva sofferto, ma aveva anche imparato a essere autonoma, come mai avrebbe potuto con una mamma vigile e presente.

A dire il vero, la sua iniziale felicità era stata velata alcuni mesi dopo, quando aveva constatato la verità delle parole dello zio. Per quanto i suoi coetanei continuassero ad apprezzarne i fianchi e il seno nascosto dalle vesti, intuiva da come la guardavano e dai loro silenzi che non approvavano le sue scelte. Don Luigi aveva avuto ancora una volta ragione: nessuno in paese avrebbe mai voluto una donna che non fosse una perfetta massaia. Per questo si era rinchiusa ancora di più nella sua tana. E quando la famiglia Floridia, un mese prima, aveva bussato alla porta della casa del carrubo, aveva temuto di perdere quel suo nido di tranquillità.

Ma la malattia di Michele aveva fatto sì che gli ospiti non arrivassero mai lì. A dire il vero Nunzia aveva l'impressione che quella di Michele fosse solo una scusa. Intuiva che lo zio preferiva per qualche strana ragione tenere la famiglia nella sua stessa dimora. Forse per la paura della guerra? Ne aveva parlato a lungo con Lina. L'invito ad alloggiare alla casa del carrubo era sembrato strano anche a lei. Strano perché don Luigi era un uomo solitario e non amava che qualcuno gironzolasse nel suo salotto, o peggio nel suo studio.

Nunzia sapeva anche perché.

Oltre al carattere schivo, Luigi aveva un grande segreto che nessuno ad Acate conosceva. Lei lo aveva scoperto per caso, un giorno mentre cercava un libro nella grande libreria di legno scuro dello studio. La ragazza aveva notato che alcuni testi erano conservati in seconda linea, nascosti dalle grosse enciclopedie rilegate in pelle e dai manuali di chimica. Li aveva presi a uno a uno ed era rimasta sorpresa nello scoprire che tutti contenevano idee comuniste. Erano libri banditi.

Un'altra volta aveva preso un volume su Catone. Le piaceva la copertina. Sul frontespizio una dedica – 'A chi muore per la libertà' – e dentro un foglio ingiallito con dei numeri di telefono scritti a matita. Aveva rigirato più volte il foglio fra le dita, meravigliata. Perché loro alla casa del carrubo non avevano nessun telefono. Né avrebbero potuto. Mancava la linea.

Incuriosita, gli aveva chiesto cosa le nascondesse, sempre con maggiore insistenza, fino a che, dopo l'iniziale reticenza, per il legame e la fiducia che li univa, lo zio le aveva svelato il suo segreto. Non amava il regime. Affatto. Tanto che alcuni anni prima era stato per diversi mesi in Spagna, unendosi al contrattacco delle forze repubblicane lungo il fronte di Trijueque nel corso della battaglia di Guadalajara. Aveva allora sperato che l'avanzata di Francisco Franco verso Madrid, sostenuta dai suoi connazionali di fede fascista, potesse essere fermata. Ma presto aveva compreso, non senza profonda delusione, che si era trattato solo di un'illusione. I nuovi rinforzi di Mussolini e Hitler avevano determinato la vittoria delle forze nazionaliste spagnole.

Lei in fondo non lo aveva trovato tanto innaturale. Suo zio era un uomo dalle mille sorprese che ragionava sempre e solo con la sua testa, capace di ribellarsi alle tradizioni. Un ribelle, proprio come lo era per altri versi suo fratello Giulio.

I suoi pensieri sono interrotti all'improvviso da un rumore di passi sull'erba secca.

Il cuore batte all'impazzata e le mani iniziano a sudare. Ha l'impressione di tremare.

Da quando lei e Paolo hanno deciso, due giorni prima, di rivedersi, ha sognato a occhi aperti il suo ingresso nella casa delle spezie. E ora è giunto il momento e l'emozione si mescola alla paura. Se qualcuno la scopre ne andrà del suo onore.

I passi si fermano.

Qualcuno bussa.

Lei lascia la finestra e va ad aprire la porta.

Paolo è ora lì davanti a lei.

Alto, nella divisa verde del regio esercito, il volto sottile, gli occhi che brillano.

«Entra». E guardando alle sue spalle: «Ma sei venuto a piedi?»

«Oh, no. Ho lasciato la bicicletta dietro la casa» dice mentre fa un passo e si guarda intorno. Le porge una margherita e ride: «Ora so che hanno tutte ventuno petali». Le si avvicina e l'avvolge in un caldo abbraccio.

Dopo che ha richiuso la porta, Paolo le prende il volto fra le mani e lascia che le sue labbra si poggino su quelle di lei, fino a schiudersi in un bacio umido a cui ne segue un altro e un altro ancora.

Passano un'intera ora senza parlare, solo accarezzandosi piano, intrecciando le dita e sorridendosi con gli occhi.

«Si è fatto tardi» dice Nunzia, ritornando al mondo reale. «Dobbiamo andare. Se non torno mi verranno a cercare».

Lui annuisce. Sembra indispettito dall'interruzione, ma senza controbattere si alza dal divano e prende la giacca. Poi il suo sguardo cade sulla libreria. Fa un passo, prende *L'educazione sentimentale* di Flaubert, e chiede: «Posso rimanere un'altra mezz'ora a leggere? Al campo è tutto così... polveroso e sporco. Qui mi sembra di essere tornato alla mia vita».

«Certo» sorride lei. «Basta che poi chiudi la porta e nascondi la chiave dietro il vaso sul davanzale».

Lui le si avvicina, le cinge la vita con le braccia e le dà un altro lungo bacio.

Quello che Nunzia non avrebbe mai più potuto dimenticare.

Capitolo 25

Marina di Acate, 7 giugno

È solo un pezzo di specchio. Un triangolo con un angolo aguzzo che gli uomini hanno fissato al muro esterno sul retro della mensa ufficiali.

Ognuno ha un turno per radersi e ora Paolo, dopo essersi sfilato la maglietta, si guarda attraverso le crepe nere che attraversano la lucida lastra, stupito di quanto sia abbronzato. Alle sue spalle un soldato semplice attende il suo turno e fuma una sigaretta. Ha il volto di un ragazzino, gli occhi neri, la mascella pronunciata, il naso lungo e storto.

«Hai saputo che hanno trovato uno con la gola tagliata?» gli chiede.

«Uno? Uno chi?»

«Uno della nostra brigata».

«Ma dai... dove?»

«Ieri sera. Tra la macchia di agave».

«Una lite?»

«E chi può dirlo». Il giovane soldato aspira una lunga boccata.

Politi cambia discorso: «Da dove vieni?» chiede e intanto versa l'acqua sul pennello insaponato.

«Da Napoli».

«E...» Paolo sta per chiedere ancora, ma il suono assordante dell'allarme di un attacco aereo lo coglie di sorpresa.

Il napoletano scappa verso la trincea ovest.

Poco dopo l'esplosione. La terra si muove sotto i suoi piedi.

Paolo lascia cadere la scodella con il sapone, afferra la maglietta e la giacca. Ma non fa in tempo a fissare la cintura con la pistola. Una bomba cade così vicino che lui perde l'equilibrio e si ritrova sdraiato per terra. Procede a carponi per recuperare la sua arma, poi inizia a correre e a cercare riparo dietro i grandi sacchi di rena che i suoi compagni nei giorni scorsi hanno disposto a difesa dei fossati.

Intorno a lui solo fiamme e spari.

Il tempo si dilata.

Il tenente guarda in lontananza. Sopra la distesa marina, attraverso il cielo limpido e chiaro, un secondo stormo di Spitfire punta verso il litorale.

Luzi impartisce ordini. Le sue urla attraversano il campo. Poi corre verso una mitragliatrice e l'abbraccia come fosse la sua più grande amica.

Gli aerei si avvicinano, lasciando cadere grandi cilindri neri, che esplodono sulla spiaggia.

Paolo vede la trincea ovest sparire, inghiottita da una grande nuvola gialla. Un soldato gli cade davanti con le braccia protese, la paura sul volto.

Un'ultima contrazione.

La morte.

Dopo che gli aerei li hanno superati, Luzi ordina ai barellieri di recuperare i superstiti: «Alla mensa ufficiali» dice. «Portateli lì e curateli».

Nel campo scende qualche minuto di silenzio, rotto solo da urla di dolore dei feriti.

Politi corre verso quello che rimane della trincea ovest a portare aiuto.

Davanti a sé una grande voragine nella sabbia. Solo all'estremità qualche segno di vita. Un lamento risale dal fondo. Paolo sposta un cadavere. Sotto c'è qualcuno che respira a fatica. Se pure il viso è sporco di sabbia e sangue, lo riconosce. È il soldato napoletano. Non ha più un braccio.

Dopo avere caricato il giovane su una barella, il lavoro di soccorso continua per una interminabile mezz'ora. È una lotta contro il tempo, tra l'odore della morte che appesta l'aria.

Quando quasi tutti i superstiti sono stati portati alla mensa per le cure mediche, Paolo tira un sospiro di sollievo.

Questa volta l'ha scampata.

Ma la sua sicurezza si incrina poco dopo, quando sente il rumore del motore di altri due aerei. Guarda il cielo nel momento stesso in cui la sirena di allarme torna a suonare.

Prima che gli uccelli di ferro li sorvolino, i soldati cercano di tornare veloci alle loro postazioni.

Politi capisce che non raggiungerà in tempo l'unica trincea ancora integra, così si tuffa nella sabbia, non lontano dalla mitragliatrice del maggiore, appiattito, con la testa fra le braccia.

Quando i velivoli sono abbastanza vicini, Luzi riprende a sparare, con la disperazione che nasce dalla rabbia. Il primo aereo lascia cadere le sue bombe. Una finisce a mare e solleva un'alta onda; un'altra precipita sulla spiaggia, facendo un gran frastuono e aprendo uno squarcio nel suolo, senza altri danni; la terza colpisce la mensa ufficiali, che si sbriciola come fosse di cartone.

«Qui finiamo come a Pantelleria» urla Luzi.

Paolo scava freneticamente nella sabbia, per acquattarsi ancora di più.

Poi un nuovo boato. Ma diverso da tutti gli altri.

Sorpreso, Politi alza leggermente lo sguardo e vede la fusoliera del secondo aereo rigirarsi in aria e cadere in picchiata a cento metri dalla riva.

Prima la gioia. «Maggiore, lo hai beccato!»

Poi l'esplosione.

E il fuoco.

E il dolore al fianco.

Infine, quando vede la chiazza di sangue allargarsi rapida sulla maglietta, il terrore.

Capitolo 26

Acate, 8 giugno

Don Luigi sistema il colletto della camicia beige e, sopraffatto dal caldo, si rimbocca le maniche. È davanti alla porta di legno spesso. Esita. Sono giorni che si trattiene da quell'incontro, combattuto tra due forze opposte: affrontare i fantasmi del suo passato per il sentimento che ancora cova sotto le ceneri, o lasciare che il velo del tempo protegga il loro segreto, come gli suggerisce la ragione. Alla fine, pressato dal corso della Storia e dalla precarietà che aleggia intorno, ha deciso.

Ha aspettato che in casa non ci fosse nessuno. Luca ed Elena sono all'oratorio. Non torneranno prima del vespro. Lina e Nunzia sono andate al mulino per fare macinare il grano e, considerata la fila di carri che sosta sempre davanti all'edificio, staranno fuori per ore. È rimasta solo la sorella. Ma lei già conosce la verità.

Sospira e bussa.

La porta alle sue spalle cigola. Due occhi lo osservano. È Assunta che lo scruta in silenzio. La donna alza il sopracciglio e scuote la testa in segno di disappunto. Poi scompare di nuovo nel buio della sua camera.

«Avanti». Sente intanto. La voce di Agata è bassa e cela una nota di melanconia.

«Buon pomeriggio» dice lui entrando. I pollici scivolano su e giù per le bretelle. Tutte le altre parole rimangono in gola, inespresse.

Agata si alza di scatto e il ricamo che tiene tra le dita le scivola dalle mani. È esile e il vestito nero con la scollatura a barca e le maniche corte fa spiccare ancora di più la carnagione chiara. I capelli castani sono raccolti in uno chignon e gli occhi neri sono arrossati e gonfi. L'istinto sarebbe di avvicinarsi a darle una carezza o almeno prenderle le mani. Ma ha paura di confonderla ora che è tanto fragile per il grande dolore che vive. Così rimane fermo ad aspettare una sua reazione.

«Luigi...» il nome ha il sapore del passato, mentre sul suo viso passa una luce inaspettata. Una luce che fa trasalire il farmacista. Un tonfo al cuore, profondo. L'antica speranza che per anni aveva messo a tacere torna a baluginare.

«Sono ventitré anni che aspetto questo momento. In cuor mio sapevo che prima o poi sarebbe accaduto. Lo capivo a ogni lettera che arrivava a Vittorio» afferma lei.

«Non avevo altro modo per avere tue notizie. Lo capisci? La prima volta che ho ricevuto a casa Vittorio non avrei mai immaginato. Per me era solo il compagno di guerra di mio fratello Ninì. Quando mi ha comunicato che sposava te, Agata, non ho più smesso di scrivere. Ma ora sono qui per il tuo dolore. So che non è facile per te».

«Nessuno può aiutarmi. Sapere di avere il conforto di Luca ed Elena è qualcosa, ma non è sufficiente. Non faccio che contare i minuti passati dall'ultimo momento in cui mio figlio era... aveva...» e lascia cadere la frase. «Tua nipote Nunzia è stata molto gentile, mi ha portato delle gocce che mi aiutano a prendere sonno e mi ha riempito la stanza di profumi. Dice che mi faranno bene». Storce la bocca: «Ho qualche dubbio, ma il suo gesto mi ha dato conforto. Siete tutti...» e la voce le muore in bocca, mentre gli occhi le si inumidiscono.

«Vogliamo starti vicino» mormora don Luigi e le si accosta. Con l'indice le asciuga una lacrima che scende giù, solitaria, per la guancia. Gli piace sentire il calore della sua pelle. Gli dona il piacere di un brivido.

Agata solleva il viso e deglutisce: «A me pare che in un modo o nell'altro in questi anni tu lo sia sempre stato».

Lui le sorride. Non avrebbe mai immaginato di sentire quelle parole e senza rendersene conto le prende con dolcezza le spalle tra le mani.

«È vero. Non ti ho mai dimenticata. Tuo padre non mi ha dato fiducia. Anche se allora ero solo un apprendista che andava a bottega in farmacia per appena 58 lire alla settimana, sapevo che ce l'avrei fatta. Tutto questo» e si gira intorno, «l'ho fatto anche per dimostrare che ero degno di te».

Agata abbassa lo sguardo.

«Era una vita fa» mormora. «Ora sono sposata. Sempre che non sia anche vedova». Socchiude gli occhi e ripete: «Credo che dovremmo dimenticare il passato. Ho visto come ti ha guardato Luca la sera della cena delle lumache. Ho avuto il sospetto che... e Assunta sa chi sono».

Don Luigi si discosta. Rimane in silenzio a osservare le tende bianche e leggere che proteggono la stanza dal caldo estivo. Prova una sorda rabbia. La sua vita non doveva andare così. La loro vita non doveva andare così.

«Dovremmo dimenticare il passato» ripete Agata.

«Lo hai già detto» le fa notare don Luigi, che torna ad avvicinarsi. Ha la sensazione che quelle parole Agata le rivolga a se stessa e non a lui. Per darsi forza e contegno.

Le prende le mani. Sono piccole e le dita sottili. Proprio come le ricordava.

«Non puoi immaginare quale sia lo strazio del mio cuore. Michele, Vittorio... la preoccupazione per Luca ed Elena ora che sento la guerra tanto vicina».

«Spero che tu sarai più forte di Assunta» le confida Luigi senza staccare gli occhi dai suoi.

«Lei è stata ben più sfortunata di me. Io almeno ho mio figlio che dorme nella stanza accanto» dice Agata e lascia correre lo sguardo oltre la porta. «E ho la consolazione della preghiera. Non sai quanto ho pregato per te» confessa poi. «Pregherò ora per la guarigione di Michele. E anche per Vittorio. Ovunque lui sia» si affretta ad aggiungere.

«Hai pregato per me?» Un tepore sul petto.

«Mi sentivo in colpa. Non ho saputo oppormi a mio padre. Forse in verità non avrei neanche potuto. Mi sono limitata a piangere nel mio letto, la notte. In principio non credevo potesse esistere più alcun futuro. Pensa che volevo diventare monaca». E il viso sembra rasserenarsi per qualche secondo.

Don Luigi abbassa lo sguardo. Anche lui a dire il vero aveva cercato altre strade: prima la voglia di rilevare la farmacia e costruire la casa del carrubo, poi la via della dissidenza politica. Ma tace e Agata riprende: «Sai, oggi mentre pregavo, dopo giorni, ho trovato un leggero senso di pace. Ho pensato...» e si ferma.

«Cosa?»

«Che nella vita non possiamo trattenere e controllare niente. Spesso la vita ci impone delle perdite. Forse non dovremmo dolerci di esserci persi, dovremmo reputarci felici per esserci incontrati, anche se per breve tempo. Già questo è un miracolo».

«Quando si perde chi si ama rimane un senso di rabbia».

Agata gli poggia l'indice sulle labbra. «Luigi, bisogna accettare quel che capita».

«Io non mi sono mai rassegnato».

«Chi non si rassegna non avrà mai pace. Non è facile. Non lo è affatto. Ma solo così si lenisce il dolore».

Lui esita: «Ma dopo la morte di tuo padre mi avresti potuto cercare».

«Avevo già incontrato Vittorio» lo interrompe lei. «Erano passati anni. Non avevo tue notizie. Credevo che avessi la tua vita».

«Quindi hai accettato».

«La vita scorre. Prende un suo corso. Ero andata avanti e forse per te non è bello sentirlo, ma io ho amato mio marito. Le tue lettere mi facevano piacere. Erano un segno che non mi avevi dimenticata, ma mi creavano anche un profondo senso di colpa verso Vittorio. Gli nascondevo qualcosa. Era il mio segreto. Lo avrei portato nella tomba senza parlarne mai con nessuno. Perché in quest'isola i segreti sono tali se non li racconti neanche a te stessa davanti allo specchio».

Sono fermi lì, al centro della stanza.

Mani nelle mani.

Occhi negli occhi.

Il tempo si dilata. I secondi diventano ore, le ore giorni. E in quello spazio e in un abbraccio è racchiusa la loro vita mai vissuta.

Poi un rumore nella stanza vicina li riporta alla realtà.

Michele si è svegliato.

Capitolo 27

Berlino, 8 giugno

L'Oberführer Friedrich Müller porta una mano alla tempia. Sente di avere la bocca impastata e avverte un fastidioso mal di testa. Si maledice per avere ecceduto con l'alcol la sera prima di incontrare il capo della sicurezza del Reich, Jörg Hallermann. Ma è accaduto tutto per caso. Nel tornare a casa ha incontrato un vecchio amico del liceo. L'idea è quella di mangiare insieme due fette di *kassler* accompagnate da *kattorfelsalat* e un buon boccale di birra, per poi scappare a casa.

Ma una volta dentro la *bierstube*, mentre beve il suo boccale, l'ha vista. La figura slanciata, i lunghi capelli biondi, gli occhi maliziosi. Le si è avvicinato per parlarle e in pochi minuti – complici l'uniforme, le spalle larghe e il sorriso sornione – ha scoperto il suo nome: Helga.

Dopo una breve esitazione ha deciso di non tornare a casa e, salutato l'amico, è rimasto a scherzare con lei.

'Questa donna ne vale la pena' si è detto.

Sono andati in un locale a sentire musica e lui lì ha dato inizio al suo ormai collaudatissimo gioco di seduzione. Ha chiesto alla ragazza in che anno fosse nata e quando lei gli ha svelato l'età, Friedrich ha fatto venire al tavolo una bottiglia di Krug del 1920. Poi le ha languidamente sussurrato all'orecchio: « Per festeggiare l'anno in cui il mondo si è arricchito della tua presenza ».

Helga si è illuminata in viso, senza rendersi conto di essere caduta nella tela del ragno. Senza potere immaginare che lui fa così con tante. Troppe.

La serata è continuata con una seconda bottiglia e con dell'*apfelstrudel* e del rum. Il risultato è stato una lunga notte d'amore e una brutta sbornia. La terza della settimana.

« Oberführer Müller, è pronto? » La voce di Walter Schwaderer lo riporta alla realtà.

Friedrich fa quasi un salto in aria. Recupera subito la situazione, annuisce, porta le braccia lungo il corpo e la mano destra con il palmo ben aperto davanti alla visiera del cappello con l'aquila. « *Ja*, Brigadeführer. Prontissimo ».

Schwaderer lascia scorrere lo sguardo sulla divisa di Friedrich, quasi voglia assicurarsi che sia in perfetto ordine. Controlla la fascia rossa a due strisce con la svastica sul braccio sinistro, i bottoni dorati accuratamente lucidati e gli stivali neri lustri. Infine, soddisfatto, muove i primi passi verso la Prinz-Albrecht-Strasse.

Quando si muovono, Friedrich osserva in silenzio il suo comandante. Ha le labbra carnose e un naso troppo grande per il volto sottile. Ma a colpirlo davvero è la sua assoluta mancanza di espressione. Lavora con lui al VI dipartimento della Sicherheitsdienst da ormai sei mesi, ma per quanto si sforzi non riesce mai a capire cosa passi nella sua mente. 'Forse' riflette, 'proprio per questo era uno dei pupilli Reinard Heydrich'. Qualche altro passo e si domanda ancora: 'Come avrà vissuto la nomina di Hallermann a capo del Reichssicherheitshauptamt al posto di Heydrich, dopo la sua morte nell'attentato dell'anno prima?'

I due uomini si fermano intanto davanti all'edificio della direzione generale di sicurezza. Un camion di militari delle SS presidia l'ingresso. Non appena gli uomini li vedono si mettono sull'attenti, sollevano il braccio, battono i tacchi e pronunciano in coro: « *Heil Hitler!* »

Walter Schwaderer fa un cenno con la mano e tira dritto seguito a ruota da Friedrich.

Dopo avere percorso la scala di marmo che porta al primo piano, entrano in un ampio salone. Dalle pareti scendono i lunghi teli con lo stemma delle SS.

Una giovane donna si avvicina e fa loro strada fino a una sala di attesa.

«Ursula Schneider, piacere. Sono la segretaria personale del generale. Accomodatevi pure. Vi riceverà a momenti».

Schwaderer la ringrazia e va a sedersi. Nell'attesa arrotola i pollici su se stessi. La notizia del messaggio decriptato la sera prima dalla loro macchina decodificatrice Enigma e partito da una nave della US Navy nell'Atlantico lo agita. Eureka è l'idea di un incontro di persona tra Churchill, Stalin, Roosevelt e la fortuita scoperta delle SS apre la possibilità di organizzare un attentato. A preoccuparlo ora è il pensiero che Hallermann voglia coinvolgere l'Oberfürher Müller in una operazione tanto delicata. E non perché Friedrich non sia un ottimo agente. Lo è. Die Nacht, questo il suo nome in codice, quando vuole sa essere oscuro e spietato. Ma davanti ai vizi non ha la ferrea volontà che si addice a un alto funzionario delle SS. Lo dimostra continuamente con le donne e con l'alcol.

Friedrich, ignaro dei pensieri del suo superiore e di quello che da lì a breve gli rivelerà Hallermann, per ingannare il tempo si avvicina all'alta finestra e osserva la vita che scorre fuori, sulla strada. Un uomo vestito di nero con una bombetta in mano, una mamma con un passeggino. Scene di vite normali. Se non fosse per i sacchi di sabbia a difesa delle vetrine dei negozi chiusi.

«Il generale Hallermann vi attende». La segretaria è tornata e gli sorride, inclinando leggermente la testa. Lui la squadra velocemente, come farebbe un compratore di cavalli con una puledra. Storce il naso. Per lei non avrebbe aperto più di un semplice Heidsieck. Cuvée base. 'Helga è ben altra cosa. Meritava il suo

Krug' si dice e intanto sente un formicolio tra le gambe, all'altezza del cavallo dei pantaloni.

Ma dura un attimo. Appena la porta si apre e si trova davanti la figura del generale ogni pensiero si dilegua.

Capitolo 28

Acate, 8 giugno

L'onore lo ha trattenuto dallo svelare chiaramente ad Agata i suoi attuali sentimenti. Fino a che non si avranno notizie di Vittorio lei è una donna sposata e, se pure gli costa dolore ammetterlo, anche profondamente legata al marito. Lui ora è l'estraneo, come gli ha ricordato lo sguardo di Luca alla cena delle lumache.

Don Luigi si alza lasciando la scrivania in disordine e spalanca la finestra. È mercoledì. Sa che quella sera Matilde lo aspetterà come sempre. Ma per la prima volta lui non andrà. Lei rimarrà delusa. Gli dispiace, ma in fondo fino a quel momento lui non le ha mai fatto promesse e ora che Agata è tornata in carne e ossa non avrà più il coraggio di offrirle nulla. La debole passione è stata spazzata via in un breve attimo.

Sospira, poi arrotola le maniche e apre il copritastiera.

Scosta la lunga pezza di velluto rosso, la posa sul tavolino vicino e siede sullo sgabello. Prima lascia che la mano destra suoni qualche tasto, poi si posiziona bene e con foga inizia a eseguire il notturno di Chopin che più gli piace.

Suonare lo aiuta.

La concentrazione lo allontana dai pensieri che si affollano intorno a lui, ma soprattutto spinge via lo spettro di una vaga, ingiusta e inconfessabile speranza. Che Agata torni ad amarlo. Che loro possano un giorno coronare il loro vecchio sogno. Quello per cui lui in fondo ha costruito tutto.

Eppure sa che non è questo che dovrebbe stargli a cuore, quanto la felicità di lei. Lui può e deve solo limitarsi a fare quello che ha fatto fino a ora. Portare conforto ai Floridia. E se un giorno Vittorio busserà alla sua porta, lo accoglierà come lei vorrà. Solo se non tornerà più, potrà sentirsi libero di aprire il suo cuore e prendersi cura di lei e dei suoi figli.

Non per moralità, ma per affetto. Per rispetto di un legame che ha superato tanti anni.

Picchietta sui tasti le ultime note e sta già per richiudere il coperchio del pianoforte quando scorge una treccia bionda oltre la porta.

«Vuoi imparare?» domanda a voce alta.

Sa che lei è lì ad ascoltarlo.

Elena fa un passo avanti, esce dal suo cantuccio, e annuisce. Gli occhi azzurri dallo sguardo intelligente e tenero gli ricordano quelli di Vittorio. Sono per lui come una doccia fredda.

«Dai, vieni qui». Don Luigi si alza e prende una sedia. «Tu accomodati sullo sgabello». Intanto regola l'altezza della seduta. «Io mi metto accanto a te. Per ora facciamo solo qualche scala. Va bene?»

Elena annuisce in silenzio. E poggia le dita lì dove gli dice il farmacista.

Don Luigi sente che le mani sono sudate.

«Non devi essere emozionata» la rincuora, e con tono pacato le dice: «Segui i miei movimenti. Prima proviamo insieme e quando ti senti sicura li ripeti da sola».

«Erano anni che lo desideravo» confessa Elena. «Ma a casa non si poteva. Non certo con la guerra». E senza dire altro lascia che don Luigi la guidi.

Poi riprova da sola sotto lo sguardo vigile del farmacista, che annuisce soddisfatto.

I minuti scorrono veloci.

Dei passi distolgono l'attenzione. È Nunzia. Entra quasi di corsa. «Cosa fate?»

«Insegno a Elena a suonare il piano».

Nunzia serra le labbra.

Don Luigi aggrotta lo sguardo e scuote la testa. Non avrebbe mai immaginato che trascorrere qualche momento con la figlia di Agata la potesse fare ingelosire.

Così si alza: «Tu ripeti altre due volte» dice all'allieva. «Sempre gli stessi tasti, io abbraccio la mia nipote preferita».

Elena annuisce, riporta le dita bianche e sottili sui tasti ed esegue il compito con grande concentrazione. Nunzia intanto incrocia le braccia e risponde piccata: «Veramente sono la tua *unica* nipote».

«Allora l'unica mia nipote preferita» replica don Luigi, che ora ride di cuore.

Capitolo 29

Catania, 8 giugno

C'è solo buio.

Gli sembra che i rumori e gli odori siano più forti di prima. Intorno a sé il rimbombo di passi, di ruote di carrelli che cigolano, di oggetti riposti su ripiani di ferro. Il professor Floridia desidera capire attraverso quei suoni cosa accade intorno a lui. La vita senza luci e ombre sembra sospesa nel nulla e il tempo non trascorre mai.

Ma almeno la memoria è tornata.

'Luigi Villalba'. Questo il nome del fratello del suo amico Ninì. Lo ha detto al medico. Gli ha raccontato la fuga da casa dopo il bombardamento verso Acate. Gli ha parlato della ferita alla gamba del piccolo Michele e della gallina di Elena. Con il dottore ha discusso sull'opportunità di provare a raggiungere la sua famiglia. Ma l'altro lo ha informato che la linea ferrata è interrotta in diversi punti e gli spostamenti già pericolosi nelle settimane precedenti sono ora da evitare. Tanto più per un cieco che viaggia da solo.

Non può fare di più che chiedere al medico la cortesia di mandare un telegramma. Un foglio per dire che è ancora in vita.

Un sospiro. Si rigira sulla sedia di legno che cigola. Passa le mani sul volto ormai scarno. Lo tocca. I baffi sono lunghi.

Lascia cadere le spalle indietro e allunga le gambe. Tra le mani l'orologio da tasca che fu di suo padre, attaccato a una lunga catenella dorata.

Mentre rigira l'oggetto fra le dita, come gli capita ormai spesso, pensa alla guerra. Considera che mentre il primo conflitto mondiale era giunto inaspettato come lo scoppio di un arsenale nascosto sotto un prato fiorito, questa volta l'odore della polvere da sparo la si fiutava nell'aria da anni. Dal trattato di Versailles che aveva messo in ginocchio la Germania all'indomani della Grande Guerra. Lo spettro dello scontro era cresciuto a dismisura dopo la crisi economica del 1929 che, se pure iniziata negli Stati Uniti, aveva poi coinvolto gran parte dell'Europa. Intanto la fame e la diffusione delle idee comuniste, in seguito alla rivoluzione russa, aveva portato molti Paesi a sostenere regimi autoritari di destra, così almeno in Spagna, in Portogallo, in Norvegia, in Germania e in Italia. Hitler aveva infine acceso la miccia. Prima con l'annessione dell'Austria, poi con la scelta di impossessarsi del territorio dei Sudeti in Cecoslovacchia, e dopo ancora con la volontà di occupare la Polonia. Da qui lo scoppio ufficiale della guerra. La conquista tedesca della Francia nel 1940 sembrava indicare che il Führer era prossimo a controllare l'Europa e Mussolini aveva quindi deciso di intervenire, colpendo prima una Francia ormai sconfitta e portando poi le truppe in Abissinia e nel Nord dell'Egitto.

Un prurito dietro l'orecchio. Vittorio si gratta, poi liscia i calzoni del pigiama. 'Chissà di che colore sono' si chiede. Gli piacerebbe fossero azzurri con delle strisce sottili blu. Sorride. Decide che sono proprio come lui li vuole. Perché un cieco può scegliere cosa vuole vedere.

Quel che è certo, però, è che sono di una misura troppo larga. Ma non si lamenta. Non c'è con chi prendersela se non con se stesso per essere rimasto in città, per avere pensato ai beni materiali, per avere sottovalutato – lui che pure aveva combattuto al fronte – quella guerra che arriva dall'alto a colpire i civili.

Si reimmerge nei suoi pensieri. Nel 1941 quel conflitto si era allargato a macchia d'olio tanto da diventare mondiale. Ora lo si combatte tra mari e oceani, su tutti i continenti, e ha bussato alla sua porta. L'immagine di Agata balugina davanti a lui. Quanto la ama e quale fortuna ha avuto a incontrarla.

Il rumore delle lancette dell'orologio lo allontana dal suo passato. Ora che nel reparto è sceso il silenzio, il *tic tac* è diventato un suono assordante.

Passa le mani sull'oggetto rotondo. Il vetro è spezzato, ma l'ingranaggio funziona ancora. E mentre infila il quadrante nella tasca dei calzoni riflette che quell'orologio è proprio come lui. Se pure rotto, in qualche modo funziona ancora.

Capitolo 30

Marina di Acate, 9 giugno

Il tenente Politi apre gli occhi. Sopra la sua testa le chiome dei carrubi si muovono lente, attraversate dai raggi del sole.

« Abbiamo allestito qui un ospedale da campo ». Arturo Luzi è di ricognizione, come ogni mattina, per controllare la salute dei suoi uomini e gli si ferma accanto. « Dopo che la sala mensa è andata distrutta, abbiamo cercato un luogo riparato e nascosto agli aerei nemici ». La voce trasmette sicurezza. « Tu come ti senti? »

« Debole, a dire il vero, ma sono comunque vivo » considera, mentre il suo pensiero corre al ragazzo di Napoli e all'esplosione della mensa ufficiali dove era stata allestita la prima infermeria. « Ho una sete terribile » confessa dopo. Non dice della paura che prova.

Luzi annuisce e fa cenno a un infermiere di portare dell'acqua. Intanto continua a parlare: « Dopo che sei stato ferito sono arrivati i nostri. Da nord. Gli Spitfire degli alleati che avanzavano hanno invertito il volo e sono tornati verso sud. Quei bastardi, sapevano esattamente dove colpire. Hanno centrato le nostre trincee e hanno puntato sui depositi di armi. Devono avere degli informatori in zona ». Scuote la testa, indispettito. « Ora riposa » dice Luzi prima di allontanarsi verso altri feriti. « Pensa a qualcosa di allegro. Qualcosa che ti dia la forza di rimetterti presto ».

Paolo chiude gli occhi, ma la prima immagine che gli balena in testa non è per nulla lieta.

È tardo pomeriggio e lui si ritrova solo con il suo commilitone nel campo di agave. Litigano. L'altro muore.

La paura si trasforma in ansia.

Scaccia così il pensiero e si concentra su Nunzia e sui loro baci.

Va già un poco meglio e il respiro torna regolare.

Eppure i ricordi che lo legano alla nipote di don Luigi hanno una nota amara. Deve infatti ammettere a se stesso che per quanto all'inizio lo abbia divertito vedere la ragazza infatuata di lui, lei non riesce a rapirlo davvero. Forse meglio così. C'è una guerra in corso e lui, se non morirà prima, presto andrà via.

Sospira, mentre immagini più dolorose affiorano alla memoria come portate alla luce da un secchio che tira l'acqua da un profondo pozzo scuro.

Dopo cinque lunghi anni il passato ritorna presente. Vivido.

La voce concitata al telefono. Lui che si è affrettato a chiudere la comunicazione, a prendere il soprabito e a dirigersi a passo veloce verso largo dei Cenci.

Carla, l'unica donna che lui abbia veramente amato, è già lì ad aspettarlo, intenta a osservare la vetrina di un orafo. Ha una gonna beige lunga fin sotto al ginocchio e un cappotto con dei grandi bottoni marroni stretto in vita da un larga cintura. A coprirle il volto un cappello scuro.

I ricci biondi le scivolano sulle spalle.

«Carla!» la chiama lui.

Lei si volta e quando lo vede gli corre incontro e lo abbraccia. Di un abbraccio disperato.

«Cosa c'è?»

Carla alza il viso e solo allora lui si accorge dei suoi occhi arrossati.

«Entriamo da qualche parte» lo implora. Carla guarda prima a destra poi a sinistra, quasi voglia assicurarsi che nessuno la segua. Quando sembra esserne sicura lo prende per mano e lo conduce verso la caffetteria che sta all'angolo. «Prendiamo un caffè» e veloce raggiunge un tavolino isolato in fondo al locale.

La donna toglie guanti e cappello, che posa su una sedia vicina. Si accomoda e indica a Paolo la sedia di fronte. Le mani le tremano. Gli occhi scuri non sembrano posarsi su niente. Vagano per il locale. Distratti.

Un ragazzo si avvicina per prendere le ordinazioni: «Due caffè» taglia corto lei. Abbassa lo sguardo.

«Carla, che hai?»

Lei si morde il labbro inferiore e inizia a giocare con un fazzolettino bianco che stringe fra le dita sottili, ripiegandolo in parti sempre più piccole.

«La scorsa notte...» abbassa il tono di un'ottava. «Ancora la notizia non è arrivata in Italia, ma vedrai che domani sarà su tutti i giornali».

«Quale notizia?»

«A Berlino, a Vienna e chissà dove ancora. Sono state incendiate sinagoghe, sequestrati archivi, distrutte vetrine di negozi ebraici. I nazisti stanno tentando di far sembrare gli eventi una sollevazione spontanea della popolazione per la morte di Ernst von Rath, ma non è così».

«Chi è Ernst von Rath?» Paolo è sorpreso e frastornato. Non ha ancora compreso la reale ragione della sua agitazione. Ma teme il peggio.

«Un funzionario tedesco che lavorava a Parigi. Un giovane ebreo polacco lo ha ucciso per vendicare la deportazione dei suoi genitori... ma lasciamo stare von Rath. Sembra che i responsabili vadano cercati tra quei fanatici delle SA e della gioventù hitleriana».

«Come lo sai?»

«Mio padre... lo hanno avvisato questa mattina alle cinque».

«È terribile!» Paolo le prende la mano nel momento in cui arrivano i caffè. «Vedrai che in Italia non accadrà».

« In Italia? Paolo, sai meglio di me che da settembre si susseguono provvedimenti contro di noi. Mio zio ha dovuto lasciare il posto all'università ed è già partito. Anche qui a breve ci sarà un giro di vite. In Italia siamo solo un po' più indietro. Ma solo un po' ».

Paolo sente il cuore scoppiargli di rabbia. Vorrebbe fare qualcosa, aiutarla. Carla è da sempre nella sua vita. Compagna di scuola, poi di letture, poi di cuore.

« Paolo, io parto » sbotta lei.

« Parti? » Ripete lui incredulo. Quelle parole sono come una doccia gelata in un caldo pomeriggio d'agosto.

« Devo. Con la mia famiglia. Oggi stesso. Ci imbarchiamo da Anzio su una nave che attraverserà l'Atlantico. Abbiamo la possibilità. Scappiamo prima che sia troppo tardi ».

« Ma... » Paolo vorrebbe opporre le sue considerazioni. « Ti nasconderò io qui » mormora, pur consapevole che non saprebbe dove. Intanto sente nelle sue parole il sapore dell'egoismo. Lui semplicemente non la vuole perdere.

« Mi spiace molto. So come la pensi tu. Ma la tua famiglia... Loro hanno un altro credo. Spero davvero che tutto finisca presto. Che quello di ieri sera rimanga un episodio circoscritto, ma mio padre è certo che non sarà così. Devo andare ».

Sospira, poi lo guarda negli occhi. Intensamente: « Ti chiedo solo di farmi una promessa ».

« Quale? »

« Combatti. Ma combatti il sistema, non per il sistema ».

Lui abbassa lo sguardo e fissa i caffè ormai freddi. Nessuno dei due li ha toccati.

Quando solleva nuovamente il viso sente affiorare un odio profondo verso il padre, che lo obbliga a seguire ideali non suoi. Le prende le mani e annuisce, deciso: « Lo farò, te lo prometto ».

Il passato ritorna presente.

Il tenente alza gli occhi verso le chiome ondose dei carrubi.

Capitolo 31

Biserta, 9 luglio

L'aria è ferma e il tanfo di sudore riempie la stanza rischiarata solo dalla luce di una candela. Sullivan si solleva dal letto che cigola. Afferra i calzoni in silenzio e infila le mani nella tasca. Ne tira fuori qualche banconota appallottolata e la lascia cadere sulle lenzuola accanto alla ragazza dalla pelle color caffè, che lo guarda con profondi occhi scuri, velati di noia e abitudine.

Albert si veste e poi rapidamente esce, senza dire nulla.

La via è deserta, solo un ubriaco che cammina sul basolato liscio. Lo supera e si dirige al porto. Mentre fuma, vede da lontano l'antica città. Sulla riva davanti a lui appena qualche barca di legno tirata a secco.

'È sempre la solita storia' pensa. È come se cercasse di annegare il suo malessere in distrazioni momentanee. Quando riempie il tempo, o sente l'adrenalina della guerra, o lascia che l'alcol gli offuschi la mente, o quando ancora, come poco prima, tocca il corpo di una donna il suo dolore sembra dileguarsi. Vola via lontano. Ma dopo, quando rimane solo con se stesso, è peggio. Il malessere che gli serra il petto risorge più prepotente di prima.

Il pensiero di essere stato sostituito come si fa con un paio di scarpe lo irrita.

Il pensiero di avere perduto la donna con cui pensava di avere dei figli lo addolora. Aveva investito troppo su quel rapporto. Ma non è solo quello. C'è qualcosa di più profondo che si agita nella sua anima. Un'insoddisfazione profonda della sua vita che non sa bene da dove arrivi. Forse dalla sua infanzia con un padre distratto e depresso e dalla presenza di una madre ansiosa, forse dal fatto di non essere riuscito alla fine dei conti a diventare il cronista di sport che voleva essere, forse il fatto che non sapeva cosa sarebbe accaduto nel suo domani. Sarebbe mai uscito vivo da quella guerra?

Finalmente raggiunge la banchina del porto tunisino e osserva l'alacre attività dei trasportatori che caricano le ultime casse di munizioni.

Quando la luna è alta in cielo sale con un salto sul pontile e raggiunge la *Monrovia.* Il mezzo anfibio è pronto a salpare.

Guarda il quadrante dell'orologio. Ormai manca davvero poco all'ora H del D-Day. A mezzanotte dai porti egiziani, libici, algerini e tunisini partirà il più grande spiegamento di forze fino ad allora immaginato: 160.000 soldati, 2.500 navi, di cui 71 cacciatorpedinieri, 23 sommergibili, 10 incrociatori, 6 corazzate, 2 portaerei. E quasi quattromila aerei.

Sullivan respira profondamente. Pensa a quanto ha sacrificato per il suo lavoro. Tutto. Anche l'amore. Scaccia il pensiero, come una mosca fastidiosa, e declassa il sentimento a inutile passato.

Si appoggia al parapetto di babordo e osserva il mare.

Nel porto la distesa azzurra è calma e le luci si rispecchiano nell'acqua stagnante come lucciole nella notte. Ma lui sente che il pericolo si nasconde proprio tra i flutti e che quella tranquillità è solo apparente. I velivoli sono tornati da poco dando notizie del maltempo. Il canale di Sicilia è in subbuglio, le onde si alzano alte sollecitate da un forte vento che non sembra voler cessare. Eppure non si può rimandare. All'alba bisogna arrivare sulle coste dell'isola. Costi quel che costi. L'VIII britannica del generale Montgomery e la VII US del generale Patton attendono da mesi. Pantelleria, Lampedusa e Linosa sono cadute. Proprio a Pantelleria e a Malta i caccia anglo-americani sono pronti ad accendere i motori per sorvolare i punti dello sbarco e respingere i contrattacchi italiani e tedeschi. E come stabilito a Whitehall, nel quartiere generale di Churchill, le divisioni aerotrasportate alleate hanno già fatto decollare i velivoli dalle piste di Kairouan. Prima dell'una migliaia di paracadutisti toccheranno il suolo siciliano per attestarsi alle spalle degli eserciti dell'Asse e per sbarrare il ponte sul fiume Anapo. Quando lui giungerà in Sicilia i diavoli rossi della 1ª brigata inglese e i soldati dell'82ª divisione aerotrasportata americana saranno già posizionati.

Sente un brivido corrergli lungo la schiena, ma i suoi pensieri sono interrotti dall'arrivo del generale Patton.

Sullivan lo guarda con discrezione. A colpirlo non sono né la sua altezza, né i due solchi ai lati della bocca o il naso lungo e dritto, ma lo sguardo penetrante dei cani da combattimento.

Nota che la sua mano accarezza una delle due Colt dall'impugnatura d'avorio che tiene legate alla cintura. Un gesto continuo, ripetitivo, che non nasconde la voglia di azione. Sembra che i polpastrelli gli prudano.

«Abbiamo aspettato il secondo quarto di luna per dei fottuti paracadutisti che non sanno lanciarsi al buio».

«Se non fosse per il mare».

«Non ti preoccupare del mare. Se lui è inferocito, noi lo siamo di più».

Albert annuisce.

«Ho detto ai soldati che non voglio prigionieri» ringhia poco dopo Patton.

«Tutte le guerre hanno prigionieri» considera il tenente Sullivan e subito si morde la lingua, indispettito con se stesso per avere esternato il suo pensiero. Per avere avuto fretta di chiedere.

«Non questa. Se i bastardi si dovessero arrendere, i miei uomini non devono far caso alle mani alzate: devono mirare fra la terza e la quarta costola e premere il grilletto. Che si fottano! Non siamo venuti a giocare, ma a uccidere. Voglio una divisione di killer».

«Perché?» chiede Albert.

«Perché solo i killer sono immortali».

Capitolo 32

Acate, notte fra 9 e 10 luglio

Il rumore del vento serale agita le fronde degli alberi illuminate dalla luce perlata della luna, che quella notte quasi nasconde le stelle.

Luca avverte ancora nell'aria l'odore delle cipolle in agrodolce cucinate per cena da Lina e in lontananza sente un rumore ripetuto. Vicino a lui, sull'erba sotto un pino, ci deve essere un topo intento a mangiare una pigna.

Pensa al padre. Possibile che ancora dopo tanti mesi non se ne abbia notizia?

E sua madre? Ha smesso di sorridere del tutto ed è dimagrita troppo. La malattia di Michele l'ha devastata. Forse ancora più della mancanza del marito.

Gli sembra di vivere dentro un incubo.

Torna indietro con la memoria alla cena delle lumache. L'ultimo attimo di relativa serenità. Ora a distanza di giorni, l'astio provato quella sera per don Luigi lo fa sorridere. Cos'è uno sguardo rispetto a una tragedia? L'uomo in verità continua a sbirciare la madre con affetto. Ma forse ora Luca gliene è quasi grato. Qualcuno che pensi a loro è un vero conforto. Sa bene che deve essergli riconoscente per come cura Michele e per come è gentile con Elena. Da qualche tempo, all'ora del vespro, trova pure il tempo per insegnarle a suonare il pianoforte.

Soppesa l'idea di andare a dormire, ma quando si alza scorge don Luigi che va verso la stalla, a passo veloce. Trascorre qualche minuto e lo vede ritornare con una picozza.

Ha la sensazione che qualcosa lo tormenti. L'uomo entra in casa senza accorgersi di lui. Dopo poco si sentono degli spessi tonfi. Ripetuti. Vengono dallo studio. Qualcosa crolla. Perché il farmacista abbatte un muro a quell'ora di notte?

Un formicolio dietro alla nuca. E quasi senza rendersene conto tira fuori dalla tasca un volantino. Quel pomeriggio in paese ne sono piovuti in gran quantità dal cielo.

Lo rilegge al chiarore della luna:

Ieri Hitler condannò al sacrificio gli italiani d'Africa.
Oggi sacrifica gli italiani d'Italia.
La Germania combatterà fino all'ultimo italiano.
Nessuno ti ha chiesto se volevi questa guerra.
Ma ti hanno mandato a morire.
Ti hanno detto:
Credere. Obbedire. Combattere.
Perché? Per chi? Per quanto?

Chiaro presagio di un imminente e funesto futuro.

Ma don Luigi cosa ha da nascondere?

Il rumore all'interno della casa cessa e i minuti trascorrono rotti solo dal suo respiro.

Curioso il ragazzo va a sbirciare alla finestra dello studio. La tenda è aperta. Vede il grande mobile di castagno discosto dal muro. Dietro un ampio buco in cui il farmacista nasconde la sua radio.

Luca rimane lì, a osservare.

I pensieri si affollano nella mente come una nube nera fino a che il verso di un uccello notturno non lo scuote dal torpore in cui sembra essere caduto. Si gira e lo vede in lontananza, appollaiato sul davanzale. È un barbagianni.

Ha il petto bianco e gli occhi appuntiti come chiodi. Ma non è quello a catturare la sua attenzione. C'è qualcosa che si muove oltre, nel cielo.

Una stella cadente?

Aggrotta la fronte e scarta l'idea. L'oggetto ha la forma di una grande palla bianca e scende lentamente, a zig zag. Dietro un'altra scia chiara più piccola e più in là un'altra ancora.

« Il cielo è pieno di paracadutisti! » sbotta ad alta voce, stupito. Fino a quel momento li aveva visti raffigurati solo nei libri.

Don Luigi si affaccia. « Sveglia le donne e mandale nel grottino » gli dice subito, abbandonando il lavoro di muratura.

Luca si riprende dal torpore. Corre su per le scale, inciampa, si alza, ricade. Alla fine ritrova l'equilibrio.

Entra nella stanza della madre e a ruota in quella di Elena e Nunzia.

Il rumore della sua voce concitata sveglia intanto Assunta e Lina che si affacciano timorose, con la faccia gonfia dal sonno.

« Dal cielo » dice ansimando. « Gli uomini arrivano dal cielo ».

Tutte lo guardano chiedendosi cosa stia dicendo.

Elena si stropiccia gli occhi con i pugni e arriccia il naso.

« La guerra viene dal cielo. Paracadutisti » spiega allora Luca.

L'aria sembra cristallizzarsi, per sciogliersi poi in voci sommesse.

« Nel grottino. Chiudetevi lì ».

« E tu? » chiede Agata, che è la prima a reagire.

« Io e don Luigi arriviamo ».

Luca vede gli occhi della madre velarsi di preoccupazione. La profonda ruga al centro del viso si fa più profonda, ma coglie nel suo sguardo anche un lampo di orgoglio.

Solo Assunta rifiuta di muoversi. Nega con la testa, senza dire parola, e pianta i piedi a terra. Poi rientra nella sua stanza.

Luca alza le spalle e raggiunge Luigi. Lo trova sotto il carrubo centenario. Sopra la sua testa un pesante telo bianco è rimasto imbrigliato all'albero, mentre un uomo tenuto da lunghe corde li osserva, in silenzio.

Il soldato ha la divisa verdastra e l'elmetto di ferro ricoperto da una rete. Sta per tirare fuori la pistola dalla fondina, ma il farmacista lo precede e spara in aria un colpo di lupara. Quello si blocca e alza le mani in segno di resa.

«Divisione aereotrasportata degli Stati Uniti» afferma sicuro Luigi mentre avverte un'antica fiamma risorgere. È la voglia di lottare e di non arretrare davanti al nemico armato. Si sente come un fiume ghiacciato che colpito dai raggi del sole riprende veloce a scorrere.

«Divisione che...?»

«Un paracadutista americano. È una divisione di aquile del cielo ben addestrate». Lui sa quanto siano pericolosi quegli uomini, quasi quanto i diavoli rossi. Ma decide di non confidarlo al ragazzo. Non serve che nessuno perda la calma.

«Ce ne saranno altri?» Luca si guarda intorno terrorizzato.

«Per ora sembra ci sia solo questo. Gli altri saranno dispersi nella campagna. Non mi meraviglio, con le folate improvvise di vento di questa notte» commenta don Luigi. E poi: «Mentre io mi occupo di lui, tu controlla comunque in giro». Le ultime parole escono con difficoltà. Vorrebbe evitare di esporre il giovane, ma non vede altra soluzione. Sarebbe pericoloso per tutti che andasse lui, lasciando l'americano libero o sotto il tiro di Luca. «Sii molto cauto» si limita a dire.

Luca va in perlustrazione. Il cuore gli pulsa veloce, ma l'adrenalina lo rende estremamente vigile. Si domanda ancora come abbia fatto don Luigi a capire a quale gruppo militare appartenesse l'uomo appeso all'albero.

Intanto si guarda intorno.

Ora il cielo è sgombro.

Solo qualche B-17 che passa ad alta quota.

Don Luigi lega intanto le caviglie e i polsi al nuovo venuto. Si muove con sicurezza, guidato dalla voce lontana, indomita, del suo passato. Poi si ferma. Si impone di mettere a tacere la sua voglia di agire. Ora deve prendersi cura della sua famiglia e dei Floridia. Deve pensare solo a loro.

«Visto qualcosa?» chiede a Luca quando torna.

«Nulla. Il vento deve averli dispersi».

Don Luigi emette un lungo sospiro di sollievo. «Prendi la sua pistola» gli intima poi. Intanto punta la lupara verso il soldato e indica un'arma per terra.

Luca si avvicina lentamente e la raccoglie. La pistola è fredda e più pesante di quel che lui immaginava.

«*Let me go!*» urla l'uomo.

«Cosa vorrà dire?» Luca guarda il farmacista.

«Chiede di essere liberato. Se pensa di poterci dire cosa dobbiamo fare, significa che ci stanno attaccando. Si sente sicuro. Spogliamolo e portiamolo nella stalla prima che qualcuno lo veda». La sua voce è sicura ma una nube nera avvolge ora i suoi pensieri. Gli alleati sono arrivati. Cosa sarà di loro? Di tutti loro?

«Lo dovrei spogliare io?»

«Io lo tengo sotto mira».

«Ma perché?»

«Potrebbe avere qualche altra arma nascosta. Sai cosa significherebbe per noi? Oggi per lui siamo i nemici. Quelli da annientare».

Quando il soldato è in mutande, in ginocchio davanti a loro, don Luigi rompe il silenzio. «Procurati uno straccio da cucina» dice e una goccia di sudore scende dalla sua fronte: «Dobbiamo imbavagliarlo. Poi troverò il modo di fargli bere un estratto di curaro, erba morella e stramonio. Rimarrà stordito per ore e ore. Decideremo allora come e dove liberarlo».

Capitolo 33

Litorale meridionale tra Gela e Scoglitti, 10 luglio

« Stato di emergenza! »

Paolo si sveglia di colpo.

Intorno a lui un brusio: « Che ore sono? »

« Le due » risponde un'ombra.

« Muoviti! Una divisione aerotrasportata americana ci sta attaccando! » dice una seconda voce dall'accento toscano.

Intanto l'altoparlante continua a gracchiare con voce metallica: « Stato di emergenza! Stato di emergenza! ».

Il tenente Politi aspetta che tutti escano dalla capanna, poi respira a fondo e conta fino a cinque. Deve dominare la paura, perché una cosa negli ultimi giorni l'ha imparata: la paura è un'emozione e come tale va sempre rispettata.

Dal pomeriggio precedente era chiaro a tutti quello che stava per accadere. Le città siciliane erano state tappezzate di volantini di propaganda contro il regime e un convoglio di almeno ottanta navi era stato avvistato nel canale dai ricognitori tedeschi.

Lui in verità lo sapeva da molto prima. Da quando aveva incontrato l'uomo con l'anello d'oro al bivio per Acate.

Eppure c'è una sottile linea di separazione, pensa ora Paolo, tra conoscere qualcosa e viverlo sulla propria pelle.

Quando ha finito di contare si alza dalla branda. Ha dormito vestito, con l'elmo accanto al cuscino e la Beretta calibro 9 nella fondina.

Appena fuori dalla capanna il vento sostenuto solleva la sabbia sottile che gli entra negli occhi, irritandoli. Accelera così il passo e raggiunge i compagni riuniti a cerchio intorno a Luzi, che impartisce ordini.

Davanti al maggiore è stato improvvisato un tavolo di legno grezzo. Sopra, dispiegata una carta topografica. Luzi segna dei punti con una biro rossa: «Tutti alle proprie postazioni. Non accendete torce, non fumate. Anche la luce di una sigaretta può costarvi la vita. E procuratevi l'acqua. Non si sa quanto durerà e appena sorgerà il sole i vostri elmi diventeranno roventi. Sappiamo solo che sono davvero tanti, armati fino ai denti e che arriveranno fra poche ore. Numerosi alianti hanno già toccato il suolo e dei velivoli sono diretti verso di noi. Ci attaccheranno dal cielo, da terra e da mare. Ve li ritroverete ovunque. Saranno come le cavallette dell'Apocalisse. Proviamo a resistere. Possiamo credere che si dirigeranno verso i porti. Per questo i nostri stanno facendo saltare in aria gli impianti principali. I primi bersagli saranno probabilmente Gela, Licata, Siracusa e Augusta. Non vedo qui dove possano sbarcare, il fondale del mare è piatto e le navi non avrebbero abbastanza pescaggio. In ogni caso noi difenderemo questa striscia costiera da qualsiasi parte arrivino e se la loro offensiva risulterà insostenibile arretreremo sulle alture e aspetteremo i rinforzi. Ma se vedrete alzarsi il razzo rosso, dovrete battere in ritirata. Saprete che è tutto perduto». Gira lo sguardo a destra e a sinistra e conclude: «Ricordate, non importa morire, ma morire con onore».

Politi vede i suoi compagni guardarsi incerti.

Appena Luzi ha terminato di parlare, il tenente corre con gli altri uomini verso il deposito delle armi. Prende delle granate, un fucile, un cannocchiale, una borraccia d'acqua e raggiunge il proprio terrapieno.

Si sdraia sulla sabbia ancora tiepida e rimane a osservare il cielo. La luna ancora alta è nascosta dietro spesse nubi.

Il buio è pesto.

Quando le nubi si diradano un poco, il mare si colora d'argento e si intravedono alti cavalloni.

Le onde si infrangono sulla battigia con un cupo tonfo che ricorda un canto di morte.

Il vento all'improvviso si calma e il silenzio diventa assordante.

All'alba li vede.

Sono puntini neri, lontani. Nel cielo infuocato. Si avvicinano minacciosi e quando prendono la forma di sagome di navi, Paolo apre la bocca e la richiude. Incredulo.

Mai avrebbe immaginato che il mare potesse scomparire sotto un tappeto di ferro. Gli scafi hanno decine di forme diverse.

Un tonfo.

Forte.

Si gira.

A meno di un chilometro cominciano a cadere bombe dal cielo.

Le urla.

Gli spari.

Dalle navi scendono immensi ponti galleggianti che si adagiano sulle coste poco profonde.

Un altro scoppio.

Paolo istintivamente si abbassa cercando riparo nella sabbia. Quando rialza lo sguardo osserva meravigliato lo stuolo di veicoli, carri armati, cannoni che si riversano sul litorale. Le navi ne vomitano a fiumi.

E capisce.

Capisce che sarà una carneficina.

Ha appena il tempo di un respiro quando davanti a lui si staglia la sagoma di un militare americano, dall'uniforme fradicia. L'uomo è ignaro di essere visto, così Politi può prendere la mira e premere il grilletto.

Poi il caos.

Capitolo 34

Scoglitti, 11 luglio

Lo sbarco sembra volgere al termine.

I prigionieri italiani sono ora in fila con le spalle rivolte al mare. Il tenente Politi guarda davanti a sé. Gli alberi di mandorli carichi di frutti verdi, gli ulivi bassi e i carrubi potrebbero essere le ultime cose che vede. Il pensiero gli accelera il ritmo cardiaco. Intanto sente il sudore scendere dalle spalle e inzuppare la camicia sporca.

In lontananza soldati americani e militari canadesi, riconoscibili dai calzoni corti, si muovono a sciame nelle loro divise kaki.

Ancora più in là una lunga fila di carri armati rompe il silenzio della campagna davanti agli occhi meravigliati di un contadino, che tiene un mulo legato a una lunga corda.

Paolo è stato catturato la sera prima, quando gli alleati, dopo lo sbarco, hanno rastrellato la spiaggia. Solo la sorte lo ha salvato dalla morte. I compagni accanto a lui giacciono ora trivellati dai colpi di mitragliatrice. È stato preso e unito a un folto gruppo di prigionieri italiani e tedeschi. Ha marciato per più di un'ora ed è stato fatto entrare in un grande recinto di filo spinato all'interno di una fattoria. Un giovane ranger ha infine registrato il suo nome accanto a quello di altri prigionieri.

È lì da ore sotto il sole alto e cocente della Sicilia, con un fucile puntato alla schiena. Con la divisa sporca di sabbia e di sangue non suo.

La gola è secca e la testa comincia a girargli. Per distrarsi volge lentamente gli occhi a osservare i volti dei compagni di sventura. Poco più in là, alla sua destra, c'è il maggiore Luzi. Ha una grande chiazza rossa sul braccio.

Da dietro arriva finalmente l'ordine di sciogliere le fila.

Paolo tira un sospiro di sollievo, apre e chiude le mani e raggiunge subito il maggiore.

« Anche lei qua? Come sta? » chiede indicando la ferita.

« Quei bastardi mi hanno colpito. Temo di avere ancora il proiettile dentro ».

« Perché ci hanno portati qui? »

« Stanno organizzando spostamenti di prigionieri verso l'Africa. Per toglierci dall'isola. Rappresentiamo sempre un pericolo ».

« Non vedo altri della nostra divisione ».

« Molti sono morti, altri hanno disertato. Staranno fuggendo attraverso le campagne ».

Politi non dice nulla, ma in cuor suo giustifica quei compagni. L'alternativa era rimanere esposti ai colpi di arma da fuoco o farsi catturare come lui e Luzi. Intanto osserva il vecchio con il mulo, rimasto ancora fermo lì dove era poco prima, e spera che i suoi compagni trovino contadini che li vestano per mimetizzarsi tra i civili.

Tenendo per sé i reali pensieri, torna a rivolgersi al maggiore: « Era prevedibile davanti a uno spiego di forze del genere ».

Luzi lo guarda con uno sguardo di fuoco. « Fortuna che c'è la divisione Livorno a tenere alto il nostro nome. Si è rinserrata a Gela dando del filo da torcere alle truppe di Patton ».

« E Mussolini? » domanda Politi.

« Questa mattina, poco prima di essere catturato ho saputo che il colonnello Schmalz ha fatto rapporto al Führer. Denuncia le truppe italiane di non avere dato prova di spirito di sacrificio. Hitler avrebbe invitato Mussolini a dare un giro di vite ». E assicurandosi che nessuno lo senta: «Il Führer starebbe anche per inviare due divisioni tedesche di stanza a Frascati e una divisione di paracadutisti, spostati dalla Provenza».

«Come mai solo tre?»

«I tedeschi sono seriamente impegnati intorno a Kursk».

«Capisco...» Paolo sa bene quanto sia importante e delicata la campagna in Russia. Nel 1941, quando era scattata l'operazione Barbarossa, i tedeschi erano convinti di potere sconfiggere i sovietici in poche settimane. Ma il rigido clima russo, la tattica della terra bruciata attuata dall'URSS, la resistenza dei civili, e soprattutto l'inaspettata forza dell'Armata Rossa, avevano mostrato il contrario. E ancora dopo due anni gli eserciti si fronteggiavano senza sosta. Si limita così a chiedere: «Altro?»

Uno strano sorriso appare sul volto di Luzi, ma subito sparisce. Rimane però negli occhi un guizzo di assenso.

«Cosa? Mi dica!» Politi sente che Luzi ha voglia di parlare.

«Non dovrei... ma il solo pensiero che questi bastardi...» e non conclude la frase.

«Quindi qualcosa bolle in pentola? Sono davvero contento. La notte scorsa ho visto troppi dei miei compagni uccisi».

Luzi rimane in silenzio qualche minuto, poi lo strattona per l'avambraccio e gli racconta all'orecchio. Piano. Certo di non essere sentito. Infine conclude: «Se morirò almeno saprò che non tutto è perduto».

Politi annuisce. Apparentemente è calmo, ma il cuore gli pulsa più del dovuto. Deve lasciare al più presto quel campo. Costi quel che costi.

È allora che arriva una jeep da cui scendono alcuni militari che impartiscono ordini e i due uomini smettono di parlare.

Paolo chiude gli occhi e si porta le mani sul volto. Se pure avverte un senso di colpa per i suoi amici, in fondo ha agito nel rispetto dei suoi princìpi. Ripensa infatti a Carla e sente dentro di lui risuonare l'odio per Hitler e la promessa fatta all'amata. Ricorda poi il padre che gli ha imposto quel lavoro da lui odiato.

Se solo Mussolini non si fosse alleato con il Führer, considera, lui forse avrebbe agito diversamente.

Intanto davanti ai suoi occhi scorrono le immagini della sera di tre mesi prima, quando pedalava veloce e ignaro verso Acate ed era stato fermato dall'uomo con la coppola e dal grosso anello d'oro al dito mignolo.

L'uomo aveva un messaggio per lui.

Inizialmente non aveva capito. Poi aveva preso la busta che il siciliano gli porgeva. Aveva letto e aveva compreso.

Da allora tradiva tutte le persone che gli stavano accanto, mettendo a repentaglio la loro vita.

Quando a Roma, dopo la partenza di Carla, aveva accettato l'incarico della Secret Service non aveva ben valutato le ripercussioni che le sue azioni avrebbero comportato per tanti che ancora non conosceva. Ed era questo, ora, il suo unico rammarico: essere responsabile della loro morte e di quella del commilitone a cui aveva tagliato la gola nel campo di agave. Ma il soldato aveva capito.

Aveva capito che lui era una spia.

Una spia che ora custodiva un segreto esplosivo, quello appena rilevato dal maggiore.

Doveva trovare il modo di comunicare con il suo contatto ai servizi segreti britannici.

Ma come?

«Italiani! *Deutsch*!» I suoi pensieri sono interrotti da parole pronunciate con una strana intonazione.

Lentamente tutti si voltano.

Davanti a loro un sergente delle forze americane, alto con le spalle larghe e i lineamenti stranieri. Ha dei grandi baffi scuri e una cicatrice sulla guancia sinistra.

L'uomo comincia a chiamare a uno a uno i nomi che il ranger ha appuntato sulla lunga lista.

I prigionieri vengono divisi in due gruppi.

I tedeschi a sinistra, gli italiani a destra.

Quando il sergente ha finito, inizia a camminare su e giù, lentamente. Si ferma davanti a Paolo e lo guarda fisso. Poi impartisce l'ordine al suo sottoposto: « *Take them to the beach, to be boarded* ».

Politi ha la conferma che stanno davvero per imbarcarli.

Sta per muoversi con gli altri, così si volta verso il militare americano e gli fa un gesto. Deve parlargli.

Il sergente lo guarda senza interesse e dice al ranger di portarlo via.

Il primo gruppo di prigionieri italiani intanto inizia la marcia verso la battigia. Presto i soldati diventano puntini neri che si perdono nella luce assolata.

Lui tenta di nuovo di intervenire.

Il ranger impugna allora il fucile e prende la mira. Luzi fa un passo avanti. Un passo che gli costa la vita. Un proiettile gli attraversa la fronte e il suo corpo cade a terra con uno forte tonfo sotto lo sguardo attonito di Politi. Il ranger spinge indietro il caricatore e sta per sparare un secondo colpo. Ma qualcosa lo ferma.

Politi fa appena in tempo a vedere il calcio della pistola del sergente abbassarsi su di lui, fino a colpirlo sulla tempia.

Il dolore è lancinante e la vista si oscura. Le forze vengono meno.

L'ultima immagine è quella della rena rossa su cui cade, sbattendo la faccia.

Capitolo 35

Catania, 11 luglio

« Cos'è questo rumore? » chiede il professore. « Sembrano carrelli che si muovono ».

« Non porto buone notizie ».

« Mia moglie? » Il paziente si accalora. « I miei figli? »

« Oh, no. Non riguarda la sua famiglia ». La voce del dottore è calma. « Parlo della guerra. Gli alleati ci hanno attaccato ».

« Non mi sembra sia una vera novità » mormora Vittorio. « L'altro ieri sembrava stesse per finire il mondo ».

« L'altro ieri era l'ennesimo bombardamento aereo. Ora è diverso. I nemici sono sbarcati sull'isola. A sud. Tra Gela e Licata. Gli americani più a ovest e gli inglesi più a est. È stato un bagno di sangue. Per questo dobbiamo liberare posti letto in corsia. Ci hanno avvisato che a breve arriveranno camion carichi di soldati feriti ».

« A sud? Ma loro sono lì! »

« Per ora lei non può fare nulla. Rimarrà ancora qui per qualche giorno. Ma non in reparto. La spostiamo all'ultimo piano ».

« Devo raggiungere Acate! »

« Privo della vista non può andare da nessuna parte. Ne abbiamo già discusso. Men che mai ora dopo lo sbarco dei nemici ».

« E il telegramma? Hanno risposto? » Vittorio agita le mani, nel buio che lo avvolge ormai da troppe settimane.

«L'ho mandato, le assicuro. Un mese fa. Come mi ha chiesto. Ma nulla. Nessuna risposta».

Il professore si agita. «Ne mandi un altro, la prego. Sono lì. Devono essere arrivati. In ogni caso don Luigi mi avrebbe risposto. Sarà andato perduto».

«Gli uffici sono stati chiusi. In queste ore vengono trasmesse solo notizie militari. Mi spiace».

«Se solo avessi ricordato prima il cognome di don Luigi» afferma Vittorio.

«Non se ne può fare una colpa. Come le ho già spiegato è normale perdere frammenti di memoria a breve termine dopo traumi importanti».

«La ringrazio per il telegramma. Dopo tanto tempo avranno creduto che sono morto». Si porta le mani al volto scarno e domanda: «Ora cos'altro accadrà?»

Capitolo 36

Acate, 11 luglio

Ha chiesto lui di poter portare alcuni viveri al prigioniero. A passi incerti percorre lo spiazzo che conduce dalla casa fino alla stalla.

La calura del mezzogiorno si è un po' calmata, ma l'apprensione gli fa lo stesso sudare le mani. Non riesce a comprendere quale emozione abbia la meglio, se la paura di quel che sta per fare o l'angoscia per quello che lo circonda.

Con il cuore in gola, apre la grande porta di legno e sbircia dentro.

Nessun rumore vicino. Solo l'eco di esplosioni lontane.

Il cuore inizia a pulsare più forte. E se il prigioniero si fosse liberato?

Invece lo scorge lì dove lo hanno lasciato. Con le mani dietro la schiena legato a un palo. Seduto per terra.

Quando l'americano lo vede inizia a dimenarsi come un cavallo al laccio. Luca spera con tutto il cuore che i nodi di don Luigi tengano.

Poi esegue gli ordini. Poggia il pentolino per terra, apre la borraccia che ha con sé, slega la pezza che copre la bocca del militare e fa cenno all'uomo di bere. Il soldato davanti alla vista dell'acqua si calma e apre subito la bocca, assetato.

Luca fa scendere il liquido. È acqua e limone. Ma dentro c'è la sostanza allucinogena schiacciata poco prima dal farmacista perché diventasse polvere finissima e impalpabile. Don Luigi vuole sedarlo, per poi lasciarlo libero in aperta campagna, lontano dalla fattoria, privo di punti di riferimento.

L'altro, ignaro, beve.

Dopo circa dieci minuti, come gli è stato detto da don Luigi, Luca prende il pentolino che ha con sé e, tirato fuori un cucchiaio dai calzoni, inizia a imboccarlo, stando bene attento a ogni sua reazione.

Ma il soldato è ormai simile a un sacco vuoto, ripiegato su se stesso. Le pupille prima iridescenti sono ora delle grosse orbite vacue.

Luca tira un sospiro di sollievo. Lentamente continua a dare da mangiare al prigioniero, che apre e chiude le labbra meccanicamente.

Quando le lenticchie sono terminate, Luca rimette lo straccio intorno alla bocca dell'uomo e poi, senza mai voltare le spalle, si ritrae. Raccoglie da terra i vestiti del paracadutista ed esce.

Fuori tira un sospiro di sollievo e quasi non si accorge di Nunzia, che è lì ad aspettarlo, curiosa. Il ragazzo fa un salto in aria e gli indumenti che tiene fra le mani gli cadono a terra.

«Mi hai spaventato!» urla.

«Non era mia intenzione» dice lei. «Volevo solo *taliare*».

«Non c'è niente da guardare. Non so se tuo zio abbia ragione a volerlo liberare».

«Cosa vorresti fare? Ucciderlo?»

«Ci stanno attaccando!»

Nunzia alza le spalle: «Lo so. Sono preoccupatissima. Non dormo e non mangio da ieri. Ma sai, mio zio ce l'ha con Mussolini».

«E questo cosa c'entra? Questi sono nemici arrivati sul suolo italiano. Sono qui per combatterci».

«Forse per lui sono meno invisi di chi sostiene i regimi totalitari» considera Nunzia e intanto si rabbuia. «Però hai ragione... Chissà cosa non è successo ai nostri militari». Respira a fatica.

«Vedremo che deciderà di fare lo zio dopo che saprà di Cosimo... gli era molto affezionato».

«Cosimo? Cosa c'entra Cosimo?»

«Lina non te l'ha detto? Appena l'ispettore di pubblica sicurezza ha saputo dello sbarco, ha radunato figli e moglie e si è messo in auto diretto verso Vittoria. Voleva mettere in salvo i suoi cari per poi tornare in paese a svolgere la sua mansione. Ma nel primo pomeriggio all'altezza di Scoglitti una pattuglia americana ha intercettato la macchina. I militari hanno fatto scendere tutti dalla vettura e l'hanno requisita. La moglie e la sorella di Cosimo sono state lasciate libere di andare. Sono scappate per i campi».

«E gli altri?» chiede Luca.

«L'ispettore con i figli... Li hanno fatti sdraiare per terra con la faccia rivolta alla strada e hanno sparato. *Fascisti erano.* I loro nemici. Sono tutti morti».

«Non hanno reagito?»

Nunzia alza le spalle: «E chi può dirlo».

Il tempo sembra fermarsi. La notizia della morte del coetaneo lo raggela. Gli invasori uccidono anche i ragazzi. Poi si scuote dal suo torpore e si china per raccogliere i vestiti caduti per terra. Anche Nunzia si piega. I loro volti si sfiorano, i loro occhi si guardano. La paura li unisce e li lega.

«Sei terribilmente pallida». Solo ora Luca si rende conto del viso tirato di Nunzia e delle sue occhiaie.

«Non faccio che pensare ai soldati al campo. Hanno attaccato proprio lì». E porta una mano sul volto. «Credi che qualcuno di loro si sia salvato?» Gli occhi di Nunzia diventano lucidi.

«Intendi... Politi? E il maggiore Luzi?» I volti dei due uomini sono vividi nella sua memoria.

Lei annuisce mentre una lacrima solitaria le riga la guancia. La ragazza l'asciuga rapida con il palmo della mano. Poi si piega a prendere i vestiti del paracadutista. Lavorare l'aiuta a distrarsi.

Le sue dita si fermano. Toccano qualcosa di duro. Scosta la

mimetica e vede un libro. Sottile. Lo apre. È scritto in inglese e dentro ci sono delle immagini della Sicilia.

« Cos'è? » chiede Luca.

« Sembra una guida ».

« Se solo sapessi l'inglese. A scuola mi hanno fatto studiare sempre e solo tedesco. Saremmo dovuti diventare un grande impero » sbuffa.

« Lo zio mi ha insegnato qualcosa. Di nascosto » confessa Nunzia. « Lui lo conosce... ascolta Radio Londra. Ogni tanto riesce a intercettare anche i discorsi di Churchill ». Non dice altro e sfoglia il piccolo volume. Ripete le parole che legge a bassa voce e intanto cambia espressione.

« Cosa c'è scritto? » domanda Luca.

« Nomi. Di paesi, di stazioni... »

« Tutto qui? »

« Non è quello »

« Cosa allora? »

« Il libro descrive anche i siciliani » la voce di Nunzia mal cela la sua incredulità. « Ci tratteggia come fossimo dei selvaggi » e sgrana gli occhi mentre un moto di fastidio le attraversa il viso.

La conversazione è interrotta da un rumore di passi. Un soldato viene verso di loro. Ha la divisa italiana. Il volto coperto di sangue.

Nunzia inizia a correre verso di lui.

A Luca serve del tempo per capire che è il tenente Politi.

Il soldato cerca di dire qualcosa. Ma non ne ha il tempo, perché si accascia al suolo.

Capitolo 37

Berlino, 11 luglio

La frangetta corta e i capelli castani fanno risaltare la pelle bianca come il latte, complice anche il rossetto di un rosso intenso e brillante.

Hallermann la guarda.

Quella mattina Julia indossa un vestito plissettato marrone senza maniche stretto in vita da una sottile cintura di stoffa rosa.

La osserva ancora una volta.

Forse l'ultima.

Poi le fa un cenno con la testa e si allontana.

Lei rimane lì seduta al tavolo con la faccia triste, davanti a una fetta di torta mangiata a metà e a un bicchiere di *apfelsaft* quasi pieno.

'Dovevo dirglielo' pensa l'uomo. Non ha più tempo per l'amante ed è giusto che lei approvi la sua scelta. Dopo gli ultimi sviluppi agli uffici di sicurezza deve pensare solo al suo lavoro.

E intanto sente che la rabbia che prova dalla mattina precedente brucia ancora dentro, fino al midollo.

Quanto sono inetti i loro alleati?

Come possono dei soldati abbandonare le postazioni davanti al nemico?

Non che la Sicilia sia territorialmente necessaria, considera mentre lascia la sala, ma lo sbarco è comunque uno smacco. Per lui una doppia sconfitta, visto che è stato il suo ufficio, tratto in inganno, ad aver dirottato gran parte delle truppe a est.

Jörg sa, per averlo letto nei faldoni conservati ai servizi segreti, che la scelta di colpire lì è stata proprio di Churchill. Presto il primo ministro inglese se ne pentirà e sarà lui a punirlo per avere fatto passare i suoi uomini per degli incapaci.

Calca il cappello delle SS che ha in testa, stringe il nodo della cravatta e attraversa Breitscheidplatz. Poi con un salto sale a bordo della macchina nera che lo attende già con i motori accesi.

Mentre la vettura corre veloce per le vie di Berlino, l'uomo osserva con rimpianto le strade semideserte, le vetrine chiuse e rotte, i sacchi di sabbia addossati ai portoni. La sua città un tempo ricca, elegante e vivace, è ora cupa e incolore. E con timore pensa che presto potrebbe essere bombardata.

Un fastidio alla bocca dello stomaco.

Deve affrettarsi a bloccare l'operazione Eureka. A tagliare la gola al nemico nel momento del comune incontro.

Osserva l'orologio.

'Sono già le diciotto e Die Nacht sarà già negli uffici di Prinz-Albrecht-Strasse' riflette. Così ordina all'autista di accelerare. Non perché gli interessi troppo del sottoposto o della sua cena al circolo delle SS, ma per il rispetto che ha della puntualità.

Quando entra negli uffici della Sicherheitsdienst lo trova già lì, in sala di attesa a parlare con Ursula.

Appena l'altro lo vede, si alza con uno scatto, sbatte gli stivali neri lucidi e lo saluta.

Hallermann gli fa cenno con la mano di seguirlo fino alla sua stanza. Una volta dentro accende la luce e lo fa accomodare su una delle poltrone di pelle scura vicine alla sua scrivania.

«Dopo quanto accaduto a Huelva non possiamo fare altri errori!» sbotta, e subito domanda: «A proposito, come è andato il suo viaggio a Roma? Ha carpito qualche informazione utile?»

Müller alza le spalle: «Solo un forte dissenso, che immagino sarà aumentato dopo l'attacco dei nemici».

«La Grecia! Finire così nel tranello del nemico! Ho provveduto a far rimuovere dalle SS chi ha seguito l'operazione del maggiore Martin» dice e serra la mascella. «Vediamo ora cosa accadrà in Italia. Che ci piaccia o meno bisogna ammettere che l'Abwehr lì è molto attiva» e raschia con le unghie il tavolo. Lui, come tutti alla Sicherheitsdienst, non ama l'Abwehr, il servizio segreto militare. La contrapposizione fra i due nuclei operativi delle SS è sempre stata forte e Heydrich ha segnato la differenza a favore della sua organizzazione. Ma a differenza del predecessore trova utile mantenere una distaccata collaborazione.

«In effetti l'Abwehr in Italia funziona discretamente» concorda Müller, cauto. «Ho trascorso una piacevole serata con il loro agente Fräulein Hilde Kraus».

«Una donna affascinante e determinata. L'ho incontrata una volta a Bonn. Mi ha impressionato la sua competenza linguistica».

«Concordo con lei. Preziosa anche perché è difficile sospettare per i fascisti che sia più di una semplice interprete» si affretta a dire Friedrich. Lo asseconda per far scemare la tensione. Ha infatti l'impressione che il generale sia come una bottiglia di champagne pochi attimi prima del *dégorgement*.

«Peccato che lavori con l'Abwehr e non con noi. Ma lasciamo stare Fräulein Kraus e veniamo al motivo di questo incontro. Ho un ulteriore compito per lei» lo informa il generale.

Friedrich annuisce.

«Dobbiamo individuare eventuali gruppi di resistenza in Sicilia. Dopo lo sbarco nemico direi che serve avere una panoramica completa».

«Sarà semplice» considera Müller. «Non mi sembra proprio che sull'isola brillino per organizzazione. Direi proprio il contrario, visti gli ultimi sviluppi».

Capitolo 38

Acate, 12 luglio

Don Luigi è seduto sulla poltrona di velluto giallo e osserva le tende che si muovono leggere al soffio del vento serale. Finalmente la morsa del caldo sembra cedere spazio al fresco. In mano stringe un volantino raccolto nel pomeriggio per strada, davanti alla farmacia, e un telegramma.

Rilegge il primo foglio:

Il nemico ha iniziato le operazioni di sbarco in Sicilia. Nutro piena fiducia che la popolazione dell'isola darà tutto l'aiuto materiale e spirituale alle truppe venute a difenderla.

È il proclama diramato la sera prima dal comando italiano in Sicilia.

Sa cosa quelle parole significano per lui. Presto qualcuno potrebbe bussare alla sua porta per requisire viveri, o peggio per usare la villa come campo militare. Spera solo che quel qualcuno, se mai arrivi, non parli tedesco. In verità, ora che nasconde il tenente Politi, probabile disertore, e che nella sua stalla giace legato un aviatore statunitense avrebbe problemi con tutti: italiani, americani, inglesi e canadesi.

Politi è arrivato nel pomeriggio, ferito. È stato catturato e portato in un campo raccolta insieme a Luzi, che è morto. Il tenente, invece, è stato fatto imbarcare su una nave in partenza per le coste africane, ma in un momento di distrazione delle guardie statunitensi, che lo ritenevano più morto che vivo, coperto dal rumore del motore marino e dai disordini tra i prigionieri, è riuscito a lanciarsi in acqua e a raggiungere la riva.

Don Luigi lo ha visto alcune ore prima e lo ha medicato. Deve ammettere che il ragazzo non sta per nulla bene. Così ha acconsentito a tenerlo con loro. Consapevole dei rischi. Ma umanamente non se la sente di mettere il giovane alla porta in pieno conflitto. Già sono state spezzate tre vite a lui vicine. Lascia correre lo sguardo intorno a lui e li rivede in quella stanza, come fosse ieri. L'ispettore di sicurezza e Luzi che discorrono e bevono serenamente, e Cosimo che parla con Luca. È proprio la morte di Cosimo ad averlo ferito nel profondo. Uno squarcio nel petto. E in farmacia continua a guardare l'ingresso nella speranza che il ragazzo entri, pur sapendo che non sarà mai più possibile.

Passa una mano sul volto, mentre in lontananza il rumore dei velivoli da guerra sottolinea che quanto accade intorno non è un brutto sogno, ma la triste realtà. Molti altri perderanno la vita.

Ad agitarlo c'è anche il telegramma. Lo ha ricevuto nel pomeriggio. Lo ha portato Ezio, lo spicciafaccende che da qualche giorno lavora all'ufficio postale. Il messaggio era rimasto dimenticato lì per settimane, in attesa di qualcuno che smaltisse le comunicazioni che non avessero finalità militari.

Sono poche righe per comunicare che Vittorio Floridia è vivo, ricoverato all'ospedale di Catania. Ha perso la vista e presto lo dimetteranno.

Quando ha letto per la prima volta il testo è stato attraversato da sensazioni contrastanti. Opposte. Le stesse che sente ancora, attenuate.

Stupore, misto alla rabbia per la comunicazione tardiva.

Gioia per quello che avrebbe comunicato a Luca ed Elena, e al piccolo Michele che chiede sempre con maggiore insistenza del padre.

Tormento per la consapevolezza che perderà nuovamente Agata. Dopo il loro incontro, più volte i loro sguardi si sono incrociati di nascosto, più volte le loro mani e i loro corpi si sono sfiorati. Più volte lui si è trattenuto dal rubarle un bacio, pur sperando, ingiustamente ed egoisticamente, che lei fosse ormai vedova.

Ma anche pena per un uomo che ha perduto per sempre la vista.

Scuote la testa e passa i pollici all'interno delle bretelle, infine si alza dalla poltrona e si versa un bicchiere di vino rosso. Ne beve un lungo sorso e riflette. Quanto accaduto negli ultimi tre giorni non permette a nessuno di spostarsi.

Cosa succederà non appena farà leggere il telegramma agli altri? Luca comprenderà il pericolo di mettersi in viaggio verso Catania? E non sarà ormai troppo tardi?

Forse, considera don Luigi, è meglio informare per prima Agata.

Esce dalla stanza e muove verso il piano superiore.

Sulle scale incontra Elena, che vaga in silenzio con un libro sotto il braccio. Il viso magro è pallido. «Mi fai un piacere?» le chiede lui con dolcezza.

La ragazza annuisce.

«Di' a tutti di vederci fra dieci minuti nello studio». E dopo: «Politi dov'è? Da quando sono tornato dalla farmacia non l'ho visto».

«Lina e Nunzia lo hanno portato alla casa delle spezie, fino a che non si riprende».

«Perché?»

«Non hanno voluto spostare Michele...» Si ferma, e poi: «Nunzia era preoccupata. Dice che lì è più sicuro per tutti. Quasi nessuno sa che la costruzione esiste. È ben nascosta dalle querce».

Don Luigi alza un sopracciglio. «E Nunzia?»

«Ora è qui, a casa. È rientrata poco fa. Dopo avere portato la cena a Paolo».

«Dille di non uscire mai più da sola». E riprende a salire per le scale. Una lontana preoccupazione. Il legame che si sta creando tra la nipote e il militare non gli piace per nulla. E non perché non voglia che Nunzia sia corteggiata come tutte le donne, ma perché ha la sensazione che ci sia qualcosa di scorretto nel modo in cui questo accade. Distoglie il pensiero da Nunzia: «Fra dieci minuti. Avviso io tua madre» dice prima di sparire nel lungo corridoio in cima alla rampa.

Si ritrova di nuovo dietro quella porta a bussare.

Dopo poco l'uscio si apre.

Nota che Agata oggi è un po' meno pallida del solito e indossa una veste rosa larga in vita.

Le si avvicina e le sorride come chi, fermo sui binari, vede passare per l'ultima volta il treno che lo avrebbe potuto portare a destinazione. «Scegli tu se dirlo a Luca» le dice porgendole il telegramma. «Valuta bene. Se decide di partire non sarà facile fermarlo. E tra qui e Catania per ora c'è l'inferno».

Lei aggrotta la fronte.

Sul momento non comprende.

Poi legge.

Un'ombra sul viso.

Lascia cadere il foglio per terra e si porta le mani sul volto.

Don Luigi non sa a quel punto fare a meno di abbracciarla e accarezzarle i capelli, che nascondono il profumo dei limoni.

'L'ultimo abbraccio' pensa.

Capitolo 39

Acate, 12 luglio

« Liberarlo è follia. Significherebbe avere in breve il nemico qui. Tornerà indietro. Quante case pensi ci siano di pietra bianca, con le porte rosse e un grande carrubo davanti? » Assunta si rivolge al fratello come punta da una vespa.

Don Luigi siede dietro la grande scrivania, incrocia le mani e rigira i pollici in silenzio. Sa che la sorella ha ragione, ma non intende farglielo capire. Lui non ucciderà a sangue freddo un uomo legato e inerme, neanche in guerra. L'aviatore per lui è un prigioniero.

Luca è poggiato sulla panca davanti alla libreria. Nunzia osserva la scena dal divano. Accanto a lei Agata e Lina. Solo Elena sembra non interessarsi a quello che accade nella stanza, intenta a fare scorrere l'indice sui tasti bianchi del pianoforte, sfiorandoli soltanto, così da non fare rumore. Sembra rapita in un altro mondo.

« Tenerlo qui non è meno pericoloso » considera cauto don Luigi. « Oggi il comitato del PNF ha tappezzato il paese con un dispaccio in cui chiede a noi siciliani di sostenere le truppe » e legge ad alta voce il volantino che ha davanti.

« Sostenerle? Come? » chiede spaventata Lina, che si fa il segno della croce. « Entreranno nelle nostre case ».

« E se trovano Paolo? » sbotta Nunzia.

«Forse è una fortuna che sia alla casa delle spezie» considera don Luigi. «Potrebbe essersi nascosto a nostra insaputa». Aggrotta la fronte. La preoccupazione di Nunzia per il tenente conferma i suoi sospetti. «Per qualche giorno non andare fino a lì» le dice.

«Ma deve mangiare!»

«Qualcosa troverà e il pozzo è pieno d'acqua». E intanto il pensiero corre alle scorte che ha stipato nel grottino dietro la credenza in quella casa.

«Zio...»

«Nunzia, per favore».

«Mio fratello *ragione ha*» interviene prontamente Assunta.

Don Luigi la guarda, sta per dire ancora qualcosa, ma si ferma di colpo.

Un'esplosione.

La luce va via.

«Che succede?» Questa volta è Elena a parlare. La voce nasconde una nota di paura.

«È solo un po' di buio» la rincuora Agata, poco convinta. La prende per mano e chiede a Lina: «Ci sono delle candele? Devo andare da Michele, non vorrei si spaventasse».

«Vado io» la tranquillizza la governante mentre accende due grossi ceri.

Da fuori intanto viene un gran trambusto.

È il rumore di aerei che passano a bassa quota.

È il suono delle sirene.

È il frastuono di bombe che scoppiano lontane.

Mentre Lina raggiunge il piano superiore, gli altri corrono verso l'uscio e si affacciano.

Davanti ai loro occhi, campi in fiamme e razzi luminosi all'orizzonte.

«Gli alleati si avvicinano». A parlare è Assunta. «Presto busseranno a questa porta e troveranno il paracadutista e il tenente. Vi rendete conto? Un alleato e un disertore. Peggio non si può. Dobbiamo sbarazzarci di entrambi. Subito!»

«Mamma!» la voce è di Nunzia.

«Politi può scappare attraverso la campagna» taglia corto lei.

«Non ne ha le forze. E poi non è un disertore. È un soldato ferito, sfuggito agli alleati». E con il labbro che le trema: «Ma oggi ce l'avete tutti con lui?»

«Un soldato che non vuole riunirsi al suo battaglione» sottolinea Assunta senza prestare attenzione ai lamenti della figlia.

«Non può» ribatte Nunzia. «Sta male e poi il battaglione è disperso».

«Deve andare via, e presto! Anche lui. Sono stata chiara? E non ti rivolgere così a tua madre». Punta l'indice verso la figlia.

Don Luigi osserva la sorella. Stenta a credere come gli eventi delle ultime settimane l'abbiano riportata in vita.

Intanto Lina è tornata. «Michele dorme sereno». In mano tiene delle grandi lanterne accese e le poggia per terra, vicino al gruppo. Poi si stringe nello scialle di cotone leggero. Sembra rassegnata al corso degli eventi.

«Che hai, mamma?» chiede Elena, che vede la madre pensierosa e avvolta da un muto silenzio.

Lei scuote la testa. «Nulla, cara. Penso».

Don Luigi deglutisce. Lui sa bene quale tempesta stia attraversando ora che sa di Vittorio. La vorrebbe tenere di nuovo stretta tra le sue braccia per rassicurarla. Ma non può. Non potrà mai più.

Dall'interno della casa, un rumore. È la pendola che batte undici cupi colpi.

Dopo poco don Luigi e Assunta riprendono a parlare fittamente.

«Penso anche io che l'americano debba sparire» si intromette Nunzia, decisa a riconciliarsi con la madre.

Tutti si girano verso di lei, mentre Lina mormora: «Ma è un *cristiano*».

«In guerra i *cristiani* non esistono. In guerra o si spara o si è morti» incalza Assunta.

«Non si uccide un uomo senza armi e imbavagliato» considera don Luigi. La cocciutaggine della sorella comincia a stargli sui nervi.

«Io veramente intendevo proprio *sparire*, non farlo morire» si affretta a spiegare Nunzia.

Don Luigi le mette una mano sulla spalla. «Lo so. Parlavo con mia sorella». Poi riprende: «Se proprio non vogliamo lasciarlo libero nella campagna, la cosa migliore è consegnarlo al comando dei carabinieri». È stanco di discuterne ancora, per lui la questione è chiusa. «Ora andiamo a dormire. Domani mattina ci penserò io».

«E se mentre stai per consegnarlo una pattuglia alleata ti intercetta? Vedi i fuochi? Senti i motori dei cingolati? Sono ovunque: Licata, Gela, Macconi, Scoglitti, Vittoria. Sono qui. Pensa cosa hanno fatto a Cosimo e suo padre per molto meno». La voce di Assunta è tesa come un arco di violino.

«Non vedo altra soluzione» conclude il farmacista. «Qui non può più stare e io non ucciderò mai quell'uomo per una guerra in cui non ho mai creduto». Le parole non ammettono più replica.

Tutti si alzano e i lumi si muovono lenti fino al piano superiore. Ognuno raggiunge la sua stanza. Agata si affretta verso la camera di Michele.

La casa bisbiglia, poi scende il silenzio.

Le fiammelle si spengono.

Solo Luca rimane sveglio. Le spalle poggiate al muro, lo sguardo oltre la finestra. Dopo un poco sente un tonfo. Apre la porta. Vede che un lume è ancora acceso. La lanterna si muove. Chi la tiene cammina piano. Non vuole fare rumore.

La porta della casa si apre con un tenuissimo cigolio.

Il ragazzo vede una sagoma scura muoversi verso la stalla.

Corre giù per le scale, scalzo, ed esce nell'aia. Sul momento non scorge nulla. Solo la luna in cielo.

Poi in lontananza l'ombra si muove ancora.

La segue a distanza, di nascosto.

È quasi arrivato all'ingresso del fabbricato.

Lo sparo. Forte. Vicino.

Trema. Immagina che l'americano si sia liberato.

Deve entrare. Deve capire.

Scosta l'uscio e vede la scena, illuminata dalla lanterna poggiata per terra.

Il paracadutista ha gli occhi sbarrati, un foro in mezzo alla fronte.

Luca si gira per dare un'identità all'ombra e vede uno chignon bianco perfettamente tirato, le vesti nere, lo sguardo altero.

«Assunta...» mormora Luca.

«Mai più nessuno dei miei cari» sentenzia lei. «Hanno già ucciso mio figlio. O lui o noi. Io ho scelto noi».

Capitolo 40

Acate, la notte tra il 12 e il 13 luglio

Ha fatto finta di andare a dormire. Invece si è infilata vestita sotto le lenzuola ancora prima che Elena raggiungesse la stanza ed è rimasta sdraiata ad aspettare che il respiro della ragazzina si facesse pesante.

Ora è arrivato il momento.

Nunzia si alza, attenta a non fare rumore, raccoglie un maglioncino di cotone e le scarpe. A piedi nudi si avvicina alla porta per scivolare fuori con l'agilità di un gatto.

Un rumore.

Si ferma.

Qualcuno cammina.

Apre lentamente l'uscio. È Luca.

È tentata di desistere. Il pensiero dura meno di un respiro. Sa che se lo zio la scopre, non la passerà liscia. Ma né l'affetto, né il rispetto che prova per lui la fermano. Lei deve andare. Costi quel che costi. Così quando l'amico esce dalla porta di casa, diretto verso la stalla, lei calza le scarpe e corre veloce oltre la siepe e poi verso il bosco di querce.

La luna è ormai tramontata e il buio la terrorizza, eppure non si ferma. L'idea di perdere Paolo spazza via ogni remora.

Quando raggiunge la casa, intravede una luce oltre la finestra.

Lì, pensa, la luce elettrica, fortunatamente, non è stata interrotta.

Prima di aprire la porta fa un lungo respiro, per riprendersi dalla corsa forsennata. Poi gira la maniglia.

L'uscio è chiuso.

Bussa.

«Chi è?»

«Sono io, Paolo, apri».

«Un attimo».

Devono passare alcuni minuti prima che si senta il rumore della serratura. Lei è inquieta e impaziente.

«Che succede?» chiede Nunzia appena dentro.

«Non trovavo le chiavi» le sorride lui e l'abbraccia.

«Vedo che stai un po' meglio».

«Un poco sì. Ma tu? Come mai qui a quest'ora?»

«Sono preoccupata» e racconta del dispaccio del comando italiano in Sicilia. «I soldati italiani stanno dando inizio alle requisizioni, almeno così pensa lo zio. Non vorrei ti scambiassero per un...» e lascia cadere la frase.

«Disertore?»

Lei annuisce e riprende: «Gli alleati sono ormai ovunque intorno a noi. Dalla casa del carrubo si vedono i razzi lampeggiare per le campagne e si sentono i mezzi cingolati che avanzano. Spero solo che non si fermino qui e che puntino direttamente sulle grandi città portuali».

«In paese non dicono niente?» domanda Paolo.

«Le notizie sono molto confuse. Piene di 'si dice'. Il veterinario avrebbe raccontato allo zio che l'attacco dei paracadutisti è stato un disastro. Per via del forte vento». Intanto il volto le si colora.

«Perché quell'espressione? Cos'altro?»

Lei nega con la testa. Non vuole rivelare del paracadutista nascosto nella stalla. Così continua veloce: «La divisione Livorno, con la Göring, ha fino a ora respinto il nemico a Gela. Si teme però che i nostri stiano per finire le munizioni».

«Era prevedibile».

«Già. Quanto potremo resistere ancora?»

«Resistere? Nunzia, pensa...»

«A cosa?»

«Gli alleati sono nemici, è vero. Ma Hitler è meglio? Quel piccolo e ridicolo ometto dove sta per portare questa Europa?»

Nunzia istintivamente si discosta, come fosse stata improvvisamente punta da un'ape: «Anche lo zio lo pensa, ma tu... sei un militare... i tuoi compagni di divisa... Non pensi a loro?» E come se lo vedesse per la prima volta: «È una guerra che hai combattuto fino a oggi. Che hai deciso tu di combattere». Lo sguardo si colora di un'espressione di meraviglia. La ragazza scuote la testa. Non vuole pensare. E non perché anche lei non provi astio verso i nazisti – gliel'ha insegnato lo zio – ma perché non può pensare che l'uomo che ama, quando gli convenga, rinneghi quello per cui era disposto a battersi fino a ieri.

I suoi pensieri sono spazzati via, come da una folata di vento, quando lui le cinge la vita e l'attrae a sé. Prima un bacio. Poi un secondo ancora più intenso del primo. La bocca di Paolo sembrava affamata e la sua lingua cerca quella di Nunzia.

Con un rapido gesto lui le solleva la gonna e un istante dopo è dentro di lei.

Non sa quanto tempo sia passato.

Si è addormentata senza accorgersene.

Istintivamente guarda oltre la finestra. Fortunatamente è ancora buio, se pure il cielo comincia a rischiararsi.

Passa la mano fra le gambe. Tocca un liquido appiccicoso. Vede che ci sono tracce di sangue. Non avrebbe mai pensato di perdere la sua verginità così. E seppure non è dispiaciuta si sente profondamente scossa, come un naufrago che raggiunge la riva dopo essere stato trascinato via dalla corrente.

«Paolo» lo scuote lei. «Devo rientrare. Se mia madre o lo zio scoprono che sono venuta qui mi ammazzano. Mi faccio vedere a casa, procuro qualcosa per la tua colazione e torno».

E senza aspettare una sua risposta, si infila il vestito, calza le scarpe ed esce.

L'aria è ancora fresca. Con più timore con cui è arrivata, corre a perdifiato verso la casa del carrubo.

Ma dopo un poco si deve fermare.

Due ombre si muovono davanti a lei.

Capitolo 41

Acate, 13 luglio

Don Luigi e Luca camminano piano. Reggono il peso avvolto in un telo plastificato. Cercano di non fare rumore. Ma hanno fretta perché la notte sta per lasciare posto alle prime luci e loro devono ancora sotterrare il paracadutista.

In lontananza scorgono esuli che attraversano la campagna in cerca di rifugi sicuri.

Finalmente raggiungono la macchia di alberi di limoni, dove poche ore prima sono venuti per scavare la profonda fossa, e lasciano cadere il corpo nella buca.

Luca ha il fiatone. «Non sento più le braccia».

«Maledetta Assunta. Sta zitta per anni e quando si risveglia ammazza un *cristiano*» sbotta don Luigi che intanto si porta le mani dietro alla nuca, per stirare la schiena. La rabbia che lo ha assalito quando Luca lo ha svegliato da un sogno angosciante comincia a scemare solo ora.

«Ci tocca fare l'ultimo sforzo» dice quando si riprende. «Prima che qualcuno ci veda. Mettiamo il cadavere nella buca e ricopriamolo di terra». Si ferma e guarda intorno. «Aspetta, cerchiamo delle pietre. Isoliamo meglio il corpo. Non vorrei che qualche cane si metta a scavare».

«Ma c'è il sacco e la buca è molto profonda».

«La puzza dei morti è terribile» afferma mentre sente di essere tornato indietro, al tempo della battaglia di Guadalajara: immagini di troppi morti e l'odore di carne e sangue che appesta l'aria. Scaccia il pensiero: « Raccogliamo anche limoni marci. Lo copriremo prima con le pietre, con la terra, con foglie e frutti » e senza dire altro si china a raccogliere un agrume.

Luca si avvicina al cadavere e guarda sotto il telo.

La morte lo inorridisce, ma al contempo lo rende curioso. Prima di allora ha visto solo i corpi privi di vita dei signori Lo Cascio.

Questa volta è diverso.

Questa volta non conosce la vittima, ma si sente in parte responsabile per l'accaduto.

Questa volta si tratta di omicidio.

Mentre fissa il morto sotto il telo, gli occhi gli si fermano sui gradi della Airborne Division, appuntati alla divisa del paracadutista. Non resiste alla tentazione di conservare un ricordo dell'uomo. Allunga così la mano creandosi un varco nell'involucro e con forza tenta di strapparli.

Non vengono via.

Guarda verso don Luigi, ancora intento ad ammonticchiare limoni, pietre e foglie. Tira allora fuori il coltellino a scatto che ha nei calzoni. Taglia i gradi e li infila veloce in tasca, insieme alla lama nuovamente richiusa nel suo guscio di legno. Infine rompe la piastrina che il soldato tiene al collo. Sa che da qualche parte qualcuno lo aspetta. Magari troverà il modo di lasciarla cadere davanti a una pattuglia americana.

La mano si ritira. Ma è solo un attimo. Qualcos'altro attrae la sua attenzione. È la pistola del paracadutista. La Colt M1911 dell'aviazione americana è infilata nella fondina.

Prenderla? O sotterrarla come vuole don Luigi?

Senza pensare oltre, Luca l'afferra e la nasconde dietro un cespuglio. La recupererà dopo, a lavoro ultimato.

« Tutto bene? » gli chiede allora don Luigi quando si volta verso di lui. Gli dispiace avere coinvolto anche Luca. Ma non aveva trovato alternative.

« Sì, lo sistemavo meglio » mente Luca e fa finta di legare la copertura. Dopo inizia a riempire la fossa.

Quando il lavoro è completato, il ragazzo batte la terra con i piedi. Ripetutamente. Perché si compatti.

« Ora ricopriamo la zona con le foglie » suggerisce il farmacista.

Luca annuisce e solleva la testa per prendere una boccata d'aria.

È allora che la vede.

Nunzia corre in lontananza. Poi si gira verso di loro, si ferma di colpo e si nasconde veloce dietro i fichi d'India.

Che ci fa lì a quell'ora del giorno? si domanda Luca.

Che li abbia seguiti?

Perché?

Capitolo 42

Berlino, 13 luglio

«Generale, l'Oberführer Müller è qui fuori. Gli aveva dato appuntamento per le quindici. Lo ricorda?» Ursula Schneider indica l'orologio da polso.

Hallermann la fulmina con lo sguardo. Certo che ricorda! Lui non dimentica mai nulla.

Lei arretra silenziosa come un felino e dopo poco nella stanza entra Friedrich. L'uniforme nazista con la fascia al braccio gli conferisce un'aria distinta.

Il giovane saluta seguendo scrupolosamente il protocollo, poi apre la cartella che ha con sé: «Ho fatto la ricerca sugli eventuali gruppi dissidenti e di resistenza che potrebbero avere aiutato o che potranno ancora portare soccorso e dare informazioni ai nostri nemici».

«Bene, siediti e racconta».

«Sembra che un contributo sostanziale sia arrivato dalla mafia locale, soprattutto nella parte orientale dell'isola» Müller storce la bocca. «Si tratta di malavitosi che vedono in Mussolini il nemico. E purtroppo gli anglo-americani hanno promesso di svuotare le carceri. Questo rinforzerà l'organizzazione». Scuote la testa: «Una rete con regole precise... più difficile del previsto».

E porge una carta geografica della Sicilia con dei puntini rossi. «Questi i centri».

Hallermann si morde il labbro sottile. «Quindi non possiamo fare molto».

«Possiamo agire con più facilità nella Sicilia occidentale».

«Cosa c'è lì?»

«A dire il vero molto poco. Ho individuato solo tre cellule di matrice politica». E indica dei punti cerchiati in blu sulla stessa carta. «Sono piccoli gruppi che si danno da fare. Documenti falsi, tessere annonarie, lasciapassare. La solita roba. Si tratta di dissidenti locali, ebrei, comunisti, qualche reduce delle brigate internazionali rientrato sull'isola dopo il 'nostro' successo in Spagna. Non credo abbiano aiutato attivamente fino a oggi le forze anglo-americane. Sono più interessati a sopravvivere. Questa la mia sensazione. Ma ho avuto solo un giorno e la mia ricerca non è finita».

«Insomma un buco nell'acqua».

«Più o meno. Ma mi sembra che questo secondo gruppo possa essere facilmente controllato. Una volta trovato come agganciarlo, se lei è d'accordo, procederei. Penso che mi sarà abbastanza semplice inserire al loro interno un nostro informatore. Quello che sembri un altro uomo che si aggiunge al gregge. Sono pochi, avranno bisogno di volontari. Conoscere cosa accade in Sicilia potrebbe essere utile per eventuali sviluppi. Saremmo sempre informati».

L'altro storce la bocca. «Proceda, anche se temo che quegli incompetenti dei nostri alleati si lasceranno spazzare via come mosche. Ha sentito le ultime che vengono dall'isola? I loro soldati addirittura disertano».

Friedrich alza le spalle. Sa bene che se l'Asse perde il controllo della Sicilia il suo lavoro finirà in un cestino della carta.

Quando l'Oberführer Müller esce dalla stanza, Hallermann inizia a giocare con la matita che ha sul tavolo. La rigira a destra e a sinistra. Veloce. Cosa importa in quel momento dei gruppi sovversivi in Sicilia? La partita decisiva si gioca in quelle ore in Russia, sul fronte di Brjansk.

Una nuvola nera avvolge i suoi pensieri.

Respira a fondo e poggia lentamente la matita sul tavolo. Vede che la punta è arrotondata, si morde il labbro sottile e la tempera con precisione, lasciando che i resti finiscano nel cestino sotto il tavolo. Poi allinea quella alle altre penne. E alza lo sguardo verso il grande arazzo rosso, che tanto lo inorgoglisce.

E capisce.

Capisce che l'operazione Eureka è la migliore chance per la sua nazione.

Capitolo 43

Acate, 13 luglio

Quando ritorna alla casa delle spezie il cielo è ormai chiaro.

La mamma è tornata a rinserrarsi nella sua stanza e lei in assenza dello zio ha approfittato per portare a Paolo il paniere con del latte di capra e un pezzo di cotognata. Nella dispensa quella mattina non ha trovato altro. Anche da loro, per la prima volta da quanto è iniziata la guerra, il cibo comincia a scarseggiare. O almeno così le sembra.

La porta questa volta non è chiusa dall'interno. L'ultima a uscire è stata lei poche ore prima e Paolo ancora dorme, disteso sul letto a pancia in giù.

Nunzia si muove piano. Non vuole disturbarlo.

Lo osserva per qualche minuto in silenzio e sorride. Il ricordo dei loro baci ancora le brucia nel petto.

Poggia il paniere sul tavolo, toglie le scarpe e nell'attesa che l'amato apra gli occhi prende i ferri che tiene nella cesta accanto al divano e comincia a lavorare a maglia.

Un uccello sbatte sul vetro e lei si distrae. Il gomitolo cade e rotola per terra. In lontananza il rumore di motori che si avvicinano la inquietano.

Spaventata sbircia dalla finestra e vede una lunga fila di jeep e camion della US Navy avanzare verso la casa del carrubo. Sgrana gli occhi quando riconosce la macchina che precede le vetture militari: è l'Aprilia berlina beige che era appartenuta all'ispettore di pubblica sicurezza.

Il seno si alza e si abbassa.

Veloce.

Cosa deve fare?

Raggiungere gli altri?

Rimanere nascosta.

E perché si dirigono verso la casa dello zio?

Quando si riprende dai suoi pensieri le mani le tremano. Si inginocchia a cercare il gomitolo caduto. Si è infilato in fondo, sotto il divano. Prova a tirarlo, ma questo non fa altro che srotolarsi e allontanarsi ancora. Nervosa e indispettita, sposta il divano.

Non riesce.

Raccoglie le forze e riprova.

È davvero pesante, ma lei non si dà per vinta.

Poco alla volta ce la farà.

In verità la ricerca del gomitolo è solo una scusa per prendere tempo. Ha bisogno di un attimo ancora per accettare l'idea che l'arrivo di quei camion significa solo una cosa: Paolo deve andare via, proprio come dice sua madre.

Scosta il tavolino per avere più libertà di movimento. Finalmente allontana il divano dal muro. A quel punto ci sale sopra e si infila dietro la spalliera, carponi. Il gomitolo giallo è là. Lo vede. Tasta il pavimento. Sta quasi per prenderlo quando scorge qualcosa. Allunga la mano. Le sue dita ora toccano un oggetto freddo e duro. Spinge il divano ancora più in avanti, stando ben attenta a non svegliare Paolo, e vede una scatola di ferro quadrata. Chiusa con un lucchetto.

Prova a forzare ma inutilmente.

Eppure sa che deve.

Gli americani sono lì vicini.

Che sia un altro segreto dello zio?

Conosce troppo bene le sue idee politiche e il suo passato nella brigata internazionale in Spagna per non preoccuparsi del suo contenuto.

Si guarda intorno. Ma non vede nulla che possa aiutarla.

Mentre è intenta a pensare, la porta si apre.

Paolo si sveglia, investito dalla luce del giorno e allertato dall'improvviso rumore.

Quando Nunzia vede chi è, il terrore la invade.

Lo zio Luigi la osserva con occhi di brace. Dietro, Luca. In mano ha una vanga ed è sporco di terra.

«Che ci fai lì dietro?» le chiede Luigi.

Lei gli fa cenno di avanzare e lui allunga il collo oltre il divano.

«Cos'è?» chiede Nunzia. «È tua?»

«No. Non ho idea di cosa sia».

Don Luigi stenta a credere ai suoi occhi. La nipote sola in una casa con un uomo mezzo nudo. Il letto sfatto. Trattiene la collera e deglutisce. Poi guarda verso l'oggetto di ferro. Qualcosa lo distrae dalla sua rabbia. È l'idea del contenuto della cassa. Potrebbe certo sbagliarsi. Cosa ci farebbe lì? Chi potrebbe averla nascosta?

Senza perdere tempo il farmacista apre un cassetto del lungo tavolo e prende una cesoia. «Questa rompe il lucchetto come un coltello taglia il burro» dice mentre la voce lontana del dissidente politico e dell'uomo d'azione risorge ancora una volta, prepotente.

Dentro la scatola c'è un apparecchio nero, simile a una macchina da scrivere, con dei bottoni stretti e lunghi al posto dei tasti. Luigi la riconosce per averla usata lui stesso anni prima. È un dispositivo elettromeccanico per scrivere messaggi in codice. Accanto ci sono delle mappe toponomastiche della costa meridionale della Sicilia con l'indicazione della dislocazione dei reparti militari e dei depositi di armi e munizioni. Qualche altro foglio con segni apparentemente indecifrabili.

«Cosa sono?» chiede Nunzia perplessa.

«Crittogrammi... Qualcuno...» ma don Luigi non termina. E si gira verso Nunzia: «Perché l'apparecchiatura è qui?»

«Zio...» Nunzia diventa rossa come un peperone.

«Lo hai mai portato in questa casa prima dello sbarco?» e indica Politi.

Lei annuisce: «Spesso. Da maggio» confessa, mentre una lacrima solitaria si stacca dalle ciglia.

Ora Paolo è dietro di loro in piedi. Pallido. «Lasciatela. Mi serve».

«Con chi la usi?» Il volto di don Luigi è una maschera di incredulità. «Con gli americani?»

«Gli inglesi» risponde l'altro.

«Indossi una divisa e la tradisci! Hai trasmesso i dislocamenti delle truppe, dei tuoi compagni, delle munizioni, delle trincee».

L'altro alza le spalle: «Dovevo. Ho seguito... Combattevo una guerra che non era la mia».

Il tempo di un respiro. Cosa fare? Lui è davvero così diverso da Politi? Non ha anche lui combattuto il regime? Perché allora è tanto irritato? È la rabbia di essere stato preso in giro da quell'uomo, di averlo accolto e medicato. Ma è soprattutto il dolore che il ragazzo sta per dare a Nunzia.

«Facendo ammazzare i tuoi compagni?» sbotta e alza il braccio, ma una mano lo ferma. È Nunzia che lo strattona.

«Mettendo a repentaglio anche noi? Perché i militari alleati sono davanti alla casa del carrubo? È un caso?»

«Non li ho portati io qui. Questo no. Glielo assicuro. Ma il trasmettitore, quello mi serve».

Gli occhi di Nunzia si spalancano. «Paolo, ma cosa hai fatto? E io...» Le parole le muoiono in gola.

Don Luigi si impone di ritrovare la calma, poi prende da parte Luca, attento a che Politi non lo senta: «Aspetta che Paolo vada via e sotterra la Typex. Tra i castagni, oltre la nostra tenuta. Ricopri la terra smossa con le foglie, come abbiamo fatto poco fa, poi torna qui, lascia la vanga. Io vado a vedere cosa succede alla casa del carrubo. Tua madre sarà terrorizzata».

«Non solo lei» afferma il ragazzo che non può fare a meno di pensare alla sorella e al fratello.

Don Luigi si gira intanto verso Paolo: «Ora esci. Sparisci. Non mi importano le tue ragioni. Vai via» gli ordina. Desidera non averlo più davanti.

Politi rimane a bocca aperta. È meravigliato che il farmacista lo lasci libero di andare con tanta facilità. Si riveste alla meglio e camminando come un fantasma, procede verso la porta. La testa ha ripreso a fare male.

Vorrebbe spiegare.

Vorrebbe urlare perché lo ha fatto.

Vorrebbe chiedere di mandare un ultimo messaggio. Quello che ha scritto in codice e che non ha potuto inviare per l'arrivo a notte fonda di Nunzia. Deve informare i servizi segreti britannici che i nazisti sanno di Eureka.

Ma tace ed esce.

Capitolo 44

Catania, 13 luglio

Ancora buio. Ancora il rumore delle lancette dell'orologio da tasca.

Un pensiero.

Come farà ora a leggere?

E poi: cosa ne sarà della sua vita? E soprattutto dove è finita la sua famiglia?

Gli hanno raccontato che nel sud della Sicilia i mulini e i negozi di alimentari sono saccheggiati dai civili che approfittano dei disordini portati dalla guerra. Anche i soldati arraffano quello che possono. Ovunque possono. Neanche le sedi del fascio sono risparmiate.

E sono giorni che intorno a sé sente solo urla di dolore, pianti ininterrotti e disperati, spezzati dal rumore di aerei che volano a bassa quota. Eppure a Catania non sono ancora arrivati. Le truppe tedesche e italiane resistono e fermano l'avanzata verso la città etnea. Almeno così dicono.

Ma lui cosa si augura?

Per anni ha creduto alla sua nazione. Ha creduto che la gloria italica andasse difesa. Che gli inglesi fossero il nemico. Per anni si è accanito contro Churchill per avere abbandonato la politica di *appeasement* di Chamberlain. Cosa sarebbe accaduto all'Europa se non ci fosse stato un uomo come lui? Più volte si era risposto: la pace.

Davanti alle evidenti violenze dei regimi totalitari e all'alleanza dei fascisti con Hitler si era tuttavia ricreduto.

Ora non sa più cosa augurarsi. Ha l'impressione che tutto stia per crollare. Tutte le speranze sono cadute. L'Italia salverà l'onore ora che i soldati disertano e in abiti borghesi si allontanano dai posti di combattimento per raggiungere in qualche modo le loro famiglie?

Cosa accadrebbe alla Sicilia una volta passata sotto il controllo anglo-americano? E se i tedeschi, chiuso il fronte in Russia, avessero portato aiuto a Mussolini? Il conflitto nell'isola sarebbe ripreso con ancora maggiore violenza? E se gli alleati fossero riusciti a occupare solo la Sicilia e non il resto di Italia?

«Cosa accadrà domani?» mormora.

Già. È questa la domanda che rimbomba in modo ossessivo nella sua testa. E intanto la sua memoria corre al leggendario re veggente di Tracia, condannato a perdere la luce degli occhi per avere svelato agli uomini il pensiero di Zeus. Il loro futuro.

Lui invece è cieco e non vede neanche il suo naso. Figurarsi oltre. Vede solo rosa. Rosa intenso.

«Professore».

Vittorio riconosce la voce del giovane medico. «Purtroppo ci serve anche quest'ala dell'ospedale. Lei non ha più bisogno di cure mediche e deve lasciare il Vittorio Emanuele».

«Sono cieco! Dove posso andare?» La voce cela una nota di sconforto.

«Di più qui non possiamo fare per lei».

«Dovrei raggiungere Acate? Come?»

«Per ora certo non può, le ho già spiegato».

«Nessuno può arrivare fin qui. Luca...» Non completa la frase. Si porta le mani sul volto. Conosce troppo bene suo figlio per non sapere che potrebbe tentare l'impresa a rischio della vita. E ora quasi si pente di avere permesso che la sua famiglia venisse avvisata. Se suo figlio si fosse messo in viaggio, se lo sarebbe mai perdonato?

Scaccia il pensiero e muove la mano con un gesto secco, quasi che spostare l'aria lo aiuti ad allontanare il disagio che prova.

«Avrei pensato...» Le parole del medico suonano incerte.

«Mi dica».

«Stanno per allestire un campo per gli sfollati in piazza Borgo, alle spalle di via Etnea. Potrei accompagnarla io stesso quando termino il turno».

Qualcuno si intromette: «Dottore, ha notizie da darmi? Il mio amico, si ricorda? Lo hanno ricoverato ieri».

È la voce di un giovane.

Vittorio sa di averla già sentita. Ma dove?

Un lungo silenzio. Poi sbotta: «Samuele! Sei Samuele! Quante volte in questi anni mi sono chiesto dove fossi finito. Avvicinati».

Il nuovo venuto esita. Infine fa un passo fino a che le mani del professore gli toccano le spalle e il viso.

«Vado a vedere dov'è il tuo amico» dice il dottore al ragazzo. «Lei, professore, si prepari».

«Quanto sei cresciuto! Quanti anni hai?» chiede Vittorio non appena rimangono soli. L'altro non fa in tempo a rispondere che lui riprende: «Ventuno... Mi sembra ieri».

Il professore si sente portato indietro nel tempo. Le immagini di cinque anni prima sono chiare. Scorrono davanti a lui.

Si rivede a fine lezione, mentre raccoglie i fogli sparsi sulla cattedra di legno chiaro e li infila nella borsa di cuoio ormai logora. Si alza, prende il cappotto grigio e il cappello dall'appendiabiti e rivolge un saluto ai ragazzi, che scattano sull'attenti nella loro divisa in perfetto ordine, con le mani lungo i fianchi. Esce dall'aula, attraversa il lungo corridoio dal pavimento di granito e raggiunge la sala professori, a quell'ora quasi deserta. Solo due colleghi di filosofia intenti a parlare fittamente e a fumare.

Posa i libri e il registro nella cassettiera. Sta già per andare via quando si ferma. Recupera nuovamente il registro e si dirige verso il tavolo, si siede e pazientemente ricontrolla di avere apposto le presenze degli studenti.

In verità ha solo uno strano e inspiegabile bisogno di rileggere il nome di Samuele La Tona, il suo studente dai capelli ramati, dagli occhi chiari e vispi che a settembre è stato espulso dalle sue lezioni.

Il fastidio che ha provato tutta la mattina nel guardare il banco vuoto è ancora vivo. Samuele. Il più bravo della classe, sempre attento ed educato. Il ragazzo che ha visto crescere è stato allontanato da scuola per le leggi razziali.

Ricorda di avere alzato quella mattina la testa verso la grande scritta incorniciata sopra la porta della sala professori e di avere riletto la grande targa:

> *Giuro di essere fedele al Re, ai suoi Reali successori e al Regime Fascista, di osservare lealmente lo Statuto e le altre leggi dello Stato, di esercitare l'ufficio di insegnante e adempire tutti i doveri accademici col proposito di formare cittadini operosi, probi e devoti alla Patria e al Regime Fascista. Giuro che non appartengo né apparterrò ad associazioni o partiti, la cui attività non si concili coi doveri del mio ufficio.*

Prima che Samuele fosse espulso, lui ci aveva creduto. Aveva visto nel movimento un argine alle lotte sindacali, allo sbandamento della Prima guerra mondiale, ai disordini causati dal biennio rosso e dall'avanzare del comunismo. Aveva condiviso l'idea di una nazione che bastasse a se stessa, che promuovesse la bonifica delle paludi pontine. Aveva gioito per lo sbancamento dei detriti accumulati nei secoli sopra gli antichi fori romani. Era certo che all'Italia servisse un uomo forte che le garantisse visibilità internazionale con un grande impero coloniale e che ridesse lustro alla cultura classica e alla gloria italiana. Da cattolico praticante aveva anche visto di buon occhio il concordato stipulato con la Chiesa nel 1929.

Eppure quel giorno il banco vuoto di Samuele lo aveva scosso profondamente. Il regio decreto legge del 5 settembre che vietava la pubblica istruzione agli studenti e l'insegnamento ai docenti ebrei era stato per lui, lo ricorda ancora adesso, come un temporale in una tiepida e calma giornata primaverile, sopraggiunto improvviso a scuoterlo da un lungo torpore, ad allontanarlo per sempre dal fascismo.

Ma questo a Samuele non riesce dirlo. Non ora.

« Professore, sta bene? Ma non vede? I suoi occhi... » Il giovane è imbarazzato.

« Ora sto meglio. Ora che so che sei vivo. Non sai quanto io sia stato preoccupato per te. Non prenderti pena di me. Dimmi. Come hai fatto a salvarti? » E subito, con tono preoccupato: « Non hai paura di andare in giro? »

« Solo all'inizio » confida lui cauto. « Ero intimorito da ogni ombra che incontravo. Due volte sono sfuggito all'OVRA. Ora va molto meglio di prima. Ho imparato a nascondermi e poi nessuno in questi giorni in Sicilia pensa a me. Sono tutti occupati con gli alleati ». Intanto si avvicina e gli sussurra all'orecchio. « Comunque, professore, la prego. Non mi chiami Samuele. Samuele La Tona non esiste più ».

Il professore si porta una mano alla bocca a lisciare i baffi ormai lunghi e l'altro gli sussurra ancora: « Ora sono Mario Papalia. Almeno così c'è scritto sui miei nuovi documenti ».

Capitolo 45

Acate, 13 luglio

Per tutto il tragitto osserva la nipote che cammina accanto a lui con la testa bassa. Dopo avere seppellito il paracadutista ha portato Luca nella vigna. Desidera distrarlo dal macabro compito appena svolto. Ma quando ha visto passare macchine dell'esercito americano dirette alla casa del carrubo, ha preso per mano il ragazzo ed è corso da Politi per farlo fuggire. Mai e poi mai avrebbe immaginato di trovarci Nunzia. Ora dovrebbe essere infuriato per quello che lei ha fatto, a dispetto di ogni forma di decoro, di rispetto e di onore per la famiglia, e invece è solo dispiaciuto. Immagina come si senta, trasportata da un sentimento che tutti alla casa del carrubo avevano intuito sin dalla cena delle lumache. Don Luigi ce l'ha anche con se stesso per avere invitato il maggiore a casa. Forse, senza quella cena, le cose sarebbero andate diversamente. La sua smania di sapere, di avere informazioni da Luzi e di tenere buono l'ispettore di pubblica sicurezza, gli era costata cara.

Quando raggiungono il promontorio, rallenta.

Una jeep, un camion e una berlina beige sono fermi nello spiazzo sotto il carrubo.

Il farmacista strizza gli occhi per capire se la macchina sia proprio quella che pensa. Ma più si avvicina più i suoi dubbi si dissipano: è la macchina dell'ispettore.

Come se non bastasse scorge altri mezzi avanzare in fila e rallentare in prossimità del suo cancello, per poi imboccare il viale alberato e procedere in mezzo a una nuvola di polvere.

Una morsa gli serra lo stomaco.

Ha fatto appena in tempo a far sparire il corpo del paracadutista e a fare allontanare Paolo. Forse non tutto è ancora perduto.

Cerca di raccogliere la calma, attraversa il terreno sterrato e supera l'aia. Le galline starnazzano, quasi fosse festa. Tra loro, Luigi riconosce quella di Elena. Sembra abbia una voglia incontenibile di muoversi.

Dopo essersi assicurato che Nunzia sia entrata in casa, si dirige verso un bell'uomo alto, in uniforme della US Navy, con le spalle larghe e la faccia quadrata.

« Tenente Albert Sullivan » si presenta il militare. « Immagino lei sia don Luigi » continua.

L'italiano dell'americano è spigliato, per quanto l'accento talvolta storpi le parole.

« Sono io. A cosa devo la visita? » risponde cauto.

« Non è stato difficile venire fino alla sua bella casa. In paese la conoscono tutti. Per qualche giorno stazioneremo qui. Abbiamo molti malati da curare ».

Lui annuisce. Poi si ferma davanti alla berlina beige. « Questa? La riconosco » si limita a dire.

« L'hanno trovata i miei uomini ».

« Conoscevo bene il proprietario e il figlio. Mi dicono siano morti ».

L'altro alza le spalle e tira fuori dalla tasca un pacchetto di Lucky Strike. Le offre a don Luigi che rifiuta, poi ne infila una fra le labbra e l'accende con un cerino. Una lunga boccata e riprende senza entusiasmo: « Ha ragione, ma in guerra purtroppo muoiono molti uomini ».

« Dovrebbero morire sul campo di battaglia ». Luigi non abbassa lo sguardo. L'onore è onore. «Questa guerra toglie la vita a troppi civili. Il ragazzo aveva solo sedici anni».

Sullivan fa finta di non sentire. Finisce di fumare la sigaretta in silenzio e poi riprende: «Siamo qui perché preferisco alloggiare da amici che non dai nemici».

Il farmacista serra la mascella, mentre sente lo stomaco raggelarsi. «Mi scusi?»

«Mi piace pianificare e prima dello sbarco ho potuto constatare che lei è un ex militante delle brigate internazionali».

Il sangue gli affluisce alle tempie, improvviso. Dopo tanti anni preferisce che la verità non venga più a galla e in cuor suo spera che il tenente non ne farà parola con altri. «Immagino di non poter declinare l'ospitalità» sospira, per deviare il discorso.

L'americano nega con la testa: «Potremmo ricorrere alla forza, lei capisce». E mentre i camion vomitano uomini in divisa, Sullivan gli chiede di mostrargli la casa, i terreni, la dispensa e il pozzo. Alla fine, dopo più di un'ora si ritrovano di nuovo sullo spiazzo. Il tenente lascia correre lo sguardo oltre l'aia: «Cosa c'è lì?»

«La stalla, dove teniamo qualche animale».

«Me la mostri. Potrebbe essere il posto giusto per fare dormire i miei ragazzi, una volta sistemato il resto».

Mentre procede, il farmacista scorge i visi di Elena, Agata, Assunta e Lina affacciate al balcone.

«Ci sono altre donne?» chiede Sullivan.

«Sì» risponde secco don Luigi. «Mia nipote. Sarà nella sua stanza. Non sta bene». Taglia corto.

«Altri?»

«Un ragazzo di diciassette anni e un bambino convalescente».

«Suoi figli?»

«Non proprio» risponde vago.

Sullivan alza il sopracciglio e intanto lo segue: «Metteremo le donne ai fornelli e affiancheremo due dei nostri. Le bocche da sfamare sono tante. Ma ora vediamo la stalla».

Il farmacista apre il grande portone di legno.

Dentro solo penombra e odore di fieno. Un topo passa veloce davanti ai loro piedi, mentre le tre mucche in fondo al capannone si limitano a girare il capo. Lente.

Sullivan cammina su e giù, con aria soddisfatta. Si ferma di colpo. Indica una macchia scura sul pavimento.

« Ieri abbiamo ucciso un agnello. Mia sorella ci teneva ». La voce di don Luigi è atona. A dispetto del suo cuore che batte veloce.

Sullivan annuisce e sorride: « Peccato che non ci abbiate aspettato. Era buono? »

Don Luigi annuisce: « Lo avrei risparmiato volentieri ».

Capitolo 46

Canicattì, 13 luglio

Deve riprendere la sua Typex. È stato un grave errore nascondere la macchina dietro il divano non appena nella notte ha sentito il rumore dei passi veloci di Nunzia sulle foglie secche. Sarebbe stato meglio farsi scoprire subito e portare a termine la sua missione.

Ma il passato è passato e lui non può più modificarlo, tuttavia può ancora riscrivere il futuro.

Così si aggira nel folto querceto. Vede che Nunzia e don Luigi hanno lasciato l'abitazione. È rimasto solo Luca. Il compito sarà ancora più facile. Basterà prendere il ragazzo alle spalle e tramortirlo.

Luca si muove con la pesante scatola di ferro in mano.

Lui lo segue, attento a non farsi vedere.

Un passo.

Un altro.

Dov'è finito quel moccioso?

Non fa in tempo a fare il terzo passo che ha una pistola puntata in fronte. È un'arma dell'esercito americano.

La meraviglia lo blocca.

« Forse don Luigi non è stato chiaro » dice Luca. « Devi andare via da qui ».

« Dove l'hai presa? »

«Non pensavo di essere sotto interrogatorio».

Paolo crede che Luca scherzi. Prova a muoversi, sicuro di sé, ma un boato gli rimbomba in testa seguito da un acuto dolore.

Istintivamente porta la mano all'orecchio, ridotto ormai a brandelli, mentre il sangue scorre veloce lungo il collo e gli inzuppa la camicia.

«Se non te ne vai, il prossimo colpo ti colpisce dritto in fronte». La voce è sicura.

Andare o rimanere?

Guarda Luca negli occhi. Quel ragazzino dai ricci neri non scherza e lui da morto servirà ben poco alla sua causa. Così gira i tacchi e a malincuore lascia il querceto.

Solo quando è lontano, vede che Luca riprende a muoversi. E veloce sparisce tra la vegetazione. Come un lampo.

Ora la testa gli pulsa carica del rimbombo dello sparo. Eppure forse ha ancora le forze per raggiungere il paese. Deve trovare un altro modo per comunicare con i servizi segreti britannici.

Così attraversa il grande uliveto, supera il vigneto e finalmente raggiunge la strada.

Chi lo ha raccolto puzza d'aglio e ha le mani nodose di chi lavora la terra. Ma è premuroso. Lo sostiene, lo fa distendere sul carro sopra un coperta di lana che odora di stalla e gli dà da bere.

Le ore passano sotto il sole cocente scandite dal rumore delle ruote.

Paolo si sente davvero stanco e il sangue continua a uscire, copioso. Non sa come fermarlo.

Come ha potuto spararergli? Poi scuote la testa. Lui ha fatto molto peggio di Luca. Ha sgozzato un commilitone con cui fino a poche ore prima scherzava. Era stato scoperto mentre scriveva uno dei suoi messaggi in codice. Uno di quelli in cui indicava un recente deposito di mine.

E don Luigi? Come mai lo aveva lasciato andare dopo quel che aveva fatto?

Tra simili pensieri si addormenta. Quando riapre gli occhi è ormai buio pesto. Intorno a lui delle case. Sono in paese.

Una voce.

« *Talìa, ave bisogno di cure*». La voce è quella dell'uomo che puzza di aglio.

Una donna risponde: « A quest'ora? Con il coprifuoco? È pericoloso ».

« Io mi fermo in paese e riparto domani mattina. Devo raggiungere Palermo e rientrare in settimana ad Acate. Non posso portarlo con me ».

« Riparti? Qui intorno è pieno di soldati americani e canadesi. Forse ci sono ancora dei tedeschi. Dopo ieri! Una follia! »

« Non ho scelta. Ho un *impiccio* importante ».

« Chiamo mio marito. Lo terremo per la notte e vedremo che si può fare » e dopo un lungo respiro: « Almeno sappiamo se è un civile o un disertore? »

« *Sacciù iu.* Ha vestiti normali, ma pare *du* Nord ».

Paolo sospira. Vorrebbe parlare. Ma le parole gli muoiono in gola.

Intanto vede sopraggiungere un altro uomo. Ha l'aria distinta. È alto e magro, con un panciotto grigio e gli occhiali dalla montatura di metallo.

« Sono il dottore Currao, medico di Canicattì » gli dice con cortesia. « Ce la fai ad alzarti? »

Lui fa un cenno di assenso con la testa. Sente che le gambe gli reggono.

Il dottore gli passa un braccio sotto la spalla e lo sostiene e, dopo avere salutato il carrettiere, lo aiuta a entrare in casa.

L'ingresso è ordinato. Una grande sala quadrata dal pavimento di marmo venato, una panca, un alto specchio e un pesante portabiti di legno scuro, quasi nero. Sulla sinistra una porta con una targa in ottone: *Studio del dott. Giovanni Currao.*

« Riscaldo un po' di pasta e riempio un bicchiere di latte di capra. Gli farà bene mangiare qualcosa dopo che lo hai visitato» dice la moglie al marito ed esce.

Solo ora Paolo si rende conto di avere una gran fame. È dalla sera prima che non tocca cibo.

Quando i due entrano nello studio, il tenente lascia correre lo sguardo per la stanza: vede una grande scrivania di legno lucido, una libreria ricca di volumi rilegati in pelle e un lettino su cui è steso un lenzuolo bianco.

«Sdraiati» dice il dottore indicando la lettiga.

Lui obbedisce come uno scolaretto il primo giorno di scuola.

«Da dove vieni?» chiede il dottore Currao.

«Da Acate».

«E cosa ti è successo?»

«Una lite».

Il medico aggrotta la fronte. «Sei un militare, vero?»

Paolo non ha voglia di raccontare che fino a qualche giorno prima era nelle file del Regio esercito.

«Sei fortunato a essere arrivato solo oggi» continua il medico senza aspettare una risposta che forse non vuole avere. «Ieri per noi è stata una giornata difficile. Siamo stati sotto il fuoco degli aerei per quasi due ore. Quando i soldati del 66° reggimento sono entrati non hanno trovato opposizione, anzi, alcuni che uscivano dal rifugio antiaereo li hanno accolti come dei liberatori. È allora che è accaduto».

«Cosa?»

«Un gruppo di tedeschi che stava abbandonando il paese ha visto la scena e ha aperto il fuoco sui civili. I miei compaesani sono caduti come le mosche» e abbassa la voce: «Una delle vittime era purtroppo mio cognato, il fratello di mia moglie. Non c'entrava nulla. Era lì per caso. Usciva solo dal rifugio antiaereo. Quando uno pensa di essere sopravvissuto...» e scuote la testa. «C'è chi crede che se la Sicilia passa in mano alleata, la guerra per noi sarà finita». E si ferma a guardare Politi dritto negli occhi: «Ora vediamo la ferita».

Dopo aver fasciato l'orecchio controlla il taglio sulla testa. « È già stato medicato » afferma.

« Sì. Da un amico » mente Politi, vago.

« E chi sarebbe questo tuo amico? » incalza il dottore.

« Il farmacista di Acate » rivela Paolo a malincuore.

« Proprio un bel lavoro ». Si complimenta il dottore. « Sei fortunato ad avere amici così ».

Capitolo 47

Acate, 14 luglio

Mentre l'auto su cui viaggia corre veloce, Sullivan si gira a guardare verso l'aeroporto. Gli aerei allineati gli ricordano grandi corvi neri.

Vede che l'immenso hangar è in fiamme. Le esplosioni si susseguono senza sosta alzando alte lingue di fuoco. L'aria è carica dell'odore di gomma bruciata e di carburante. Dalla parte opposta del piazzale, nel settore est, dietro i Macchi 202 e i Re 2002, un capannello di persone.

Il tenente fa cenno al guidatore di dirigersi lì. Deve parlare al più presto con il capitano della 45ª divisione di fanteria, John Newton. Ora che l'aeroporto è caduto nelle loro mani, ha urgenza di interrogare i prigionieri.

Quando il veicolo si ferma, salta giù, incredulo di quello che vede. Apre la bocca, poi la richiude.

Con la mano afferra per il collo un soldato semplice che è alla sua destra. «Cosa è successo?» Il tono è concitato. Il militare con il volto di un bambino cresciuto troppo in fretta punta l'indice verso la montagna di corpi a terra privi di vita, ma non riesce a parlare. La stretta è troppo forte.

Sullivan molla la presa e guarda senza parole i cadaveri nudi. Gambe e braccia che si incrociano, bocche spalancate in un ultimo straziante urlo. Accanto, un pila di uniformi, per lo più italiane. In mezzo qualcuna tedesca.

«Cosa è successo?» chiede per la seconda volta al soldato.

Il ragazzo lo guarda con aria spaurita. Si tocca ancora il collo. «Noi... abbiamo solo assistito...»

«A cosa?»

Il soldato si limita a indicare con la mano in direzione di un uomo dal viso rotondo, con un'accentuata fossetta sul mento e dai capelli radi.

Sullivan si dirige verso il capitano, che tiene ancora in mano il fucile. Glielo strappa dalla presa. La canna è calda.

«Capitano Newton! L'ordine era chiaro! Dovevate fare *solo* prigionieri! Dovevano essere interrogati dal servizio informazioni! Ci servivano vivi! Vivi!»

«Ho *solo* seguito l'ordine del generale Patton» afferma Newton asciutto e guarda Sullivan dritto negli occhi. Al tenente ricorda un lupo affamato di sangue.

«L'ordine di Patton? Quale ordine?»

«Uccidere tutti».

«Quello non era un ordine! Erano parole pronunciate per sollecitarvi. Non era un ordine! Gli aviatori servivano vivi!» ripete.

L'altro sorride con aria di scherno: «Vuole che gliele ricordi?» e recita: « 'Non badate alle mani alzate. Mirate tra la terza e la quarta costola, poi sparate' ». E conclude: «Ho fatto proprio questo. Ho mirato proprio lì, tra la terza e la quarta costola».

«Non era un ordine» ripete Sullivan senza abbassare lo sguardo.

«Cos'era? Indicarci la via della prudenza? Questi militari, italiani e tedeschi, erano nemici. Fino a questa mattina si sono opposti al nostro ingresso nella stazione aerea».

Sullivan si volta ancora una volta verso il soldato con cui aveva parlato poco prima e lo porta via con sé. Quando sono lontani il giovane guarda verso il capitano Newton. È reticente. Non vuole parlare.

«Farò relazione a Patton. Ti conviene dirmi tutto. Sai che lui si laverà le mani di quello che è accaduto qui oggi. Sappiamo entrambi su chi ricadrà la colpa se non racconti».

L'altro deglutisce. Poi sospira e inizia: «Siamo arrivati ieri sera. I piloti hanno opposto resistenza. Si sono rinchiusi dentro la casamatta e hanno dato fuoco alle munizioni. Sembrava di essere al centro di un bombardamento. Abbiamo immaginato che aspettassero aiuti esterni. Questa mattina però, finite le munizioni, si sono arresi».

«Arresi?»

L'altro annuisce e guarda per terra: «Sono usciti. A uno a uno. Con le mani alzate. In molti stringevano in mano un fazzoletto bianco».

«Avete ucciso dei prigionieri che si sono arresi? Quanti?»

«Ne ho contati trentasei».

Sullivan si porta le mani sul viso. Davanti a episodi del genere, il suo piano di farsi acclamare dagli italiani come liberatore rischia di fallire.

«Sono morti tutti?» chiede a quel punto.

«Credo di sì».

Un sospiro di sollievo. Forse si può insabbiare tutto. «Nessuno deve sapere cosa è accaduto oggi qui» ordina e intanto si avvicina ai cadaveri. Il sangue che riempie il piazzale gli imbratta gli stivali.

Un uomo digrigna ancora i denti e alza la mano.

Il tenente supera Newton e si avvicina al moribondo. Ha i tratti nordici, il viso sottile, gli occhi azzurri, i capelli biondo chiaro. Albert ha l'impressione di averlo già visto. Ma dove?

Con un ultimo gesto l'uomo gli stringe la mano. «*Meine Frau*» mormora e indica verso la tasca della giacca.

Sullivan allunga la mano. È un busta. Legge il nome del destinatario: Jesse Owens. E una luce si accende nella sua memoria.

Un lungo brivido lungo la schiena.

Lentamente apre la busta. Dentro, fittamente vergata, una lettera, in inglese. La legge in silenzio. Il soldato chiede a Owens, al grande campione olimpionico, di andare in Germania, quando la guerra sarà finita, per trovare la moglie e conoscere il figlio, che lui non vedrà mai. Perché sa, dice nella lettera, che non uscirà vivo dalla guerra. Che mai il suo corpo lascerà quell'isola del Mediterraneo piena di alberi di ulivi, limoni e carrubi. Alla fine una firma svolazzante: *Luz.*

La nebbia svanisce dai suoi ricordi e davanti ai suoi occhi balugina la fotografia della premiazione delle Olimpiadi del 1936 a Berlino, conservata nell'appartamento di Londra. L'immagine immortala i tre vincitori del salto in lungo che ricevono le medaglie: Jesse Owens, magro, che sorride, con l'incisivo laterale leggermente arretrato, il tedesco Luz Long e il giapponese Naoto Tajima.

Quante volte si è fermato sul volto di Luz Long? Quante volte si è chiesto cosa passi nella mente di chi arriva secondo, dopo un uomo di colore, nella Germania nazista? Ma mai allora avrebbe immaginato che la vita si sarebbe incrociata con la sua al momento della morte.

Sospira e abbassa le palpebre sugli occhi azzurri che guardano ormai verso il nulla.

Albert si alza e osserva ancora una volta Newton negli occhi. In silenzio.

Infila la lettera in tasca.

E decide.

Decide che avrebbe provveduto lui a farla recapitare a Owens.

Decide che avrebbe provveduto lui a denunciare quanto accaduto nell'aeroporto siciliano.

Decide che non avrebbe insabbiato proprio nulla.

Perché lui allo sbarco in Sicilia crede davvero e l'operazione Husky, al di là di quel che va sbraitando Patton, ha delle regole di onore.

Quella guerra comincia a stargli stretta.

Capitolo 48

Acate, 14 luglio

Passa accanto a due soldati intenti a smontare la porta. È da quando sono arrivati che tirano via assi, spostano tavoli, staccano imposte. Cercano materiale per realizzare letti da campo provvisori per fare sdraiare i feriti. Con tristezza Nunzia vede le tende dello studio dello zio per terra, arrotolate.

Uno dei due uomini le fa cenno di prenderle e tagliarle. Lei sa cosa vuole il soldato. Che le sterilizzi e ne faccia delle bende.

Lina si avvicina, stizzita: «*Matri santa.* Povera casa. Pure il pianoforte hanno preso. *Nel fienile è*» mormora.

Nunzia annuisce, ma i suoi pensieri sono ben lontani da quello che le sta accadendo intorno. Sente di avere disonorato la famiglia. Potrà mai essere perdonata? Potrà mai perdonarsi? Lo zio lo racconterà alla madre? O lei capirà solo guardandola? Nonostante questo non fa che pensare a Paolo. Vorrebbe odiarlo, ma non ci riesce. È profondamente amareggiata, ma sa che se lui tornasse lo riaccetterebbe, perché a dispetto della rabbia sogna il profumo della sua pelle, le mani grandi e forti, le spalle larghe. Il solo pensiero del suo abbraccio e dei suoi baci le fanno venire una fitta allo stomaco, placata a malapena dal senso di colpa.

«*Che fu?*» le domanda Lina, curiosa.

«Ho paura» mente lei e si china a raccogliere le tende da terra per portarle al lavatoio.

Lina la segue a ruota.

«Lascia fare a me» dice la donna. «Raggiungi tua madre, Elena e Agata. Le hanno messe a spennare le galline».

La ragazza istintivamente stringe le tende, poi ci ripensa. Lavare i panni non le è mai piaciuto. Così si dirige, ancora pensierosa, verso la cucina.

La stanza è grande, di pietra grigia. Al centro un lungo tavolo con il ripiano di marmo.

Oltre alle donne, Nunzia trova due soldati in canottiera bianca che scaricano sacchi di farina. Un terzo tiene in mano quattro galline per le zampe. Penzolano ormai prive di vita.

Attraverso la nuvola di polvere bianca e sottile che si è diffusa nell'aria, Nunzia incrocia lo sguardo di Elena. La giovane amica osserva con gli occhi spalancati uno dei volatili senza vita e lei comprende: una delle quattro galline a cui hanno tirato il collo è Lucietta.

«*Plucked the hens*» dice l'americano prima di lasciare i ruspanti sul tavolo e uscire.

Elena si ritrae. Cerca rifugio tra le braccia della madre.

«Sbatti le uova». Agata cerca di distrarla. «Al resto pensiamo noi».

Elena scuote la testa.

«No. Voglio farlo io» e senza dire altro si siede con l'animale sulle gambe e lentamente, piuma dopo piuma, lo spenna. Mentre il viso le si riga di lacrime.

Nunzia intanto vede Luca che entra in cucina a testa bassa. Tiene fra le dita delle foglie di *nepitella* che schiaccia nervosamente. Sembra provato, ma prima che lui possa dire qualcosa, Nunzia lo prende per la mano e lo tira verso il ripiano vicino alla finestra. «Dai. Aiutami con le uova».

«Si credono i *patruni*. E noi? Cosa dovremmo mangiare?» La voce di Assunta è carica di risentimento.

«*Pane schittu*». Lina, di ritorno dal lavatoio, risponde prontamente. «E *cipuddazza*».

«Pane e cipolla?» Il volto di Assunta si contrae in una smorfia. «Mio fratello ha lavorato una vita perché mangiassimo ancora pane e cipolla?» E prima che qualcuno dei presenti riesca prendere la parola, esce. Va a rintanarsi nuovamente nelle sue stanze, anch'esse ormai prive di porte.

«Pure questa ci mancava». Lina scuote la testa e sentenzia: «*Megghiu pani e cipudda a la tò casa ca 'ncasa d'autri 'na cena sfarzusa*».

La battuta strappa un sorriso ad Agata.

«Ci sono anche le patate da tagliare. Ne serviranno molte» considera la governante e arriccia il naso: «Non ho mai visto nessuno mangiare così. E bere!» aggiunge dopo.

Luca prende le uova e le poggia sul ripiano davanti a Nunzia, poi va nel grottino di pietra, anch'esso senza porta, e afferra una treccia di cipolle. «A queste penso io».

Nunzia scuote la testa e gliele strappa di mano. Vuole tagliarle lei. Ha un disperato bisogno di piangere e ha bisogno di una scusa per farlo davanti a tutti.

Il ragazzo si discosta, mentre un pensiero cupo sembra passare nei suoi occhi.

«Che hai?» gli chiede la ragazza.

«Niente» dice Luca, che istintivamente si tocca l'orecchio. «Niente».

Nunzia gli volta le spalle, afferra un coltello e comincia a togliere la buccia viola.

Strato dopo strato.

Fino a che non sente gli occhi pizzicarle.

Fino a che non si sente autorizzata a fare uscire il suo dolore.

E quando il liquido caldo scivola sulle guance, prega.

Prega che Paolo possa tornare da lei.

A riabbracciarla.

Capitolo 49

Canicattì, 14 luglio

Paolo ha trascorso la giornata sul letto a guardare il soffitto e a riflettere su come far pervenire il messaggio ai servizi segreti o, alla peggio, al generale Sir Harold Alexander che guida le forze di terra. Il segreto che custodisce può cambiare le sorti della guerra. Anzi, le cambierà certamente, perché se i tedeschi conoscono Eureka, come gli ha detto Luzi, Churchill è in pericolo. Per questo chiede al medico, a cui ha dato un falso cognome, dove si trovi l'ufficio postale. La risposta è stata precisa: «Alle spalle della chiesa madre. Ma l'edificio è stato gravemente danneggiato. Per ora lo hanno chiuso. Il curato ha messo a disposizione l'oratorio. Stanno trasferendo tutto lì. Forse l'ufficio riapre domani o dopodomani».

Lui abbassa la testa convinto. La mattina seguente andrà a vedere e se sarà necessario si metterà in marcia verso Palermo. La ferita all'orecchio non fa più male. E sente che le forze sono tornate.

Per ammazzare il tempo e allontanare il pensiero dalla sua missione, senza badare alla mosca che ronza fastidiosa sopra la sua testa, prende un libro recuperato dalla libreria del dottore: *Storia di una capinera.* Ha la copertina logora.

La lettura è interrotta bruscamente da una porta che sbatte e da una voce agitata.

Cosa sta accadendo? Che ore si sono fatte?

Senza pensare oltre posa il romanzo, si alza e calza le scarpe. Poi apre la porta. Davanti a lui c'è la moglie del medico, appena rientrata. La donna, dalle forme rotonde, è sudata. Con la voce tesa come la corda di un violino parla con il marito: «Stanno saccheggiando la saponeria! *Mischinazzu* di Narbone. Non gli resterà nulla».

«Ma ...» interviene il dottore.

La donna non lo lascia parlare: «C'è fame. Il muro è crollato per un'esplosione e tutti sul sapone come api sul miele. A chi ne porta via di più. Narbone fa come un pazzo, cerca chi lo aiuti».

Paolo la guarda incuriosito.

Poi esce a vedere.

Il caldo torrido sta per cedere il posto a una leggera brezza che annuncia l'arrivo della prossima sera. Ma c'è ancora luce.

Si guarda intorno.

Il paese sorge in una vallata circondata da aride colline. Le strade sono ridotte a cumuli di macerie. I bombardamenti hanno raso al suolo la maggior parte delle case. Il dottore, riflette, è tra i pochi fortunati ad avere ancora un tetto sulla testa.

Mentre cammina vede una scarpa solitaria, poco oltre una bambola di pezza senza la testa. Tristi presagi della fine dei loro proprietari.

Gira a destra e si immette in viale Carlo Alberto. Questo il nome che vede scritto sotto i numeri civici. Procede a passo spedito per evitare i crolli che ancora si susseguono nel silenzio del pomeriggio. Alla fine della via incrocia le prime persone. Degli uomini in bicicletta, vestiti di stracci. Grandi secchi appesi al manubrio. Procedono nel senso di marcia opposto al suo. Lo guardano e gli fanno segno di affrettarsi.

Va ancora avanti fino a un grande fabbricato in mattoni chiari, con una breccia lungo il muro. Sopra una grande insegna di ferro scuro: *Saponeria Narbone-Garilli.*

Entra a sbirciare. Enormi vasche di ferro e lunghi tubi riempiono la stanza. A impressionarlo l'odore pungente. Odore di pulito che stride con la vista delle persone vestite di cenci sporchi che arraffano il sapone.

Una famiglia è intenta a riempire dei contenitori di latta. La osserva: la donna è giovane e ha i capelli neri. L'uomo è muscoloso e gronda di sudore. Indossa solo una canottiera bianca a costine sottili macchiata d'unto. I due figli, ancora piccoli, giocano con le dita chiuse a cerchio e fanno le bolle.

Nel via vai, quasi non la sente arrivare.

Quando si volta è troppo tardi.

Una jeep si è fermata nello spiazzo davanti alla fabbrica. Ne scendono quattro soldati.

«C'è Mc Caffrey, o almeno credo si chiami così» dice un uomo accanto a lui.

«E chi è?» domanda un giovanotto con dei grandi baffi neri.

«Ma come, chi è?» gli fa eco l'amico. «È il tenente colonnello che si è insediato ieri al comune».

«Ah, quello della Amgot?»

Sentendo il nome gli occhi di Politi brillano. Il dottore non gli aveva detto che a Caniccattì si fosse già insediato un ufficio di amministrazione militare per i territori occupati. Questo può ancora cambiare le sorti del conflitto. Se solo riuscisse a parlare con questo tenente colonnello. Ma come? Deve trovare il modo di presentarsi. Di farsi riconoscere.

«Cos'è Amgot?» chiede intanto uno dei due bimbi ora che il gioco delle bolle è stato interrotto.

«Il governo provvisorio americano» spiega il padre.

Quando i militari entrano nella fabbrica scende il silenzio.

Lo sguardo del tenente colonnello non preannuncia nulla di buono.

Politi osserva la scena e fa un passo verso l'americano.

Ma quel gesto viene inteso da Mc Caffrey come un atto di ribellione e il militare dà l'ordine ai suoi uomini di sparare.

Quelli rimangono fermi. Come indecisi.

Solo uno porta la mano alla pistola, ma poi l'allontana di nuovo vedendo che i compagni non reagiscono.

Paolo si guarda intorno. «*I have important information for the General Alexander*» dice tutto d'un fiato.

Mc Caffrey per tutta risposta gli spara a una gamba: «*Give it to me*». La Colt .45 ancora puntata verso di lui.

Politi stringe i denti e blocca con la mano il sangue che esce dalla gamba. «*I really mean it. I need to speak to General Alexander. As soon as possible*».

L'altro alza il sopracciglio e senza degnarlo più di uno sguardo ribadisce l'ordine: «*Kill him! Kill them*».

Paolo trema come una foglia al vento. Incredulo della propria ingenuità.

È allora che accade.

Mentre i tre militari sono ancora fermi, il tenente colonnello inizia a sparare, fino a esaurire il caricatore.

L'ultimo proiettile in canna è per lui.

Gli entra nel ventre.

Il dolore lo fa ripiegare su se stesso, mentre una macchia di sangue si espande rapida. Non sembra volersi fermare.

Intorno solo urla e spari.

Paolo chiude le palpebre. Quando le riapre vede il bambino delle bolle accanto a lui, un gran foro sulla fronte. Immobile. Gli occhi spalancati, un rivolo di sangue che scende lungo la guancia paffuta.

Sa che quella è l'ultima immagine che vedrà della sua vita. La vista si annebbia, le forze gli vengono meno. E un unico rimpianto: non essere riuscito a recapitare il messaggio più importante.

Capitolo 50

Londra, 15 luglio

Winston Churchill osserva la foto sopra al camino spento. L'immagine, che risale al capodanno del 1942, ritrae lui e sua moglie vicini, in posa dopo una cena da re Giorgio VI.

Gli occhi scuri e profondi di Clementine sorridono, messi in risalto dall'acconciatura che si apre al centro in due ciocche di capelli ricci.

Il primo ministro porta alle labbra il grande bicchiere di cristallo che tiene tra le tozze dita. Il sapore di legno che il whisky emana lo inebria.

Un lungo sorso. Poi accende il sigaro, aspira e torna a osservare il volto di Clementine.

I ricordi riaffiorano dal pozzo della memoria.

I coniugi avevano accolto quel nuovo anno con ottimismo, nonostante la guerra. Una strana speranza aleggiava nell'aria. Nessuno immaginava quel che li attendeva. Un anno che gli inglesi non avrebbero mai dimenticato.

L'ora più buia del suo mandato. Sembrava che nulla riuscisse più a fermare Hitler. Le forze tedesche avevano raggiunto Alessandria, si erano riprese dalla sconfitta di Mosca, avevano affondato un numero altissimo di sommergibili britannici.

Gli inglesi avevano perduto Singapore e avevano assistito inerti all'affondamento della Prince of Wales e della Repulse. In parte era colpa sua per avere sempre sottovalutato il pericolo che giungeva dal Giappone.

Per non parlare del disastro della Raf. Dagli aerei britannici erano state sganciate ventimila tonnellate di bombe sulle basi dei sommergibili tedeschi. Ma inutilmente. Nemmeno uno era andato distrutto.

Winston stringe il bicchiere con forza, le sue labbra si assottigliano. Un'altra boccata di sigaro. Si morde la lingua e sputa fuori, lentamente, scaglie di tabacco.

Aveva sbagliato a dare retta ai suoi alleati che lo avevano spinto a spostare la Raf dall'azione in Germania. Lui doveva sfinirli allora. Doveva mirare già allora a una guerra che logorasse i civili. Quella era la carta vincente. Ma lui non l'aveva giocata fino in fondo.

Inutile ritornare sul passato, si dice.

Presto avrebbe ripreso l'idea di bombardare il cuore del nazismo. Per questo avrebbe iniziato da Berlino.

Beve un altro lungo sorso.

Di quell'anno non può dimenticare, soprattutto, il pessimismo che correva fra gli inglesi. Ha sempre saputo che un popolo si tiene a bada con il pane e con il circo. Pancia piena e divertimento, e di esso si può fare quel che si crede. Eppure nel 1942 era stato costretto a ridurre le razioni. Inevitabilmente era scoppiato il caos e nella confusione generale aveva dovuto procedere a un rimpasto del governo.

Guarda ancora la foto che ritrae lui e Clementine.

Aspira il sigaro e lascia che una nuvola di fumo esca piano dalla sua bocca.

Il suo pensiero corre ora al messaggio ricevuto solo qualche mese prima dall'ammiraglio inglese Taylor: *I tedeschi sono vicini a interrompere i nostri collegamenti con US.*

Quei bastardi c'erano quasi riusciti.

Un sorriso si apre sulla faccia rotonda.

Un altro lungo sorso di whisky.

L'Inghilterra ha resistito e, anzi, ha reagito. In poco tempo ha perfezionato il rilevatore di alta frequenza *Huff-Duff* e ha prodotto radar centimetrici in serie. Tutti gli aerei e le navi britanniche ne hanno uno a bordo. L'operazione ha prosciugato le casse dello stato, ma ne è valsa la pena. E soprattutto quel farabutto del capo dei servizi segreti selle SS, Reinhard Heydrich, che allora gli aveva dato tanto filo da torcere, giace finalmente all'inferno. Peccato che il suo posto sia stato occupato da Jörg Hallermann, amico di Himmler e di quel fetente di Eichemann. Chissà cosa non uscirà dal suo cappello.

Un altro sorso di liquido ambrato a bruciargli la gola.

Si lascia sprofondare del tutto nella poltrona e chiude gli occhi.

Le notizie che arrivano dalla Sicilia sono buone. Sembra che l'operazione sia un pieno successo. I servizi lo hanno informato che a giorni Hitler incontrerà Mussolini a Feltre. Sorride. Le forze alleate lo stesso giorno faranno partire il primo attacco aereo al cuore dell'Italia: Roma.

Mussolini ha i giorni contati. Lo sente. Lo sa.

Ma chi lo avrebbe detto che quella piccola isola del Mediterraneo sarebbe stata tanto importante per la guerra mondiale? Che quell'isola di conservatori sarebbe stata tanto utile per sferzare il decisivo colpo di grazia a Mussolini?

Certo un po' di fastidio lo prova. Il generale americano Patton, spregiudicato come sempre, si è liberato del ruolo di subordinato. E Montgomery non procede con la stessa velocità dell'altro. Ma nel complesso importa poco chi primeggi tra i due.

Ora bisogna guardare al risultato.

Ora bisogna pensare a vincere la guerra.

Capitolo 51

Acate, 16 luglio

Non sa da cosa derivino alcune sensazioni, ma sa che ogni volta che li vede parlare un brivido corre lungo la sua schiena. Li ha osservati con attenzione. Non c'è nulla nei loro gesti o nelle loro parole che non vada, ma è da quando è entrato nella farmacia, appena sceso dal treno, e ha visto sua madre appoggiata al bancone che pensa che tra lei e don Luigi ci sia troppa confidenza. Quando si trova solo con loro due ha la sensazione di essere un escluso.

O si sbaglia? Più volte ha osservato sua sorella per cercare di capire se anche lei abbia la sua impressione. Ma è certo che Elena non colga in quel rapporto nulla di strano. Lei adora don Luigi e prima dell'arrivo dell'esercito alla casa del carrubo lo rincorreva per chiedergli di insegnarle a suonare il piano. Cosa che il farmacista faceva con evidente gioia.

E ora che vede la madre e don Luigi lì, accanto all'ingresso a parlare fittamente, sente di essere sul punto di perdere la pazienza. Sono troppo vicini l'uno all'altro. Cosa fanno? Di cosa parlano?

Senza fare rumore si avvicina.

« Ma come farà a Catania da solo? » chiede Agata, che gli dà le spalle. Don Luigi si irrigidisce e la donna si volta. Le sue guance si tingono di rosso.

«Oh, Luca». Lo abbraccia.

«Che succede, mamma?»

Don Luigi guarda la donna, che annuisce. A quel punto il farmacista fa cenno a entrambi di seguirli fino allo studio. Una volta dentro va verso la grande scrivania di mogano e apre uno dei cassetto laterali. Sapeva che il momento sarebbe arrivato. Aiuterà Agata. Anche a costo della sua vita. L'aiuterà a riabbracciare il marito, se è questo che lei desidera. Ma mentre lo pensa una silenziosa malinconia si diffonde nel suo petto.

Con un sospiro tira fuori il telegramma e lo porge a Luca.

Il ragazzo spalanca gli occhi. «Ma è di giugno! È trascorso più di un mese».

«Mi è stato consegnato solo qualche giorno fa. Gli uffici postali sono stati chiusi per alcune settimane, lo sai».

«Come...»

«Oggi ho parlato con il tenente Sullivan». Lo interrompe don Luigi. «Domani i suoi uomini lasceranno la casa del carrubo. Si sposteranno verso Palermo». Rimane in silenzio. Ha davvero parlato a lungo con l'americano. Sono stati per ore seduti sotto il grande carrubo a mangiare fichi. Lui gli ha chiesto come fosse vivere in America e dopo i primi racconti, Albert ha confessato che nel suo continente quel conflitto, sebbene mondiale, si patisce molto meno. È un eco lontano e la vita non si è fermata. Anzi, con la rincorsa alle armi sembra che anche la crisi economica stia finalmente passando del tutto. Ci sono certo giovani come lui che partono e rischiano la vita, ci sono agenzie governative che lavorano a pieno ritmo, ma nessuno teme bombardamenti aerei sulle città o truppe che entrano nelle abitazioni.

Parlare con Albert lo ha divertito. Il tenente appartiene a un altro mondo e a un'altra generazione eppure c'è in quel ragazzo qualcosa in cui lui si rispecchia. Forse la scelta di arruolarsi per un amore naufragato. Forse la voglia di non arrendersi.

«Ma, papà?» La voce di Luca lo riporta al presente.

«Andrò io a Catania» dice alla fine Luigi. Risoluto.

«Metterti in viaggio, ora?» Una voce risuona tagliente nella stanza.

«Stavi origliando?» Luigi riprende Assunta che avanza con disinvoltura.

«Qui origliano tutti! Solo tu no! E comunque, passavo per caso davanti all'uscio e ho solo ascoltato» si difende subito la donna, come morsa da una serpe. E riprende: «Vuoi partire ora? Ora che non si parla d'altro che della battaglia del Ponte Primo Sole? Ieri sera i paracadutisti inglesi sono arrivati al Simeto. Hanno bloccato la strada che porta a Catania. Come vorresti entrare in città?»

«Prima che arriverò al fiume lo scontro sarà finito. Oppure troverò una via alternativa. Devierò da est. Il viaggio sarà più lungo, forse, ma giungerò comunque».

«Se Montgomery riesce nell'impresa, Catania presto sarà teatro di scontri». Assunta non si dà per vinta. «È una follia. Devi almeno aspettare qualche giorno».

«Aspetterò, certo che aspetterò. Non ho mai detto il contrario».

Luca guarda Assunta. La rivede con il fucile dopo che ha sparato al paracadutista americano. Risente le sue parole rimbombargli come un eco nella testa. La capisce. Anche lei sta difendendo la sua famiglia.

«Andrò io!» propone Luca. «È passato troppo tempo. Papà non può aspettare ancora».

Agata, che fino a quel momento è stata zitta, travolta dai sentimenti contrastanti che l'attraversano, si porta la mani alla bocca. «Luca, no! Tu no!»

«Ma cosa vi credete, immortali? Siamo in guerra. E in guerra si muore» Assunta fa finta di tirare Luca per i capelli, in verità il gesto si scioglie in una carezza. E rivolta ad Agata: «Vuoi perdere tuo figlio? Mio fratello? Sii saggia. Fermali. Pensa alle conseguenze. Se nessuno tornasse rimarresti davvero sola. Ed Elena? E il piccolo Michele? Non pensi a loro?»

Agata abbassa gli occhi per terra. Non sa rispondere a quel fiume in piena.

«Vado solo io. È mio padre». Luca non sembra darsi per vinto.

Agata lo guarda, preoccupata. «Aspetta. Assunta ha ragione».

Don Luigi le mette una mano sulla spalla. «Lo accompagnerò io. Inutile discuterne ancora. Ma partiremo tra qualche giorno. Voi qui dovete stare attente, però. Prima di partire recupererò la radio che ho murato. Vi lascerò anche il fucile e le munizioni. Vi barricherete qui dentro e vi difenderete da chiunque si avvicina. I soldati alleati hanno in gran parte lasciato la zona o stanno per farlo, per dirigersi verso il nord dell'isola. Ora sono interessati a prendere Catania, Palermo e Messina. Senza le tre grandi città la loro azione risulterà vana. Presto questa zona sarà più tranquilla».

«E come faremo a mangiare? Sullivan ha requisito tutto» gracchia Assunta.

«Ho pensato anche a questo. Per tempo. Nel grottino della casa delle spezie ci sono formaggi, grano, fichi secchi, cotognate e noci. Io e Luca porteremo tutto qui. Il resto ve lo darà l'orto».

«Quale orto? Quello devastato dagli uomini di Sullivan? Neanche una zucchina hanno lasciato. Hanno sradicato perfino le radici» sbotta Assunta.

«Lo sistemerò prima di partire. Ho visto che le piante di pomodori sono salve. E vi procurerò altre galline al mercato nero. Voi però non dovete uscire. Mi dovete promettere che non vi allontanerete mai da questa casa fino a che non saremo tornati».

Don Luigi sa che Assunta non ha tutti i torti, che la prudenza consiglierebbe di aspettare ancora. Ma c'è qualcosa che lo spinge a rischiare anche la sua vita e la sicurezza delle donne alla casa del carrubo.

È l'onore.

È l'amore.

Ma è soprattutto la voglia di non rimanere fermo a osservare in silenzio il corso degli eventi. La sua anima di combattente scalpita per essere liberata dal recinto in cui è chiusa da troppo tempo.

Agata intanto annuisce. Il labbro le trema.

« E la farmacia? » chiede ancora Assunta.

« La chiuderò ».

« In paese ci sarà la rivolta. Vedrai ».

Capitolo 52

Acate, 19 luglio

Il cielo si tinge di rosso. Luca guarda dalla finestra.

Sotto, nello spiazzo, c'è un gran via vai di persone. Sullivan ha detto il vero. Gli americani stanno per partire. E lui non vede l'ora di mettersi in marcia. Ha promesso a don Luigi di aspettare ancora qualche giorno, ma se ne è già pentito. Lasciare una casa sola con cinque donne e un bambino zoppo potrebbe essere pericoloso. Ma lui non può non andare a cercare suo padre.

Così ha preso la sua decisione.

Partirà da solo.

Afferra una sedia e l'accosta al vecchio armadio della stanza. Poi ci sale su. Prende la scatola di latta che ha riposto con cura. Tiene lì le mostrine e l'arma che ha recuperato dal paracadutista statunitense. La stessa pistola con cui ha sparato a Paolo per sbaglio. Non aveva affatto intenzione di colpirlo. Voleva solo spaventarlo, ma ha sbagliato la mira. Ricorda ancora il terrore provato alla vista del sangue. Ha finto. Sarebbe bastato che il tenente allungasse la mano e lui gli avrebbe consegnato l'arma e il trasmettitore. Ma Paolo non lo ha fatto. «Non deve valere granché come soldato» mormora tra sé Luca e prende quello strano biglietto trovato nel fodero della Typex.

La serie di punti e linee che vede scritti lo incuriosisce. Ha già tentato di convertire quei segni in lettere, ma ne è uscito un testo incomprensibile. Deve avere sbagliato qualcosa. È assai più complicato di qualsiasi versione di greco. Eppure ci ha lavorato per ore e continua a farlo non appena ha tempo. È riuscito a leggere un'unica parola, ma non per merito suo. L'ha trovata decifrata: Eureka.

Ripone il biglietto nella latta e accarezza la canna fredda della pistola. La porterà con sé. Ma deve prima riuscire a procurarsi delle munizioni. Sa anche dove.

Ripone di nuovo la pistola, assicurandosi che sia ben nascosta. Scosta la sedia e scende per le scale.

Nell'aia i soldati della US Navy camminano veloci e caricano i camion. Lui scivola lungo il muro.

La cassa con i proiettili è lì a pochi metri.

Sa che se uno di loro lo vede sarà la sua fine. Ma la disperazione è troppa per non approfittare dell'occasione. Appena il militare che ha davanti si volta lui si muove da dietro e si avvicina.

L'altro si volta e lo guarda con meraviglia. Luca alza le spalle e fa finta di raccogliere delle carrube da terra.

Il soldato si gira. Ed è allora che lui l'afferra. Una lunga scatola sottile e pesante. La infila nella cintola dei calzoni.

L'americano lo guarda ancora una volta e gli fa cenno di allontanarsi.

Luca non se lo fa ripetere e si muove veloce verso casa. Diretto nella stanza del fratello.

È dal giorno prima che non lo va a trovare e prima di lasciare la famiglia lo vuole salutare. Quando tornerà, se tornerà, Michele sarà di nuovo in piedi. A giocare.

Entra nella camera e vede il bambino aiutato da Elena che tenta di muovere i primi passi con le stampelle che lui gli ha costruito e regalato.

Ora che la ferita è guarita, se pure ancora molto magro, Michele sembra avere ritrovato il sorriso.

Luca lo abbraccia.

Poi i tre fratelli si siedono sul grande tappeto a giocare. Dalla finestra alle loro spalle entra un vento leggero che trasporta l'odore della campagna.

Luca guarda Elena. Da quando hanno lasciato Catania sembra essersi chiusa in una bolla di silenzio. Un silenzio che è diventato ancora più sordo da quando gli americani sono arrivati alla casa del carrubo e lei ha perduto anche la distrazione del pianoforte. Le racconta del padre, certo che la madre non lo abbia ancora fatto, e le accarezza la guancia: «Prenditi cura di loro mentre sarò a Catania».

Lei stenta a credere alla bella notizia. «Vedrai che papà starà bene. Sei coraggioso ad andare a prenderlo».

«Devo» dice e si alza, lasciando Elena ancora in compagnia del fratello. Quando esce sente di tremare come una foglia al vento. Ha una terribile paura per quello che sta per fare.

Quando passa davanti allo studio, rallenta. La porta non c'è più e da dentro arriva la voce nitida e alta di Assunta.

Involontariamente gli scappa un sorriso. Assunta ha proprio ragione. In quella casa tenere un segreto sembra impossibile.

Si avvicina e si mette in ascolto.

«Non capisco! Come fai a non comprendere che prima viene la famiglia. La tua famiglia. Sai quel che sta accadendo su quest'isola? A Canicattì i tedeschi hanno ucciso dei poveri civili, all'aeroporto di Biscari hanno sparato a dei soldati che si erano arresi e come se non bastasse l'altro ieri mattina sul ciglio della strada che dall'aeroporto porta in paese hanno trovato una lunga fila di morti. Hanno contato trentaquattro italiani e due tedeschi. Fucilati. Allineati e fucilati. Per non parlare di quello che accade ancora vicino al Simeto».

«Al Ponte Primo Sole?» don Luigi alza lo sguardo verso la sorella.

«Gli inglesi hanno sferrato un altro attacco».

«Come lo sai? Sei una spia?» e ride.

«Ma che spia! Ci basta Lina. Lo ha sentito al mulino. Questa mattina. Sai quanto è sveglia. Sa sempre con chi deve parlare e cosa dire. È preoccupata per te. Ha smosso le acque».

«Cosa ha scoperto?»

«Gli inglesi non sono riusciti a superare il fiume. Le forze italo-tedesche li hanno respinti. Una vera strage». Fa un lungo respiro: «Luigi, ti prego, guarda oltre. Montgomery arriverà comunque a Catania. Cambierà percorso, ma arriverà. È questione di giorni. E questo significa solo una cosa. Altri scontri e altre morti proprio dove stai per andare tu. Di tua volontà. Quante volte te lo devo ripetere?»

«Assunta, per favore, smettila. In giro si sente di tutto, ma nessuno sa bene cosa accada fuori dal paese. Comunque non ti ho fatta venire per discutere ancora una volta di una scelta che ho già preso, ma per...»

«Un mulo. Sei più testardo di un mulo!» sbotta lei.

Luigi non le dà retta. Fa finta di non averla neanche sentita. «Devo chiederti un favore. Qui c'è una busta con una lettera. Desidero che tu la custodisca. Se mi accadesse qualcosa saprai cosa farne».

«Pure? Cos'è, il tuo testamento?»

L'altro sospira: «È tutto quello che voglio» dice e scende il silenzio.

Luca aspetta qualche secondo, poi procede a passo lento, attento a non fare rumore, verso la sua stanza. Non vuole sentire altro.

Sulle scale incontra Lina che lo vede rabbuiato e borbotta una delle sue massime: «*Testa ca nun parra si chiama cucuzza*».

È incredibile, pensa Luca, come quella donna sia in grado di capire sempre l'umore di chi ha vicino.

Le sorride e riprende a salire.

Deve finire di preparare la sacca di tela prima di cena. Ha deciso che partirà poco prima dell'alba.

E non deve dimenticare nulla.

Su una cosa Assunta non sbaglia. Il viaggio non sarà per nulla semplice.

Intanto nello studio Luigi discute ancora con Assunta. È inquieto. Deve confidarle ancora un segreto ma non ne ha alcuna voglia.

«C'è qualcosa che devo sapere?» chiede lei quando lo vede passare i pollici sotto le bretelle marroni.

Luigi inclina la testa e abbozza un sorriso mesto. Assunta è furba come una volpe e lo conosce bene. Così si decide a parlare. «Nella lettera ho fatto anche il nome di Matilde».

Assunta alza il sopracciglio, ma non dice nulla.

Lui annuisce. Sa che sta per fare la cosa giusta. Non importa che non sia riuscito ad amare Matilde come lei desiderava, ma è importante che lei e il figlio non siano dimenticati. E poi di una cosa è certo. Della discrezione della sorella.

«Non hai avuto più occasione di vederla, mi pare di capire» afferma Assunta a voce bassa, scrutando verso l'uscio.

«No. Ma lei non c'entra. Sono io... Non sono più riuscito. Mi spiace. Ma ora devo pensare che è sola, con un bambino piccolo e due genitori anziani».

«Ecco, lo dicevo. Un testamento!» e scuote la testa. «Sempre testardo sei stato. Sempre un sognatore. Deciso a salvare il mondo» sbuffa. «Se non mi ricordassi mio figlio Giulio non ti sopporterei».

Quando la notte fonda è ormai trascorsa, Luca sgattaiola fuori dalla casa del carrubo. Con lo sguardo fisso sulla punta delle scarpe e un grande senso di ansia, si avvia verso l'uliveto e poi verso la vigna.

Fa bene ad andare via da solo? E se non dovesse trovare il padre? Riuscirà a passare il Ponte Primo Sole? Con che scusa? Quella di un figlio che cerca il genitore cieco? Davanti a lui balugina l'immagine del volto di Cosimo. Si augura di non fare la sua stessa fine.

Cammina da due ore quando una folata di vento lo investe. Il vento porta con sé uno strano odore. Terribilmente sgradevole. Luca gira lo sguardo intorno e, nella penombra dell'alba ormai vicina, li vede.

Sono i corpi di due militari canadesi. Hanno una divisa color kaki corta al ginocchio. Una lunga linea scura sotto la gola e il sangue sulla camicia, ormai rappreso, è marrone.

Il taglio che lascia vedere le viscere, il gonfiore delle carni e la nube di mosche che vola intorno ai corpi in decomposizione lo spingono a voltarsi, ma non abbastanza in fretta da non notare che quei due ragazzi privi di vita sono solo poco più grandi di lui.

Ha un conato di vomito.

Quando si riprende, scappa lontano e respira a fondo.

Ha paura. Trema come una *femmina*, ammette a se stesso.

Il dubbio.

Forse non è in grado di raggiungere Catania.

Ha davvero bisogno del sostegno di don Luigi.

Così rassegnato riprende il vicolo di casa. Non lascerà da solo la casa del carrubo, come aveva creduto. Per quanto detesti ammetterlo, non ne ha il coraggio.

Capitolo 53

Berlino, 21 luglio

Jörg Hallermann passeggia su e giù nel grande ufficio. Gli stivali di cuoio nero perfettamente lucidi rimbombano con tonfi regolari e cupi.

Quante volte si è ripromesso di non rivederla e invece ora Julia aspetta un figlio. Un figlio che non avrà mai il suo cognome.

Passa l'indice sul grande mento e siede dietro la scrivania.

Le carte sono allineate, come piace a lui. Un foglio leggermente obliquo. Lo raddrizza. E intanto pensa.

Pensa che non sono stati mesi facili, ma se l'attentato andrà bene in un'unica mattina gli avversari della sua nazione moriranno.

Uniti nella guerra, uniti nella morte.

E lui passerà alla storia per avere tolto di mezzo Churchill, il più grande nemico delle SS, Stalin con il suo comunismo e Roosevelt che ha appoggiato una guerra pur di fare uscire gli Stati Uniti dalla crisi economica in cui erano sprofondati.

Pensa e intanto accarezza gli ampi braccioli della sedia.

Ursula bussa ed entra.

« Il suo caffè » dice e lascia la tazza sulla scrivania.

Il generale le sorride e nota i suoi occhi cerchiati di nero. Sono segno del lavoro instancabile del suo ufficio nelle ultime settimane.

«*Danke, Fräulein.* Ha preparato l'incartamento?»

«*Ja, Chef.* Ho inserito tutto nella cartella. A iniziare dal messaggio partito dalla nave americana intercettato da Enigma». E aggiunge: «Heydrich sarebbe orgoglioso di vedere come siamo operativi e come funzioni bene il nostro sistema di decriptaggio. Enigma è un vero gioiello».

Hallermann abbozza un sorriso di circostanza. Nel sentire il nome del suo predecessore prova la solita punta di stizza. Ma ormai è abituato.

«Ho inserito ogni singolo documento sull'operazione Eureka in ordine cronologico» continua Ursula, puntigliosa.

Il generale sorseggia il liquido nero. Il profumo deciso lo tempra. Il calore che sente scorrergli in gola lo rinvigorisce.

Ursula tentenna e gli porge un foglio dell'Abwehr. «Fräulein Hilde Kraus le manda questo».

Lui alza il sopracciglio. Cosa ha da comunicargli il servizio segreto militare? Cosa sta per accadere a Roma?

Poi sorride. Di un sorriso storto.

La ricezione di quel messaggio è probabilmente opera del buon lavoro dell'Oberführer Müller e dei legami personali da lui stretti con Fräulein Kraus nella capitale italiana.

Passa l'indice sul mento, quasi divertito.

Conosce bene la fama di sciupafemmine dell'Oberführer.

Legge e intanto il suo stato d'animo cambia repentino, il volto si colora di un rosa intenso e la giugulare inizia a pulsare più del dovuto, ingrossandosi:

20 luglio. Mussolini incontra generale Ambrosio.
Italia chiede al duce di abbandonare l'alleanza con la Germania.

Deglutisce, respira e si riprende.

«Bastardi!» mormora.

Fortuna che lui e il Fürher hanno ancora un asso nella manica. Eureka.

Capitolo 54

Acate, 21 luglio

Il tenente Sullivan dà la mano a don Luigi e lo ringrazia con una grande pacca sulla spalla. «Lei mi ha fatto ricredere sui siciliani».

Il farmacista gli stringe la mano, mentre Nunzia mormora: «Poteva andarci peggio».

«Bonu tempu e malu tempu non dura tuttu u tempu» le fa eco Lina.

Luca suo malgrado sorride. La governante ha sempre le parole della saggezza antica a definire ogni cosa.

Quando l'ultimo camion cingolato della US Navy lascia il viale e supera il cancello, sono tutti in cerchio.

Assunta è l'unica con l'aria contrariata. Ha le braccia conserte, serrate. Le unghie quasi conficcate nella pelle degli avambracci: «Non è finita. Qui sembra che siate già in vena di fare festa. La guerra non è finita!»

Don Luigi sospira e scuote la testa. Sua sorella è diventato un disco rotto e la sua pazienza sta per esaurirsi: «Non è tempo di lamentele. Mettiamoci al lavoro». E impartisce gli ordini: «Lina, Assunta. A voi il compito di dare fuoco alle garze sporche che troverete nella stalla. Fate una cernita delle porte che si possono recuperare. Agata andrà da Michele. Credo che ora il bimbo possa finalmente uscire e giocare all'aria aperta. Io ed Elena romperemo il muro del mio studio per ripescare la radio. Ascolteremo cosa accade nel mondo. E dopo andremo a riprenderci il nostro pianoforte. O almeno quel che ne è rimasto» dice e strizza l'occhio alla ragazzina. È contento di poterla fare felice. E nel vedere i suoi grandi occhi azzurri animarsi di una nuova luce pensa per la prima volta che il ritorno di Vittorio sia per tutti la cosa giusta, e anche il dolore che gli chiude il petto da giorni per la rinnovata perdita di Agata sembra placarsi.

Elena a quel punto scappa senza perdere tempo verso lo studio. Eccitata.

«Luca e Nunzia, prendete l'asino che ci è rimasto e andate alla casa delle spezie a recuperare le scorte di viveri. Prima però passate da Ezio, lo spicciafaccende che lavora alla posta. Chiedetegli di procurarmi della benzina al mercato nero» e indica l'Aprilia berlina lasciata dagli americani: «Vediamo fin dove ci può portare quella macchina». Aveva sperato che Sullivan la lasciasse e così era stato.

Assunta sembra punta da una vespa: «Ancora con questa storia. Meglio che facciamo qualcosa, che se no esco pazza» dice e muove i primi passi.

Lina la segue a ruota.

Le due donne si incamminano. Ma ancora prima di arrivare alla stalla vedono il terreno disseminato di bende sporche di sangue: «Le tende *buone*» lamenta Assunta. «Erano del corredo di mia madre. Non mi aveva lasciato altro». Poi borbotta: «Mio fratello è un incosciente».

«Suo fratello è grande».

«Si è messo a fare il paladino della famiglia Floridia».

«Sono brave persone. Elena, poi... *Truppu sicca*, ma un zuccherino».

«Non dico che non siano brave persone. Dico che l'isola è ancora in guerra e che serve prudenza».

«*Iddu è omo* e sa quel che fa».

Assunta la fulmina con lo sguardo e comincia a raccogliere le pezze da terra per farne un grande cumulo. I gesti sono automatici e veloci, servono ad allontanare la morsa che le serra lo stomaco. Il dolore con cui ha convissuto per tre anni torna a diventare pungente. Già una volta la sua fiducia nel pericolo scampato l'ha resa vulnerabile, ai suoi occhi e a quelli dei compaesani.

Il passato ritorna presente.

Si rivede la sera della festa al municipio, vestita nel suo abito lungo di raso bordeaux fatto confezionare a Palermo, che le lascia libere le spalle, riscaldate dalla lunga stola di pelliccia di visone. Al collo due fili di perle e al suo fianco il marito e il figlio.

Quella sera si sentiva intoccabile. Una favorita dalla sorte.

Suo fratello aveva fatto fortuna e le aveva garantito una dote. Questo le aveva consentito di sposare uno degli uomini più in vista del paese e di diventare una donna ricca e rispettata. Giulio aveva superato il tifo e Nunzia era bella come un fiore.

Mai avrebbe immaginato che nel giro di poco avrebbe perduto prima il suo amato sposo, poi il suo adorato figlio e ora l'onore della figlia.

Con la testa tra le nuvole raccoglie una camicia militare da terra e la getta nel mucchio, insieme alle altre, poi è la volta di uno stivale.

Il respiro diventa pesante.

Stira la schiena. Chinarsi continuamente non le fa bene.

Mentre è ferma dei B-17 passano in cielo, diretti verso nord-est.

Altre bombe, immagina, altre bombe per altre città siciliane. E si ritrova a parlare tra sé e sé: «Chissà cosa accadrà domani». Perché dalla vita ha imparato che l'esistenza è imprevedibile. Tante, troppe nostre aspettative vengono tradite e la guerra è solo causa di morte. Per un attimo anche lei spera che la Sicilia venga liberata. Che quell'incubo finisca. E non perché come il fratello detesti il governo italiano. Per lei gli alleati sono nemici. Lo sono da tre anni e ora hanno invaso la sua terra. È semplicemente stanca. Teme per suo fratello, per Nunzia, per Lina e, anche se detesti ammetterlo, per i Floridia.

In lontananza il suono di una sirena.

Il rumore la riporta al lavoro da svolgere. Chiama Lina: «Qui il grosso è stato raccolto. Andiamo alla stalla».

«Attacca lu sceccu dunni voli lu patruni» borbotta la donna guardandosi intorno.

«Quando la finirai di dire *minchiate*?» la rimprovera Assunta, ma il tono è amicale.

Le due donne all'improvviso si mettono a ridere e camminando a zig zag raggiungono la stalla.

Aprono l'alta porta in legno e si portano le mani al volto.

Davanti a loro una decina di corpi senza vita.

Assunta e Lina si scambiano un'occhiata carica di dolore e incredulità. Lina fa cenno di entrare. Assunta procede dritta. La sua lunga gonna striscia sopra i rivoli di sangue che stagna a terra. Ma neanche quello la ferma. Raggiunge il macabro cumulo e sposta i corpi dei soldati privi di vita. Vuole vedere i loro volti.

La zaffata che colpisce le narici è disgustosa.

Arriccia il naso.

Finalmente sta per ritrarsi, ma si ferma. Ha appena scorto un viso che sembra quello di un bambino. 'Dimostra meno anni di Luca' pensa, e intanto si accorge che le dita della mano destra sono mozzate.

Vede anche che la piastrina al collo del soldato è ancora integra. «Non importa che tu sia un invasore» dice. La spezza e infila la metà che le rimane tra le dita nella tasca della gonna nera. La porterà lei stessa, appena potrà, alla sede dell'Amgot di Acate, per denunciare la morte di quel ragazzo. «Tua madre saprà che non deve più aspettarti e potrà pregare per te».

Inconsapevolmente fa il segno della croce. Sono anni che ha dimenticato quel semplice gesto.

Non lo compie da quando ha perso Giulio, perché da allora ha smesso di credere in Dio.

Ma ora sente di nuovo il bisogno di sapere che Dio esiste.

Che è lì, da qualche parte.

A osservare l'inferno.

Capitolo 55

Acate, 23 luglio

Don Luigi si attarda nello studio. Finisce di preparare la sacca da portare.

Ha messo qualche indumento, un cappello, una borraccia.

Si avvicina alla libreria e sente un brivido correre lungo la schiena. Il passato ritorna a bussare alla sua porta. Dentro uno di quei libri, infatti, c'è il foglio con i numeri dei centralini dei gruppi di resistenza presenti in Sicilia. 'Chissà se sono ancora attivi' si chiede. Lo ripiega in quattro e lo infila nella sacca.

La sera prima Ezio, il ragazzo del carro, è venuto. La benzina che ha procurato non è molta. Ma basterà per arrivare all'altezza di Siracusa e con un po' di fortuna forse anche ad Augusta o addirittura a Lentini. Da lì continueranno a piedi.

Va verso la scrivania e recupera il telegramma ricevuto dal dottore di Catania. È pur sempre una scusa utile a spiegare il loro viaggio qualora venissero fermati. E soprattutto è la verità.

Ormai ha accettato il corso degli eventi e ha smesso di agitarsi per il ritorno di Vittorio nella sua vita. Come gli ha insegnato Agata, chi non si rassegna non avrà mai pace.

Ha appena finito di sistemare quando sente bussare. «Avanti».

È Nunzia. Gli occhi gonfi e il viso basso. «Zio... la radio. Forse dicono qualcosa sui soldati».

«La puoi accendere, ma dubito che daranno le notizie su un

tenente che ha disertato». Nasconde l'astio che ancora prova per Politi.

«L'Amgot ha diffuso un proclama ai nuovi podestà delle città siciliane perché redigano la lista dei deceduti. In ogni centro abitato della città, siano essi militari o civili. Alle ore venti su Radio Palermo danno i nomi».

«Sei sicura?»

«*Me lo ha contato* ieri sera Ezio».

«Allora proviamo. Manca poco alle venti». Don Luigi armeggia con le grandi manopole dell'apparecchio. In fondo cosa gli costa fare felice la nipote?

La notizia di apertura è quella del bombardamento su Roma, segue quella di una sparatoria alla fabbrica di sapone di Canicattì in cui hanno perso la vita una trentina di civili. Infine il lungo elenco di nomi.

Nunzia rimane attaccata all'apparecchio.

Un sospiro di sollievo.

Tra i nomi c'è un Paolo, ma non è il suo Paolo.

Un sorriso si apre sul volto e scappa via.

Don Luigi rimane solo. Si guarda intorno. Le porte sono di nuovo al loro posto, la casa sembra ritrovare la sua antica forma. Lentamente si avvicina al pianoforte. Lo ha fatto riportare nello studio. Ma non è più quello di un tempo. Tre tasti bianchi hanno perso la copertura. Ma a colpirlo di più è il legno della coda. Un tempo lucido, ora ha una grande macchia al centro e in tanti punti si è imbarcato. Siede e suona le prime note della *Norma*, la melodia che è riuscito a insegnare a Elena.

Ma il suono è distorto.

Il suo amato pianoforte è scordato.

Si alza, sospira ed esce anche lui da casa.

Dopotutto sono ancora lì. E quella sera non vuole rabbuiarsi. La vita, pensa, è troppo breve per non godere dei singoli momenti di felicità che ci riserva.

Nello spiazzo un lungo tavolo apparecchiato sull'aia, sotto il grande carrubo.

Al centro un grande barattolo di alici salate sott'olio, olive, pomodori secchi e una forma di formaggio. Elena tiene in mano un paniere di more selvatiche appena raccolte e Assunta porta due bottiglie di vino rosso. «Hai fatto bene a nasconderle alla casa delle spezie». Sorride al fratello. «Quelli si bevevano tutto».

Lina intanto mette nei piatti la pasta fatta in casa. «Finocchietto selvatico e pinoli» annuncia soddisfatta. «In campagna non ho trovato altro da raccogliere».

Tutti prendono posto.

Sono stanchi, ma in fondo soddisfatti. Sono stati due giorni di intenso lavoro. Quella che ha richiesto più tempo è stata la stalla. Mentre Luca e don Luigi hanno scavato un lunga fossa per i corpi dei cadaveri, le donne hanno recuperato gli attrezzi che erano ancora conservati lì. Poi hanno tirato fuori l'asino, unico animale superstite, insieme al cane, al passaggio degli americani. Gli hanno dato riparo sotto la tettoria dell'aia, dove dorme anche Baldo, che ora scodinzola girando intorno a Michele mentre il bambino gli lancia una palla di pezza azzurra.

A oriente si levano ancora dei razzi e il rumore degli aerei in cielo è continuo.

'Un momento di serenità, mentre intorno il mondo va in fiamme' non può fare a meno di considerare don Luigi. In fondo sa che la sorella ha ragione e che mettersi in marcia non è prudente. Ma ha fatto una promessa e la manterrà.

Quando sono tutti seduti Nunzia, con la bocca piena, racconta. «Alla radio hanno detto che le truppe britanniche hanno occupato il Ponte Primo Sole, ma dopo sono state respinte. Definitivamente. Credo che possiate passare da lì per andare a Catania».

«Questo ci risparmierà diversi giorni di cammino» considera Luca.

Assunta cambia discorso. «Oggi ho portato la piastrina all'Amgot. Dovevate vedere la scena. Amedeo Lo Iacono. L'uomo del fascio. Strenuo sostenitore di Mussolini e della sua politica estera, lo ricordate? Era lì. A scodinzolare davanti agli ufficiali alleati, complimentandosi con loro per i successi militari. E con lui altri».

«*U sceccu unni cari si susi*» sentenzia Lina.

«Uno schifo». Riprende Assunta. «Questi l'onore non sanno cosa sia. Sono solo *sciacqualattughe*» conclude infine.

«Anche noi abbiamo accolto dei soldati americani» afferma ingenua Elena. Il fervore di Assunta la incuriosisce.

«Non avevamo scelta, cara mia. In ogni caso mio fratello ha sempre avuto il buon gusto di non leccare i piedi ai fascisti. Io la penso diversamente da lui. Sento che quelli sono venuti qui a spararci. Non mi importa della politica. Ma chiunque uccida degli italiani per me è un nemico» dice e affonda la forchetta con foga nella pasta.

Don Luigi scherza: «Almeno questa guerra ti ha fatto ritrovare voglia di mangiare». E, dopo aver bevuto un lungo sorso di vino, aggiunge: «E di parlare».

Tutti scoppiano a ridere. Intanto l'uomo guarda verso Agata, che imbocca il piccolo Michele.

Incontra il suo sguardo.

Sembra che il tempo si fermi.

Ma la magia ha la durata di un battito di ciglia.

Capitolo 56

Roma, 24 luglio

La piazza è deserta.

Da quasi una settimana la popolazione è rintanata a casa.

Gli abitanti di Roma hanno paura.

Paura di uscire.

Paura che altre bombe cadano dal cielo a sbriciolare i secolari palazzi e a ridurre in brandelli i loro corpi e quelli dei loro cari.

«Ogni storia ha la sua la fine» borbotta l'alto gerarca fascista a bordo della Lancia Asturia blu notte guidata dall'autista. L'uomo ha quasi cinquant'anni, ha la fronte alta e stempiata, gli occhi incavati e una folta barba ancora scura, nonostante l'età.

Sono settimane che ci pensa.

Da tre anni persegue in silenzio l'obiettivo di allontanare l'Italia dalla Germania. Lo sbarco in Sicilia è stato solo la giusta occasione per poter fare leva sul re e sui suoi colleghi di partito. La reazione dei soldati sull'isola ha buttato giù le ultime remore. In molti, in troppi, hanno disertato, mostrando il vero volto e il reale pensiero degli italiani. Ormai è chiaro a tutti che il popolo vive il conflitto mondiale come la guerra dei fascisti e non come la guerra per la patria. Bisogna prenderne atto.

Quando la macchina sosta in prossimità di palazzo Venezia, l'uomo con la barba smonta, liscia la sahariana nera e si avvia a passo sicuro verso l'edificio.

Nell'atrio vede altri gerarchi. Alcuni stanno già per salire lungo lo scalone di marmo bianco. Li saluta, senza fermarsi. Non è quello il momento di parlare.

Quando entra nella sontuosa sala del pappagallo, l'uomo con la barba respira a pieni polmoni. È tutto come lo ricorda. Il tavolo di legno è ancora disposto a formare una grande U. Sopra, le lampade dal profilo ricurvo. Intorno, le pesanti poltrone di pelle scura. Il suo sguardo si blocca sul posto centrale, quello in cui siederà presto il duce. Lì un lungo panno scende fino a terra.

'Da troppo tempo il Gran Consiglio del fascismo non si riunisce' pensa. 'Messo da parte come una bambola rotta. Ma oggi Mussolini avrà una spiacevole sorpresa' e per qualche secondo si chiede se già non immagini. Si domanda se si sia preparato alla riunione. Se anche lui non abbia tramato nell'ombra. 'Facile crederlo' considera e intanto poggia la mano sulla cartella di pelle marrone che ha con sé. Ha già deciso che parlerà a braccio. Sa di essere un abile oratore. Il suo è un talento innato e la sua attività diplomatica ha affinato il tiro.

Ma il momento è delicato. Le parole che quella sera sembreranno uscire di getto, sono già state scritte, limate, calcolate. E conservate lì dentro, nella sua portadocumenti. Nulla quel pomeriggio è lasciato al caso.

La stanza si riempie in fretta.

Tutti prendono posto. Le uniformi nere in perfetto ordine, i volti rasati, l'aspetto curato.

L'uomo con la barba li conta. Ventisette.

Quando l'orologio batte cinque colpi lunghi e uno breve, il duce entra nella sala.

Ora il Gran Consiglio è al completo.

Scende il silenzio.

Il primo intervento è di Mussolini. Con il solito vocione riassume la situazione bellica del Paese. Attacca con dure parole l'Inghilterra, ricordando, abilmente, che Churchill ha deciso di fare guerra all'Italia e non al fascismo.

Segue un secondo e un terzo intervento. Poi la parola a un gerarca dal mento pronunciato. In mano tiene una matita. L'uomo ha un passato da giornalista e per sua deformazione professionale prende sempre appunti. Dall'inizio della riunione con quella matita affilata ha vergato già diversi fogli, nonostante il duce abbia espressamente chiesto che non ci sia alcun verbale della riunione.

L'ex giornalista mette il dito proprio sul distacco. Il distacco dal partito che si registra ovunque nel Paese.

L'uomo con la barba sorride. Il primo strale è scoccato dalla freccia. Il dissenso si tasta nell'aria. Osserva di sottecchi la faccia del duce. La mascella è serrata, le labbra chiuse, gli occhi si muovono nervosi.

Il tempo scorre.

Guerra o pace?

Resa o resistenza?

Non è più questo il punto e gli uomini seduti intorno al tavolo lo sanno.

Finalmente arriva il suo turno.

Si alza in piedi. Raddrizza la schiena. Il silenzio è così reale che lo si potrebbe tagliare con un coltello affilato.

L'orologio batte nove colpi lunghi.

«Oggi ho l'onore di parlare, dopo ben quattro anni, davanti al Gran Consiglio del fascismo, nostro organo supremo di partito» esordisce. E poi, dritto al punto, come uno stiletto affilato che entra nelle morbide carni: «Dopo i fatti della Sicilia e alla luce degli eventi bellici a livello internazionale, è indispensabile a mio avviso ripristinare tutti gli organi istituzionali. Chiedo pertanto che il nostro re torni a prendere il comando delle forze armate e torni alla guida delle istituzioni».

Una mosca vola nell'aria.

La lancetta dell'orologio propone uno snervante *tic tac*.

Tutti si guardano.

Un gerarca chiede la parola. Ha il viso rotondo, i capelli rasati. «Proporrei di sospendere la riunione» dice mentre un goccia di sudore scende lungo la guancia per finire sulla divisa. «È già tardi. Domani mattina potremmo...»

Ma l'uomo con la barba ribatte con prontezza, senza lasciarlo finire: «Per altre questioni abbiamo fatto l'alba. Per una di tale importanza credo non si debba lasciare la sala prima della conclusione dei lavori». L'uomo sa che fare uscire i membri del Gran Consiglio da lì sarebbe per lui un suicidio. Le notti, gli ha insegnato la Storia, sono piene di coltelli affilati.

Fortunatamente gli altri gerarchi annuiscono. Sono dalla sua parte. E questo lo tranquillizza.

Il duce chiede la parola. Il pugno è chiuso tanto che le nocche diventano bianche. La voce è sicura: «Se la mozione fosse approvata» dice e intanto incenerisce con lo sguardo l'uomo con la barba, «restituirei oggi stesso le deleghe al re. Che si vada ai voti».

Il tempo scorre.

A turno tutti parlano.

Parlano ancora.

Per ore.

La notte è fonda e avvolge la città con il suo manto nero.

Roma è più silenziosa che mai, se pure le finestre della sala sono spalancate per combattere il caldo di luglio.

Alla fine lo spoglio.

Otto no.

Un astenuto.

Diciannove sì.

La seduta è tolta.

Il duce è destituito.

Nella sala rimane solo Mussolini. Quando sa di non essere visto, batte un pugno sul tavolo: «Maledetto Churchill. Maledetta Sicilia».

L'isola ha squarciato il velo della verità.

Intanto le luci si spengono e con loro si spegne il suo sogno.

Dopo quasi ventun anni il governo fascista si sbriciola.

Capitolo 57

Acate, 25 luglio

Il vecchio carro tirato dal mulo è appena rientrato. Assunta quella mattina ha indossato il suo migliore abito nero e senza dire nulla ha armato l'asino e ha lasciato la proprietà.

Per tre giorni dopo la partenza del fratello è stata tentata di farlo. Ma il rumore dei razzi a oriente e le jeep di soldati canadesi e americani l'hanno sempre fermata.

Quella mattina c'è solo il boato degli aerei che passano in cielo, diretti altrove. La campagna circostante è tranquilla.

Così si è finalmente decisa.

Deve andare in chiesa.

Deve confessare i suoi peccati.

Deve pregare.

«*Bedda matri*» dice Lina appena la vede tornare. «*Il cuore in gola avevamo*».

Lei la tranquillizza: «Ero in chiesa. Ho acceso un cero per Giulio» e dopo una breve esitazione: «Uno per il ragazzo della piastrina e uno per il paracadutista».

«Ma proprio ora 'sta smania di pregare?» Lina scuote la testa.

Assunta cambia espressione: «Non è della messa che ti devi preoccupare. Leggi qua» e le porge un foglio. «Meno male che sono *salita* in paese. La farmacia! *Talia.* L'Amgot ci impone di riaprire. Almeno tre mezze giornate a settimana».

« E come si fa? »

Assunta alza le spalle: « Nunzia... L'accompagneremo a turno. Quello scriteriato di mio fratello! *Chiuse a casa dovevamo stare!* »

« *Matri santissima* ». Lina porta la mano sulla tempia. « Nunzia? Una donna... il paese mormorerà ».

« Lo lasceremo mormorare. Non c'è altra soluzione per non perdere la farmacia. Già li sento, gli avvoltoi ». Intanto Assunta è scesa dal carro e ha riposto le redini.

« E i soldati alleati? »

« La maggior parte delle truppe hanno lasciato la zona ».

« Gli autobus? I treni? »

Lei alza il mento e schiocca la lingua sul palato: « Niente ». Previene Lina e la imita: « *Luigi solo con la berlina poteva andare* ».

La governante annuisce, soddisfatta. « *Lo dicevo, io* ».

« In paese comunque manca la luce » continua Assunta: « Da ieri. Siamo fortunate che qui ancora vada e venga ».

Le due donne chiudono il carro nella stalla e liberano il mulo. « Il veterinario Lo Iacono fa come un diavolo. Ronza ancora intorno all'Amgot ».

« Ancora? »

« Il classico esempio di opportunismo dell'ultima ora. Farebbe di tutto per far dimenticare il suo passato fascista ».

« *Nuddu mischiatu cu nnenti* ». Sentenzia la governante mentre rientrano verso casa.

« Mi sono dovuta morsicare la lingua per non parlare. Glielo dicevo io, agli americani, chi è Lo Iacono ».

« Assunta, sei stata muta per tre anni. Hai deciso di fare tutto ora? Sparare, pregare e parlare? » Lina non sembra darsi pace, ma sul volto le spunta l'ombra di un sorriso.

La donna non le dà retta e continua a parlare a ruota: « Ma tanto quelli tutto sanno e sentono. Lo Iacono gli serve, così lo usano. Cosa importa a loro del suo passato? »

« *Nun c'è cchiu surdu di cu non voli sentiri* ».

« Ora basta con questi proverbi! » sbotta Assunta che cambia subito tono: « A proposito sai chi ho intravisto in paese? Il tenente Sullivan ».

« Non è partito? »

« *Sacciu iu.* Mi ha salutata da lontano, ma io me lo sono fatta alla larga. Non vorrei gli venisse la malaugurata idea di tornare qui ».

Mentre parla vede Nunzia in lontananza.

« La testa ancora là ce l'ha. Al tenente » le confida Lina.

L'altra la fulmina con lo sguardo. « *Muta devi stare.* Muta! Meno se ne parla meglio è. Per tutti ».

Poi fa un cenno alla figlia di avvicinarsi.

Deve dirle della farmacia.

Capitolo 58

Sulla strada per Catania, 25 luglio

Otto ore di guida ininterrotte. Da quando sono partiti lui e Luca, per evitare le truppe inglesi e scozzesi che si spostano verso l'Etna, hanno dovuto fare più di una deviazione.

Hanno superato Mazzarone, Vizzini e da poco Lentini.

Nel tardo pomeriggio una sosta in un bar vicino al San Leonardo. Il bagno è sporco e il bancone vuoto. Solo pane e mortadella.

Sono seduti sulla panca all'aperto. Mordono il cibo veloci e bevono acqua. Calda.

Dal locale arriva il rumore di una radio.

Prima la musica.

Poi una voce.

Metallica.

Il tono concitato.

E la notizia: «Verso il ritorno alla normalità costituzionale. Il partito fascista sciolto nella notte dalla seduta del Gran Consiglio. Favorevoli all'ordine del giorno di Dino Grandi diciannove su ventotto gerarchi. Verso le tre di questa notte Mussolini è stato destituito».

«*Minchia!* Roba grossa» dice il barista uscendo.

Don Luigi si alza di scatto. Emozionato, afferra un giornale dalla rastrelliera. Da quanto tempo ha atteso una notizia del genere?

«Sui quotidiani la notizia non compare» lo precede il barista.

«Lo prendo comunque» taglia corto il farmacista, che si affretta a pagare. L'adrenalina provata a Guadalajara risorge prepotente a riscaldargli il cuore. Il fascismo è caduto. Dino Grandi, pensa don Luigi, il ministro degli Esteri che allo scoppio della guerra è dovuto rientrare dall'Inghilterra, il fascista che non ha mai visto bene il patto d'acciaio stretto da Mussolini con Hitler, e che in alcuni ambienti si diceva vicino a Churchill, ha promosso l'ordine del giorno. Che si tratti di un caso? Lui non ci crede. «Ma nessuno lo saprà mai» bisbiglia mentre tira un lungo sospiro di sollievo e sente una strana euforia spandersi nel petto.

È felice come poche volte in vita sua. Sa che lui appartiene a un mondo in cui regna la libertà: per quella è stato in passato disposto a combattere, per quella lo sarebbe ancora oggi.

«Lo hanno allontanato per salvarsi?» chiede Luca quando arrivano alla macchina.

«Non credo avessero altra scelta. L'Italia non può permettersi la guerra al fianco di quei fanatici». Si limita a rispondere. «Se pure la Sicilia ancora non è formalmente caduta, lo sbarco deve essere stato un pieno successo per gli alleati». Sorride. «E chi doveva dirlo che saremmo stati la miccia del cambiamento!»

Dopo legge ad alta voce il titolo sul quotidiano che tiene in mano: «*L'inaspettata resistenza delle truppe italo-tedesche alle porte di Catania ha costretto Montgomery a ritirarsi*».

«Non sembra sia ancora finita» commenta Luca.

«Vedrai che il generale arriverà comunque a Catania. Gli servirà solo più tempo. Questione di settimane o di giorni». E lo sprona: «Dai, risaliamo in macchina. Ormai manca poco, e se davvero le truppe italiane hanno respinto Montgomery possiamo ancora fare in tempo a superare il ponte sul Simeto. Mussolini è caduto, ma sulla carta siamo ancora alleati tedeschi».

Luca apre la portiera. È rovente. Siede sul paraurti, ma lascia lo sportello aperto. «Forse è meglio aspettare che l'abitacolo si rinfreschi».

Don Luigi annuisce. Ne approfitterà per continuare la lettura del giornale.

Il ragazzo intanto estrae dal suo zaino di tela un foglio e una matita. Luigi sposta lo sguardo verso di lui e si ritrova a riflettere su quanto sia cambiata la sua vita con l'arrivo di Elena, Luca e Michele. Non sarà solo Agata a mancargli, di questo è certo. Vede che Luca si siede meglio, con le gambe accovacciate. Ha un pezzo di carta tra le mani. Lo osserva rapito. Inclina leggermente la testa e con la matita appone un segno, poi un altro. Alza il sopracciglio. Un luccichio negli occhi, un gran sorriso e un urlo di sorpresa.

«Cos'è?» chiede a quel punto il farmacista e indica il foglio.

«Un messaggio. Era di Paolo» e gli racconta cosa è accaduto nel querceto.

«Sparato? Gli hai sparato? Come?» Non riesce a credere a quello che sente.

Luca diventa rosso e infila la mano nello zaino. Dopo poco mostra la pistola.

«L'hai presa al cadavere? E la porti con te? Se ci perquisiscono... Il dispaccio dell'Amgot imponeva di consegnare tutte le armi». Lo stupore si unisce alla preoccupazione e all'ammirazione per il coraggio del giovane. Così scuote la testa e abbozza un sorriso.

«Ma la lupara?» fa notare Luca.

«È chiusa a casa. Ben nascosta. Dammi» e senza lasciare al ragazzo il tempo di dire altro prende l'arma e la infila nell'imbottitura del sedile, lì dove trova uno spazio. Deciderà dopo cosa farne. «Ora raccontami del biglietto».

«Credo, ma potrei sbagliare, che sia un messaggio per i servizi segreti alleati».

Il respiro di don Luigi accelera. La passione che più volte nell'ultimo mese aveva cercato di frenare esplode. La curiosità lo agita. Eppure davanti a Luca non vuole mostrare debolezze. Così con tutta la calma che riesce a raccogliere afferma: « Non mi meraviglierei, visto quel che ci ha confessato Politi. Ma come fai a capirci qualcosa? » e aggrotta la fronte.

« Non credevo infatti di riuscire a decifrare nulla, né che mai sarei riuscito, se non fosse per questa parola scritta anche in caratteri latini e poi ripetuta in codice ». Luca porta il dito su un vocabolo scritto in alto: *Eureka.*

« Una sorta di chiave per sciogliere il codice » riflette don Luigi.

« Esatto ». Il ragazzo intanto indica in un altro punto. « Qui la stessa parola 'Eureka' è scritta in simboli. Una volta che ho capito questo, ho proseguito come fosse un gioco di enigmistica. Non è stato per nulla facile. Sono giorni che ci penso. Fino a ora mi mancavano delle lettere. Ora non so come... ho compreso ».

« E cosa ci sarebbe scritto? »

Luca inizia a leggere, piano. Ogni tanto si ferma a ripetere singole parole, come titubasse:

Servizi sicurezza tedeschi decodificato messaggio US Navy – atlantico. Scoperta operazione Eureka. Data e luogo. Hallermann programma attentato Teheran per i tre capi di stato. Intercettata spia tedesca, Friedrich Müller, nome in codice Die Nacht.

Don Luigi spalanca la bocca, poi la richiude.

« Un attentato ai tre capi di stato da parte dei servizi segreti tedeschi? » sbotta infine. E senza pensarci mormora: « Churchill, Roosevelt, Stalin. I nemici di Hitler. Ora che anche l'Italia sta per abbandonare la causa tedesca e che il fronte russo dà parecchio filo da torcere ai tedeschi, la loro morte sarebbe provvidenziale per quel piccolo ometto con i baffi. Sarebbe monito della sua forza ».

« Ma noi cosa possiamo fare? »

Il farmacista lo guarda stupito. « Possiamo cambiare il corso della Storia » dice e istintivamente porta le dita sulla cicatrice al fianco. Il combattente è tornato. Risorto dalle ceneri che lo hanno tenuto nascosto per anni.

Senza perdere altro tempo mette in moto la macchina.

La vettura parte, fa un lieve balzo e si ferma.

La benzina è finita.

Capitolo 59

Acate, 26 luglio

« Non c'è acqua! » Elena entra nel salotto dove Assunta, Lina e Nunzia discutono i turni della farmacia. Ha le mani sporche di fango. « Non c'è acqua! » ripete.

« Sarà saltata qualche tubatura » considera Nunzia. La voce è preoccupata.

« Ma abbiamo il pozzo » la tranquillizza Lina.

Nella stanza scende un sospiro di sollievo.

Tutte e quattro escono veloci per raggiungere il centro dell'aia e aprire la botola della cisterna.

« È chiusa ».

« Lina, vai a prendere la chiave » ordina Assunta.

I minuti passano lenti.

« Ma dov'è finita? » chiede Nunzia.

La governante dopo un po' torna con una grossa chiave di ferro, pesante: « Era all'ingresso. Ma che ci faceva lì? » E senza aspettare una risposta la inserisce nella toppa e gira.

Una volta.

Due volte.

Il meccanismo scatta, Lina solleva allora la pesante grata e, afferrata con destrezza la carrucola, fa scendere il secchio di legno legato alla robusta corda.

Un tonfo.

Secco.

« *Matri santa!* » Lina congiunge le mani.

« Il pozzo è vuoto! » urla Elena. La paura l'assale.

« I soldati americani! » Assunta è stizzita. « *Come le cavallette erano.* Non ce ne siamo neanche accorte ».

« C'è la cisterna della casa delle spezie » propone Nunzia.

« Per qualche giorno basta, ma poi? »

Le donne si chiudono in cerchio. « L'andremo a prendere alla fontana ».

Lina alza le spalle.

« Perché attendere? » interviene Assunta. Sente che tocca a lei tranquillizzare le altre e prendere una decisione. « Oggi la situazione è tranquilla, forse conviene farlo subito. Abbiamo il carro. La fonte non è lontana ».

« Vado in farmacia da sola? » Nunzia è perplessa.

Elena ha ancora le mani sporche di terra, le tiene in aria: « Vengo io con te. Non sono più una bambina » dice mentre la voce le trema leggermente.

« Ci travestiamo da *masculazzi* e andiamo in bicicletta senza fermarci ».

Le donne si guardano. Assunta acconsente: « Non credo ci siano altre soluzioni. Agata baderà alla casa e starà con Michele. La lupara è carica ».

Le due ragazze hanno indossato i calzoni e le camicie di Luca e hanno raccolto i capelli dentro la coppola. Ora pedalano veloci verso il paese. Percorrono la via sterrata, disseminata di ciottoli bianchi, superano la vigna e continuano oltre il campo di margherite bianche senza incontrare anima viva.

Sudate entrano in paese ed Elena butta fuori un sospiro di sollievo. « Ce l'abbiamo fatta, dice ». Ma non ha finito di parlare che due camion di soldati inglesi le superano alzando un gran polverone. « Ci mancavano solo gli inglesi » lamenta allora. Non riesce ad allontanare da sé la sensazione di fragilità. Si sente piccola rispetto a quello che le accade intorno, ma non vuole che Nunzia possa per questo prenderla in giro.

«Non ci hanno neanche calcolate. Ormai il pericolo è scampato. Sicuramente non tornano indietro per due ragazzi in bici». E per tranquillizzarla le strizza l'occhio: «Nella peggiore delle ipotesi sono armata».

«Armata?»

«Ho portato un coltello a serramanico».

«Pensi di rimandare indietro un'intera truppa con un coltello?» Ora Elena ride divertita. Per un attimo il senso di oppressione è placato.

Ma la sua paura si dissipa solo quando raggiungono la strada maestra. Fermano le biciclette rimanendo in sella e vedono i camion dei soldati americani e canadesi sfilare al centro della via dietro agli inglesi, mentre ai lati della strada gli abitanti di Acate sorridono e applaudono come fosse una parata.

«Fanno festa agli invasori» sbotta Elena. «Tua madre inorridirebbe».

«Convenienza, liberazione, speranza. Ognuno lo fa per ragioni diverse».

«A te non dispiace?»

«Io la penso come lo zio, non come mia madre. A me questa guerra non piace. Qualsiasi cosa purché finisca».

«Ma per anni abbiamo combattuto contro inglesi e americani. Tu hai perso tuo fratello» incalza Elena, «magari a spararagli è stato uno di loro».

«Non c'erano in Albania». Nunzia la guarda fissa negli occhi: «Dai, andiamo in farmacia» dice dopo.

Quando arrivano davanti alla bottega il sole è alto. Smontano dalla bici e aprono la saracinesca: «Mettiamole dentro. Non vorrei che ce le rubino».

Elena la segue, cauta.

Il locale è buio e c'è odore di polvere.

Alcune blatte morte sul pavimento.

«Avremo un bel po' da lavorare» considera Nunzia. Non ha finito di parlare che già un primo cliente fa capolino. E subito dopo un altro.

«Dai, io penso a pulire. Prendo l'acqua dal pozzo. Senza luce non si può far diversamente» si offre la più giovane. «Tu pensa a servire».

Le ore passano in fretta. Vedere tante persone e lavorare le distrae. Anche il ricordo di Paolo per la prima volta si allontana dai pensieri di Nunzia e dopo tanti giorni smette finalmente di farle male.

Un ultimo cliente.

È un signore basso, dalla vita larga e dal volto coperto di rughe. Rughe lasciate dal lavoro nei campi e dal sole. Fa una terribile puzza d'aglio e tiene in mano un cappello logoro, già più volte rammendato. L'uomo poggia un sacco con degli indumenti sul bancone. Poi inizia a parlare. «Mi manda Currao, il medico di Canicattì. Cerco tuo zio» e si guarda intorno, perplesso.

«Don Luigi oggi non è qui» risponde vaga Nunzia.

«È per un giovane che ho portato da Acate a Canicattì in carro. Il ragazzo era stato curato da tuo zio, per una ferita alla testa. Il dottore voleva avvisarlo. Forse erano amici».

«Un giovane? Alla testa?» fa eco Nunzia.

«Aveva una ferita... Sì, un bel giovanotto» e alza gli occhi al cielo.

Il cuore di Nunzia batte all'impazzata.

«È ancora lì? A Canicattì? Sta male?»

Quello schiocca con la lingua. «*Purazzo. Moriu.* Nella sparatoria alla fabbrica di sapone» e scuote la testa. «*Una strage ci fu*».

Nunzia sente le gambe che le cedono.

Elena nel vederla impallidire si avvicina. «Ricorda come si chiama?» chiede la ragazzina all'uomo.

«Palazzolo. Qualcosa del genere».

Il respiro di Nunzia torna regolare.

«La cosa che mi spiace è che a Canicattì ce lo avevo portato io.

Lo *raccattai* al bivio vicino al querceto una settimana fa. C'era buio. Sanguinava da un orecchio. Qualcuno gli aveva sparato».

«L'orecchio?» Un altro sospiro di sollievo delle ragazze accompagnato da una lampadina che si accende. In paese è tornata la luce.

«A me sembrava fosse uno dei tanti che hanno lasciato l'esercito» riprende l'uomo. «Documenti non ne aveva». Poi piega la testa. «Ci siamo capiti, no? Magari ha mentito sul cognome. In questi casi...» e cambia tono: «Lo dica allo zio» e spinge il sacco di indumenti verso di lei: «Qui ci sono le poche cose che ha lasciato a casa di Currao».

Nunzia apre il pacco.

Le sembra di sentire rumore di vetri infranti.

Sono i suoi sogni che si sgretolano.

Capitolo 60

Piana di Catania, 27 luglio

Don Luigi cammina sotto il sole accecante del mezzogiorno siciliano lungo la strada di terra chiara che porta al ponte, e lascia che lo sguardo corra oltre la distesa sterminata della piana di Catania ricca di agrumeti spogli. Davanti a lui una jeep infangata, con una grande ruota di scorta in bella vista e un telo verde a ricoprirne metà. Intorno due cani dal pelo rovinato che fiutano qualcosa.

Luca lo segue. È lui a vederlo per primo. Il corpo di un paracadutista britannico, in stato di decomposizione. Un foro sul petto ad aprire una grande ferita e le mosche che ronzano intorno. Il ragazzo guarda don Luigi, che alza le spalle. «Chissà perché gli inglesi hanno lasciato la jeep» mormora cauto.

«Non sembra ci sia nessuno a controllare il passaggio» considera Luca.

Lontano, intanto, si vedono esplosioni che brillano in cielo fino a formare alte lingue di fuoco.

Luigi sente un brivido correre lungo la schiena. Fiuta il pericolo nell'aria. Intanto guarda la grande costruzione di ferro. Ha la forma di parallelepipedo. La struttura colpita dal sole riflette lunghe ombre geometriche sul terreno chiaro. «Ci sono» dice mentre fa scorrere i pollici lungo le bretelle. «Da qualche parte ci sono. I soldati della Göring non avranno certo lasciato libero il passo dopo averlo difeso con il fuoco. La strada porta dritta in città».

Ha appena finito di parlare quando due militari sbucano da dietro uno dei pilastri. Indossano le uniformi chiare tedesche. L'elmetto di ferro, il caricatore sulle spalle legato con una spessa cinghia di cuoio marrone e due Mauser K98 in mano.

«*Geh weg, niemand kann die Brücke überqueren*» urla il più alto.

Sono categorici. Nessuno può attraversare il ponte.

«E quindi?» Luca scoraggiato volge lo sguardo verso don Luigi in attesa di una soluzione.

«Facciamo finta di tornare indietro. Aspettiamo che scenda il buio e passiamo da sotto. Guaderemo il fiume» risponde l'uomo e intanto comincia a camminare per tornare sui suoi passi. Si muove cauto mentre con la coda dell'occhio non smette di guardare i tedeschi. È pronto a fare da scudo con il suo corpo a Luca, se serve. Ma i due militari li osservano in silenzio andare via. Poi girano i tacchi e tornano da dove sono venuti.

Quando il buio è pesto, Luigi e Luca escono dai cespugli dove hanno trovato riparo e scivolano lungo il declivio sterrato.

Uno sciame di pietre casca giù. Luigi si ferma. Teme che il rumore possa richiamare l'attenzione di una eventuale sentinella notturna.

Ma non c'è nessuno.

«In questo periodo il fiume è quasi asciutto. Forse non dovremmo neanche nuotare».

«Non sarei in grado» ammette Luca a voce bassa.

«Non sai nuotare?»

«No».

«Ma vivi a Catania, una città di mare».

«Alla playa non serve. L'acqua arriva al ginocchio per decine di metri».

«Se hai bisogno ti aiuto io». E senza indugiare ancora: «Togli le scarpe e legale con i lacci al collo. Da questo momento non dobbiamo più parlare».

Luca ubbidisce.

I due entrano in acqua.

Le sentinelle appaiono di nuovo sul ponte.

Don Luigi porta l'indice alla bocca e fa cenno a Luca di nascondersi fra le canne.

I soldati tedeschi si fermano e guardano nella loro direzione. Il fascio di luce di una torcia si ferma sopra le loro teste. Un grosso uccello starnazza e lascia veloce le canne, planando sulle acque verdastre del fiume.

«*Nur ein Vögel*» dice uno dei due uomini.

Loro rimangono fermi, trattenendo il respiro. Solo quando i militari tornano indietro e spariscono alla loro vista, il farmacista mormora: «Ci saranno molti soldati dall'altra parte. Cammina stando ben attento a nasconderti sotto le canne. Arriviamo alla foce, la guadiamo e risaliamo dalla costa».

Luca fa il primo passo. È intimorito da tutta quell'acqua che scorre, per quanto lenta, verso il mare. Ogni tanto scivola e beve lunghe sorsate fangose.

«Attento!» gli bisbiglia il farmacista con tono di rimprovero. Intanto il suo cuore accelera i battiti. Teme per Luca.

Il ragazzo annuisce, ma quando si accorge di avere un rospo verde scuro ricoperto di melma sulla spalla sta per urlare. Don Luigi è veloce e gli mette una mano sulla bocca per impedire al suono di disperdersi nell'aria.

Un lungo respiro.

Quando si sono ripresi dallo spavento riprendono a guadare il fiume fino a raggiungere la foce. In lontananza il mare atro e le sagome di due grossi cacciatorpedinieri britannici.

«Tra due fuochi» considera don Luigi. «Per ora sembra che i siciliani siano i nemici di tutti».

Capitolo 61

Catania, 30 luglio

All'imbrunire superano finalmente le mura di Carlo V e raggiungono piazza Duomo. Poi percorrono la via Etnea fino ai Quattro Canti.

«Mai avrei immaginato di vedere la mia città ridotta così» afferma Luca mentre vaga con lo sguardo sui cumuli di macerie che hanno preso il posto di antichi palazzi.

Don Luigi gli mette una mano sulla spalla e lo trascina con sé verso l'ufficio delle poste. «Devo trovare un telefono». Anche a lui Catania sembra irriconoscibile, ma ha troppa fretta per fermarsi. La voglia di azione gli brucia in corpo.

«Un telefono?» gli fa eco Luca, sorpreso. «Per papà?»

Don Luigi inclina leggermente la testa, lasciando volutamente il ragazzo nel dubbio e sfila dalla tasca dello zaino un fascio di banconote e i numeri di telefono che ha conservato per tanti anni. Sono di centri di dissidenti con i quali è entrato in contatto quando lavorava per le brigate internazionali, prima come agente, poi come soldato militante. Spera solo che esista ancora qualcosa della vecchia rete. Ma non vuole dirlo a Luca. Non vuole che lui corra pericoli né si preoccupi per quanto ha decifrato.

Il ragazzo intanto lo osserva incuriosito e lo segue. Poi rompe il silenzio: «Come facevi a essere certo che il ponte fosse controllato? E con l'aviatore americano... Insomma, ti muovi come un vero militare. Hai mai combattuto? »

Don Luigi ride e scuote leggermente la testa. Se solo Luca immaginasse cosa non ha fatto anni prima. Ma non vuole rivelargli nulla della sua precedente vita. Così accelera il passo.

Quando arrivano davanti all'edifico all'angolo di Villa Bellini, l'usciere sta per serrare la porta. Luigi con mossa decisa infila un piede per fermarlo.

L'altro lo guarda perplesso. « Le poste sono chiuse. Rimangono attive solo per le urgenze e per le comunicazioni di carattere militare ». Il tono è irritato.

Il farmacista sa che non ha un bell'aspetto. I giorni di viaggio e il bagno nelle acque melmose del Simeto lo hanno reso simile a un vagabondo. Prontamente lascia cadere dei soldi nel palmo dell'uomo che spalanca prima gli occhi, poi la porta e lo lascia passare.

Luca rimane fuori e Luigi a passo veloce raggiunge il bancone del centralino, butta delle lire senza neanche contarle e si dirige verso il primo apparecchio che vede a parete.

Aspetta di avere la linea, poi compone un primo numero.

Il telefono squilla, ma nessuno risponde.

Un secondo tentativo.

Il numero composto sembra inesistente.

Riprova ancora una terza e una quarta volta. Pensa che ha fatto male a essere sparito per tutti quegli anni. Ad aver pensato di riuscire davvero a riprendere i panni di un normale farmacista di campagna.

Poi una voce.

Socchiude gli occhi. La speranza risorge. « Sono Catone. Ho bisogno di recapitare un messaggio ai servizi segreti alleati ». E racconta di Eureka.

L'altro cambia tono: « Ci provo ».

Dopo poco Luigi sente una seconda voce che si sovrappone a quella del suo interlocutore.

Sembra che il suo contatto non lo stia più ascoltando. Un vago timore.

«Tutto bene?» chiede.

Alla sua domanda segue solo il frastuono, e uno sparo.

Don Luigi allontana istintivamente il ricevitore dall'orecchio. Ha l'impressione di essere diventato sordo. Ma dura solo il tempo di un respiro.

Poi capisce.

Capisce che il suo unico contatto è stato bruciato.

Non ha altri numeri a cui chiamare.

La rabbia brucia nel petto.

Sta per riagganciare, quando sente una porta che sbatte e un rantolo. L'uomo dall'altro lato è ancora al telefono. Parla a fatica. Gli lascia una data e un luogo da raggiungere. Poi un lungo respiro. L'ultimo.

Forse, pensa don Luigi, non tutto è ancora perduto.

Capitolo 62

Berlino, 31 luglio

Un tuono rimbomba nella notte.

Friedrich Müller rimane in ascolto. È davvero la natura a ribellarsi, si domanda, o un'esplosione lontana?

Si alza e va alla finestra.

Solo pioggia.

Prende il bicchiere di cognac rimasto sul comodino e lo svuota in un ultimo lungo sorso, poi si siede sul letto. Il suo sguardo indugia verso la donna che dorme profondamente, avvolta nel lenzuolo color crema.

Da quando l'ha incontrata non fa che pensare alle notti con lei. E non importa che beva solo champagne, che adori le pellicce e che gli sia già costata un occhio della testa. Lui è un ufficiale delle SS e anche in tempo di guerra può permettersi lussi agli altri preclusi. E poi Helga lo diverte e nella loro intimità non conosce limiti.

Friedrich poggia i gomiti sulle ginocchia. La testa fra le mani. Pensa al cugino.

Il giorno prima mentre sistemava le carte in ufficio e leggeva un rapporto dei servizi segreti con i lunghi elenchi dei prigionieri dell'Asse raccolti da Patton sulle coste siciliane e poi deceduti, ha trovato anche il nome di Arturo Luzi.

Dopo l'iniziale stupore, un sospiro di sollievo.

Ricorda ancora bene la notte trascorsa a Roma i primi di luglio. Una serata passata a bere fiumi di vino rosso intorno al tavolo dell'osteria vicino al Colosseo. Era stato, allora, contento di rivedere Luzi, tanto più che in quei giorni si credeva ancora che tedeschi e italiani potessero combattere per una stessa causa.

L'Oberführer era andato infatti nella capitale insieme ad alti gerarchi delle SS proprio per verificare la lealtà di quel popolo indolente e incapace di disciplina, e anche per questo – sollecitato dall'agente segreto Hilde Kraus – aveva voluto parlare con il cugino, un maggiore dell'esercito italiano. Doveva capire quale fosse il vero umore delle truppe della penisola. Friedrich aveva trovato Luzi scettico, convinto che la Sicilia costituisse il vero obiettivo degli alleati. Lui si era allora irritato e aveva difeso senza esitazione l'operato della Sicherheitsdienst e il lavoro dei colleghi che avevano scoperto le carte del maggiore Martin. Poi, intravedendo la fedeltà indiscussa di Luzi al regime e alla guerra, complice il Chianti che Luzi gli versava di continuo e in abbondanza, si era vantato che i servizi segreti avessero scoperto l'operazione Eureka: Churchill, Roosevelt e Stalin si sarebbero incontrati a Teheran e i tedeschi li avrebbero fatti saltare in aria. L'Italia poteva dirsi certa di avere il migliore alleato possibile. Presto la guerra sarebbe finita.

Già poche ore dopo aveva compreso di essersi spinto troppo oltre. Come se non bastasse aveva finito la notte nel letto della bella Hilde, raggiunta dopo cena. Non ricordava granché di quell'incontro, solo che la mattina seguente aveva un gran mal di testa tanto da essere tornato nel suo albergo senza salutare la Kraus, che dormiva ancora sul divano.

Per settimane il ricordo di quella sera e del segreto infranto lo aveva tormentato e lo aveva riempito d'ansia.

Ma ora il destino ha ricomposto le carte del gioco.

Luzi non costituisce più un pericolo. La sua morte è stata provvidenziale. Non osa immaginare cosa sarebbe accaduto se gli uomini di Patton avessero fatto un interrogatorio e avessero sottoposto a tortura il maggiore. Fortunatamente così non era stato e la Kraus non si era mai più fatta viva. Evidentemente a letto l'aveva soddisfatta abbastanza.

Stira le braccia e continua a pensare.

Lo sbarco in Sicilia ha mostrato in modo definitivo quanto gli italiani siano privi del senso di onore e di amore patrio e cosa ben peggiore ha acuito la diffidenza di quel popolo di inetti verso Mussolini, che dopo la sfiducia del Gran Consiglio, all'uscita dal colloquio con il re Vittorio Emanuele III, a villa Savoia, è stato arrestato e nascosto.

Nascosto dove?

È quello che tutti i servizi segreti tedeschi si domandano da tre giorni, da quando il Führer ha dato l'ordine di scovarlo.

Il telefono suona. Helga si rigira, lasciando il corpo del tutto scoperto.

Friedrich alza la cornetta a malincuore. Una telefonata in piena notte non preannuncia mai nulla di buono.

Ascolta.

Apre la bocca.

La richiude.

Possibile che qualcuno in Sicilia sappia di Eureka?

Bestemmia.

Bestemmia e maledice il cugino.

Capitolo 63

Acate, 31 luglio

Elena accarezza piano i capelli di Nunzia. Sono morbidi e profumati.

« Mi spiace ». Non riesce a trovare altre parole per l'amica più grande. Hanno parlato tutta la notte. Ha cercato di capirla, ma nella parte più intima dei suoi valori non riesce a comprenderla. Come può piangere tanto per un uomo che l'ha usata per nascondere una trasmittente nella casa delle spezie? Che l'ha disonorata e ha messo a rischio la sua reputazione in tutto il paese, per poi sparire?

L'unico modo di amare un uomo è quello che le hanno insegnato sua madre e suo padre. O quello raccontato nei libri. E il pensiero corre a tutti i principi azzurri che ha incontrato nelle favole che ha letto. E a lei sembra che Paolo sia molto lontano da una qualsiasi idea di principe che difenda la sua bella. Per lei è solo un *peracottaro.* Ma non osa dirlo. Così ripete: « Mi dispiace tanto » e le accarezza ancora i capelli.

Nunzia sembra calmarsi. Si solleva sul letto, accovaccia le gambe e le cinge con la mani.

« Speravo tornasse. Sono una stupida ». E rigira una ciocca di capelli tra le dita. « E poi... »

« Poi? »

«Spero di non essere rimasta incinta» butta fuori tutto d'un fiato.

Elena spalanca la bocca e diventa rossa come un pomodoro. Allora Nunzia cambia subito il tiro: «Quando finisce la guerra voglio iscrivermi all'università».

«All'università? Una ragazza?» Gli occhi azzurri di Elena si colorano di meraviglia.

«Voglio diventare farmacista, con tanto di diploma appeso alla parete».

«Se ti piace tanto lavorare in farmacia andiamo subito. Ti accompagno io. L'altro giorno è stato divertente. Così ti distrai». E intanto si domanda cosa possa avere fatto Nunzia per temere di aspettare un bambino. È sempre stata curiosa di sapere fin dove si devono spingere un uomo e una donna per avere dei figli. Ha provato a chiedere alla madre, ma lei ha sempre deviato il discorso come fosse disdicevole parlarne. Lei qualcosa la immagina per averne parlato con una compagna a scuola. Ma le rimangono ancora tanti dubbi. L'unica cosa che sa per certo è che si è incinta quando non viene più il ciclo. Sta per chiedere, ma la vergogna la blocca. E così si limita a ripetere: «Se andiamo forse ti distrai».

Nunzia si asciuga gli occhi con il dorso della mano. Elena ha ragione. Uscire le farà bene e che le piaccia o meno deve garantire l'apertura del negozio almeno tre volte la settimana, per non perdere la licenza. Quando zio Luigi tornerà sarà orgoglioso di lei.

«Non credo però tua madre approverebbe» considera Nunzia. «L'altra volta era una necessità, ma oggi potrei andare con Lina».

Elena ci pensa un poco. «E noi non lo diciamo» conclude.

Nunzia scoppia a ridere: «Non so se frequentarmi ti faccia bene». Intanto si alza e apre l'armadio. Lascia scorrere la mano sugli abiti, su e giù, poi ne afferra due. Uno bianco a pois e uno blu notte e li infila in una sacca. «Andiamo vestite da *masculazzi*, ma in farmacia ci cambiamo. Che ne dici?»

Elena annuisce soddisfatta. L'idea le piace. Detesta i pantaloni.

Così dopo avere fatto colazione con pane e latte inforcano le bici.

La giornata scorre allegramente. Elena spolvera le grandi bocce di vetro colorato e confeziona con cura i saponi. Nunzia serve i clienti.

Tra questi anche il tenente Sullivan, che si ferma a comprare bastoncini di liquirizia.

«Ancora qui?» domanda Nunzia. «Avevamo capito che sarebbe partito».

«Solo i miei uomini. Io mi sono dovuto fermare per organizzare l'amministrazione militare alleata. Non è facile gestire tutti gli aspetti pubblici e giudiziari dopo il caos» e continua. «Mi avrebbe fatto piacere rivedere tuo zio. Vorrei fargli sapere che alla fine sono rimasto in zona».

Nunzia non sa cosa dire.

«Purtroppo in questi giorni non sta bene» interviene prontamente Elena. «Portiamo noi i suoi saluti e il suo messaggio». Non sa cosa l'abbia spinta a parlare. Forse il sorriso del tenente.

Sullivan la guarda divertito. La ragazza con il vestito a pois sembra molto lontana da quella che gli era sembrata solo una bambina, e piuttosto insignificante, pochi giorni prima alla casa del carrubo. Forse, considera, non si era mai fermato neanche a guardarla. È davvero carina, e i riccioli biondi che ricadono sulle spalle le conferiscono un aspetto elegante e delicato. Qualcosa in lei gli ricorda Daisy, così rimane ancora fermo al bancone indeciso se dire altro. Poi scuote la testa, ringrazia Elena, prende il berretto dell'uniforme, saluta ed esce.

Le due ragazze rimaste sole si guardano. È Nunzia a parlare. «Mia piccola amica, sei proprio cresciuta. Io non sapevo cosa rispondere».

«È la prima cosa che mi è venuta in mente».

Nunzia la stuzzica: «Secondo me gli piaci».

«Ma smettila!» Elena si innervosisce. «Ora andiamo. È tardi». Le è venuta voglia di tornare a casa e teme che la madre si preoccupi.

Veloci indossano nuovamente i calzoni da uomo e le camicie. Poi legano i capelli, li nascondono sotto il cappello ed escono dalla bottega.

Hanno già percorso tre quarti della strada acciottolata.

Pedalano veloci.

Si fermano a prendere fiato.

Davanti a loro si apre la vista della campagna.

«Il passaggio dei soldati ha distrutto i raccolti» afferma Nunzia mentre osserva i campi bruciati.

«Lo dico che sono nemici. A loro di noi non interessa nulla».

Nunzia cambia discorso: «Non muori di sete?» Punta l'indice in lontananza, verso la *gebbia* rettangolare di pietra chiara vicino a un casolare diroccato.

«Andiamo a casa».

«Lì abbiamo pure poca acqua. Qui possiamo lavarci bene, bere e rinfrescarci senza problemi. Guarda!» esclama. «C'è pure il camion del curato. Non saremo sole».

«E va be', andiamo. In fondo non è lontano». Anche Elena sente la gola ardere.

Poco dopo hanno le mani nell'acqua fresca e si spruzzano in viso ridendo, senza curarsi della ranocchia che salta nel limo della vasca.

Elena unisce i palmi a formare una coppa e schizza l'acqua fresca sul volto. Il cappello le cade nella fontana e le lunghe ciocche bionde si inzuppano.

«Meglio. C'è tanto caldo che quasi svenivo» dice. E si guarda intorno.

«Mi sa che prima di rimettermi in viaggio anche io me li bagno» afferma l'amica.

Dopo un poco il curato si avvicina e inizia a parlare fittamente con Nunzia. È molto contento della ritrovata fede di Assunta.

Elena le fa un cenno con gli occhi e un gesto con la mano. Poi mima con la bocca: 'Ne approfitto per fare pipì' e scappa dietro al casolare.

Appena gira l'angolo vede un bellissimo campo di fiori gialli di acetosella che si perdono a vista d'occhio. Istintivamente si china per raccoglierne un po' per Michele.

Non si accorge di avere qualcuno alle spalle.

Capitolo 64

Catania, 31 luglio

Hanno trascorso tutta la notte nel ventre dell'anfiteatro romano di piazza Stesicoro. Le ampie volte in *opus coementicium* offrono un sicuro riparo, le sirene non sembrano smettere.

Luca è esterrefatto nel vedere che molte famiglie catanesi hanno preso dimora stabile nella galleria sotto la cavea.

Donne che cucinano, lenzuola stese, bambini che piangono, materassi sporchi buttati a terra, topi che camminano indisturbati tra le ceste. Guarda don Luigi e immagina che se il farmacista non li avesse aiutati ora anche lui starebbe lì a patire la fame. Perché quello che colpisce più di ogni cosa Luca non è la sporcizia del luogo, sovrappopolato, non l'odore di rancido e di urina che si diffonde nel lungo corridoio, ma la magrezza di chi ci abita. Corpi ridotti allo stremo, pelli che ricoprono lo scheletro.

Davanti a lui, su una barella arrangiata alla meno peggio, un ragazzino con gli occhi chiusi e un profondo taglio lungo la guancia sinistra. Accanto, un uomo che cerca di medicarlo. Vicino, tre donne, due anziane e una giovane, con le mani strette sul petto, che guardano inermi la scena, paralizzate dal dolore. Una bambina bionda si aggrappa alla più giovane e con l'indice indica il ragazzo sulla barella, ma senza dire nulla. I suoi occhi increduli esprimono tutto l'orrore che prova.

A stupirlo anche il comportamento di don Luigi. Lo osserva

con nuovi occhi: quello che a lui era sembrato finora un ricco signore è diventato un uomo d'azione. Sfugge ai controlli tedeschi, entra in un ufficio postale chiuso al pubblico, non si impressiona a dormire su un pavimento impolverato e umido.

Quando le sirene finiscono di suonare è ormai l'alba. Finalmente possono uscire dal rifugio. Sono affamati. Hanno finito anche l'ultimo pezzo di formaggio che tenevano in tasca. E la città a differenza della campagna non regala niente da mangiare.

« Muoio anche di sete » dice il ragazzo. « Andiamo alla fontana dell'Amenano e poi a cercare papà. Da dove iniziamo? » chiede ancora una volta, come chi non sa rassegnarsi. « Dall'ospedale? Ti hanno risposto? »

Don Luigi nega con la testa. Non gli piace mentire a Luca ma non trova altro modo: « No, non hanno risposto, ci sarà una gran confusione. Dobbiamo andare di persona » e si mette in cammino.

In piazza Duomo cumuli di macerie impediscono l'accesso alla via Garibaldi e per poco il farmacista non sbatte contro una madre con due bambini che cammina spedita, incespicando tra i blocchi di pietre. Si fa da parte e la lascia passare, aiutandola a non cadere nei punti più impervi. L'altra gli sorride e appena riacquista il passo sicuro procede come rincorsa da un nemico invisibile.

Un carro armato tedesco intanto avanza da sinistra per raggiungere il centro della piazza ed emette un forte rumore di ferraglia. Le persone camminano radenti ai muri dei palazzi pericolanti e guardano con sospetto il cielo. È da lì che finora è arrivato il pericolo, pensa Luigi. Chiude gli occhi. E ricorda anche lui le esplosioni che ha vissuto. Solo che lui era al fronte. Ora la guerra entra nella casa delle persone.

Sotto la statua dell'elefante vede due donne in grembiule bianco, con una grande croce rossa cucita sul petto, che medicano il polso a un giovane soldato italiano, dall'aria sfinita. Il suo viso è sporco di terra. Il militare allunga il collo e con le dita allarga la larga striscia di cuoio che blocca l'elmetto di ferro. Le maniche della camicia sono arrotolate. Gronda di sudore.

«Da che parte?» domanda don Luigi incerto quasi tornando in sé.

«Dobbiamo risalire per via Etnea» dice Luca e indica quel che resta della maestosa strada che dal centro porta fino al vulcano.

Dopo averne percorso un lungo tratto il loro cammino si interrompe bruscamente. Una grande voragine si apre al centro della strada.

Luca si sporge, seguito a ruota da don Luigi. Non ha mai visto il ventre della terra, riflette. Quello ancora gli mancava.

Cambiano strada, percorrono diverse viuzze e raggiungono nuovamente piazza Stesicoro. Da qui veloci verso la chiesa di Sant'Agata al carcere e dopo fino a via Plebiscito, la lunga strada che un tempo era stata la circonvallazione della città.

In ospedale perdono un'intera mattinata, ma alla fine trovano quel che cercano.

Il dottore che ha curato il padre spiega che Vittorio è stato dimesso. Con lui c'era un ragazzo ad aiutarlo. Non sa se sono andati al ricovero di piazza Borgo o altrove. Poi si scusa. I malati hanno bisogno di lui. E quella mattina, dopo l'ultimo bombardamento, ce ne sono davvero tanti.

Don Luigi e Luca riprendono a camminare. Inizieranno le ricerche dal posto più probabile: la casa di via Plebiscito.

Quando arrivano davanti al portone, Luca tira un sospiro di sollievo. La palazzina è ancora lì, come l'ha lasciata. L'ultimo piano presenta una grande crepa sulla facciata ed è priva di parte del tetto, ma il palazzo è ancora in piedi.

Gli occhi gli pizzicano. Le immagini di quella mattina in cui tutto è iniziato gli scorrono davanti, riempiendolo di tristezza e amarezza. A pungerlo di più non è il ricordo dei bombardamenti o della paura provata dopo il primo crollo, ma quello dell'ingenua serenità che si respirava quella mattina a casa. Il suo pensiero corre poi veloce ai vicini, ai signori Lo Cascio, e al suo cane, Amore. Tutti morti sotto le macerie.

«Come entriamo?» chiede Luca. «Buttiamo giù la porta?»

Ma prima che don Luigi risponda il grande portone cigola e si spalanca.

Qualcuno lo ha aperto con un citofono.

Chi?

Entrano.

Luca osserva la rampa di scale. Per un attimo si rivede da piccolo, mentre la percorre gradino dopo gradino con fatica. Ha chiara la sensazione di quanto quelle scale gli apparissero allora spaziose. Ora gli sembrano terribilmente strette.

La semplice constatazione gli riempie l'animo di malinconia. Perché capisce che è lui a essere cresciuto, a vederle con altri occhi. Vorrebbe tornare bambino, vivere di illusioni, non capire cosa gli accade intorno, non vedere l'amara verità della guerra, non avere paura per il fratellino e per suo padre.

O forse gli basterebbe tornare indietro solo di qualche mese. Quando si preoccupava del voto di matematica, della gita domenicale, del regalo non ricevuto, della partita a pallone nel cortile di casa, dell'odiato professore di greco.

Al secondo piano, davanti all'appartamento, li attende un ragazzo, alto con i capelli rossi e il viso scavato.

Luca è stupito. Chi è quell'estraneo a casa sua?

«Chi sei?» domanda subito.

«Mario Papalia» dice l'altro incerto.

«Ma sei a casa mia!»

«Sei Luca, vero?»

Lui guarda il ragazzo con sospetto: «Mio padre...»

«È dentro» lo interrompe l'altro. «Lo hanno dimesso dall'ospedale. Lo volevano mandare in un rifugio a piazza Borgo, ma l'ho accompagnato fin qui. Era il mio professore» dice tutto di un fiato.

Luca lo osserva perplesso, poi entra in casa, lasciando don Luigi e Mario a parlare.

L'ingresso è buio, ma ordinato.

« Papà! Papà! » chiama più volte.

Poi lo vede. L'uomo avanza piano con un bastone in mano. Lo sposta a destra e sinistra. È terribilmente magro. I calzoni gli scivolano addosso e sono fermati da un cintura di cuoio. I baffi sono lunghi e storti.

Luca lo abbraccia. Un abbraccio lungo. Il più lungo della sua vita.

Capitolo 65

Acate, 31 luglio

L'uomo le mette una mano sulla bocca e la solleva. Lei si dimena inutilmente. I suoi piedi non toccano più il terreno.

Terrorizzata vede arrivare alle sue spalle un secondo sconosciuto, alto e bruno, con l'uniforme inglese. Il soldato, svelto, l'afferra per le gambe e senza che Elena possa più fare nulla i due la portano dentro il casolare abbandonato.

Il primo sembra più giovane. Ha il viso butterato e i denti storti, ma quello che le fa più ribrezzo è la puzza di alcol che inonda l'ambiente non appena apre la bocca.

« *A nice girl* » biascica il più anziano toccandole i capelli bagnati e intanto sbircia dalla finestra in direzione del pozzo. Con un salto va a bloccare la porta d'ingresso e chiude i battenti della finestra.

Nel casolare scende la penombra.

Elena tenta di nuovo di divincolarsi. Ma ogni suo tentativo è inutile. Il soldato con i denti storti le si mette a cavalcioni e le blocca le gambe. Poi si slaccia la cerniera e si abbassa i pantaloni. L'altro intanto le infila una pezza dentro la bocca, così che non possa urlare. La ragazza ha la sensazione di soffocare.

Cerca di rigirarsi ma non riesce.

Una mano le strappa la camicia e le sfila i pantaloni e le mutande. La stessa mano si insinua fra le gambe e le tocca il pube.

Dopo poco la lingua umida dell'uomo scivola sulla pelle del seno, ormai nudo.

Ha l'impressione che una biscia sguisci sul suo corpo, e rimane ferma, impietrita dall'orrore. Ogni volta che tenta di urlare la pezza scende un poco più in fondo, in gola, tanto da farle male.

Si volta a guardare la porta. Spera che Nunzia si accorga della sua assenza e che venga a cercarla con il curato. Ma il suo pensiero è spezzato dal soldato più giovane che le gira il viso costringendola a osservarlo, pure nella penombra, dritto negli occhi.

È allora che sente il dolore al basso ventre.

Forte, acuto, ingiusto.

L'uomo è dentro di lei.

Spinge.

Spinge più forte.

Il dolore è seguito da un respiro affannoso. Il militare poco dopo le ricade sopra, sudato e ubriaco, mentre un liquido caldo e appiccicoso le cola fra le gambe.

Un attimo di assoluto silenzio.

Seguito da una terribile presa di coscienza: l'incubo peggiore della sua vita non si è ancora concluso, perché anche il secondo soldato abbassa la cerniera dei pantaloni.

Le sembra ora che i due vogliano scambiarsi di posto.

Elena pensa alla madre. Pensa a Luca, al padre, a Michele. Prega che qualcuno l'aiuti. Perché sa che lei non può sopportare altro.

Non può il suo corpo.

Non può la sua anima.

Crede di stare per morire.

Poi accade qualcosa.

Una voce conosciuta si avvicina.

Un boato prima.

Uno sparo dopo.

Il secondo soldato non sembra più muoversi. Rimane fermo,

in piedi, mentre un fiotto di sangue esce dalla sua bocca, colpendola.

Il militare più giovane, ancora disteso su di lei, alza lo sguardo. Non capisce.

Ma è un attimo.

Una seconda esplosione assordante e anche lui cade riverso.

Elena comprende ora di chi sia la voce.

È il tenente Sullivan. In mano tiene una pistola. Scuote la testa e la guarda con rabbia.

Albert fa un passo nella sua direzione.

Lei si ritrae e piange.

Ha paura.

Ha paura che anche lui abusi del suo corpo.

Ma lui le si avvicina, la copre con la camicia strappata, le toglie la pezza dalla bocca e le accarezza piano i capelli. Senza dire nulla esce, per tornare poco dopo con Nunzia. Elena ha l'impressione che ora negli occhi del tenente scorra un lampo di tenerezza.

Capitolo 66

Berlino, 2 agosto

L'Oberführer Müller sistema la giacca della divisa verde dai bottoni dorati, raddrizza il nodo della cravatta nera, bussa e dopo poco entra nella stanza dalle pareti in legno scuro. I due uomini lo aspettano, seduti intorno a un tavolo illuminato da una grande *abat-jour*.

Richiude la porta, sbatte i tacchi e porta la mano al cappello.

Gli altri ricambiano, ma senza alzarsi, e gli fanno cenno di avanzare.

«Oberführer» dice Walter Schwaderer, «l'aspettavamo».

Friedrich sorride, cauto. Se lui e Jörg Hallermann sapessero da dove è sfuggita la notizia, sarebbe già nelle mani di qualche abile collega delle SS per una punizione esemplare. Troppe volte ha partecipato a simili episodi da carnefice per non sapere che non ne uscirebbe vivo, dopo infinite sofferenze.

Respira.

Cerca di mantenere la calma.

Nessuno saprà mai di quel che ha rivelato al cugino Luzi.

«La notizia mi lascia senza parole, com'è possibile?» gli domanda subito Schwaderer. «Cosa è successo? Come?»

«Se non sapessimo solo noi, direi che alla Sicherheitsdienst c'è una talpa» afferma sicuro Müller e guarda a lungo gli occhi celesti del generale Hallermann, che sbotta: «Una talpa?»

Müller si gira come per caso verso la porta della stanza di Ursula. Poi riprende, calmo: « O forse una falla nella nostra rete di comunicazione? »

« Impossibile! » sbotta il generale. « Ma ci dica intanto di preciso cos'è accaduto ».

« Da settimane, per ovvie ragioni, tenevamo sotto controllo i pochi e disorganizzati gruppi di resistenza della Sicilia. Ne abbiamo fatti saltare tre. Nell'ultimo nucleo siamo riusciti a inserire un infiltrato. O per meglio dire abbiamo costretto un poco di buono del posto a lavorare per noi. È stato facile ».

« Quella zona della Sicilia è ancora sotto il nostro controllo » si affretta ad aggiungere Hallermann. Il tono non nasconde l'irritazione. « Quell'isola... Non fa che creare problemi ».

Müller annuisce e continua a raccontare: « Il mio ufficio dice che un uomo ha chiamato al centro di resistenza siciliano. Era al corrente di Eureka. Sapeva che abbiamo decriptato il messaggio dell'incontro ».

« Altro? »

« Solo che l'uomo si chiama Catone ».

Walter Schwaderer fa segno a Friedrich di avvicinarsi e gli sfila dalle mani la sottile cartella di cartone nero che ha con sé.

« Non c'è molto » gli spiega Müller. « Nessuna spia che operi negli ultimi anni ha mai usato questo nome in codice. L'ultimo contatto risale a un dissidente che ha lavorato per la resistenza in Spagna, nel 1938. Dopo se ne sono perdute le tracce ».

« E riappare proprio in Sicilia? » Schwaderer è perplesso.

L'altro annuisce e respira a fondo. Cosa gli ha combinato suo cugino? Non poteva crepare prima? « Già, strano. Proprio in Sicilia. Fortuna che anche noi abbiamo le nostre talpe » si limita a dire. E di nuovo, volutamente, guarda la porta della stanza di Ursula. A lungo.

Hallermann lo osserva con attenzione e chiede: « L'uomo del gruppo di resistenza che ha ricevuto la telefonata è stato interrogato? » E strofina i polpastrelli.

« Il centralinista? Purtroppo no. Il nostro contatto stupidamente gli ha sparato. Mancava di addestramento. Fosse stato un tedesco... Anche un pivello avrebbe capito che bisognava tenerlo in vita e torchiarlo per bene ». La faccia si storce in un moto di fastidio.

« L'unica consolazione è che il centralinista non ha potuto inoltrare il messaggio agli alleati » aggiunge Schwaderer.

« Ma Catone è ancora in vita » considera il generale.

« Mi dia un commando ». Propone Müller. « Andrò sul posto ».

« Per fare cosa? »

« Trovare Catone e impedirgli di parlare ».

Capitolo 67

Catania, 4 agosto

Don Luigi sente la porta sbattere. È Samuele che rientra casa. Il ragazzo gli sventola un fodera di cuoio sotto al naso.

«Cos'è?» Sul momento non comprende, ma intuisce che deve essere qualcosa di molto importante.

«Sono andato a riprenderlo dove lo avevo nascosto. Finalmente ho riavuto la mia identità». Il ragazzo tira un sospiro di sollievo.

«Il governo provvisorio alleato ha già revocato le leggi razziali?»

«In Sicilia».

Il farmacista vede un'ombra sul viso del ragazzo, gli si avvicina e lo guarda dritto negli occhi. C'è una domanda che deve fare da qualche tempo e ora è giunto il momento di squarciare il velo: «Ma la tua famiglia dov'è?»

Un silenzio irreale. Poi Samuele racconta: «La mamma e mio fratello sono partiti in tempo. Nei prossimi giorni cercherò di mettermi in contato con loro».

«Tuo padre?»

«Io e lui dovevamo... avevamo trovato un posto su una nave per la Spagna. Da lì ci saremmo imbarcati nuovamente per raggiungere mia madre oltre oceano. Ma ci hanno scovati al porto di Catania, poco prima che la nave salpasse. Io sono riuscito a scappare. Papà no».

«Lo hanno catturato?» La voce si incrina. Aveva intuito che nel passato del ragazzo c'è una ferita che non ha ancora finito di sanguinare.

«Stavano per farlo, ma ha avuto in infarto prima che accadesse. Il suo cuore non ha retto» risponde Samuele e si accascia sulla poltrona impolverata. Poi continua. «Da allora vivo di sotterfugi».

Don Luigi annuisce comprensivo senza dire parole.

Quando si riprende un'idea si fa strada. «Ma come hai avuto i documenti falsi?»

«Amici, amici di amici. Anche qui c'è una rete di sostegno e di dissidenti. Per fortuna».

«Contatti...» considera Luigi interessato. Una luce passa negli occhi mentre un lungo brivido attraversa la schiena. Lo riconosce. Nasce sempre dalla sua voglia di superare l'ostacolo, di buttarsi nella mischia. «Parlami di questi contatti. Ora ne ho bisogno io» gli confessa.

«Bisogno?» Samuele alza il sopracciglio e serra le palpebre. Rimane qualche minuto in silenzio e dopo, come un fiume in piena che ha trovato finalmente il suo corso, inizia a raccontare le peripezie dei suoi ultimi cinque anni di vita.

Mentre parla don Luigi sente l'adrenalina che monta. «Mi devi aiutare!» sbotta alla fine.

«Aiutare? Come?»

«Devo arrivare a Randazzo. Al km 115,7 della strada provinciale, vicino al fiume Alcantara. Lì c'è un vecchio casolare. Lo devo raggiungere fra tre giorni. Di mattina».

«Un podere? A Randazzo?» Il viso di Samuele è carico di meraviglia. «Quella zona della Sicilia è ancora sotto il controllo tedesco. Perché?»

«Non me lo chiedere». Il tono è duro. Non vuole raccontare altro a Samuele. La Storia lo ha già provato e meno ne sa ora, meglio sarà un domani per lui. La reticenza è l'unico modo che ha per proteggerlo.

L'altro si morde il labbro: «Dove ci sono soldati tedeschi non vengo».

Un sospiro di sollievo. Samuele ha capito. È un ragazzo sveglio. «Non devi venire. Devi solo farmici arrivare» risponde e i pollici corrono su e giù dentro le bretelle.

Il giovane diventa pensieroso. «Potrei. Dammi mezza giornata e ti dico».

Sta quasi per uscire quando don Luigi lo ferma: «Dobbiamo trovare anche il modo di raggiungere Acate visto che i mezzi di trasporto pubblico sono ancora fuori uso».

«Penseremo anche a quello» afferma Samuele, con tono di chi è ormai abituato ad affrontare ogni genere di emergenza. Poi afferra il berretto ed esce.

Capitolo 68

Catania, 5 agosto

Il tenente Sullivan è nervoso.

La donna che è appena uscita dalla stanza dell'Amgot ha lasciato dietro di sé una lunga scia di puzza di stallatico. È l'ennesima madre vestita di nero che arriva da qualche casolare disperso in campagna in cerca di informazioni del figlio partito per la guerra e mai tornato. L'ennesima donna che piange e che parla un dialetto a lui del tutto incomprensibile.

Per cambiare aria spalanca la finestra alla sua sinistra. L'imposta cigola sui cardini male oleati e fa entrare un lungo alito di vento fresco. Due mosche si posano sulle sue grandi mani, ormai abbronzate. Intanto con la coda dell'occhio Albert scorge Amedeo Lo Iacono che passeggia su e giù in piazza. Indossa un vestito grigio e una camicia bianca. In mano un lungo bastone con il manico argentato. L'uomo di colpo si ferma e guarda l'orologio da taschino. Poi alza gli occhi verso l'ingresso del palazzo e riprende a camminare ancora con maggiore lena.

Sullivan fa un salto indietro. Non vuole essere visto da quel losco individuo. Uno strenuo difensore di Mussolini che ora è pronto a stendersi ai piedi degli alleati. Lui non se lo può certo inimicare. In paese Lo Iacono ha un largo seguito. Ma lo può certo evitare.

Anche perché sa che il veterinario aspetta proprio lui. Gli si para davanti ogni volta che può, come se lo incontrasse per caso, e sempre per la stessa ragione. Per lamentare che la farmacia sia in mano a una donna e non a un uomo valido come suo nipote.

Lui lo ascolterà ancora una volta e ancora una volta eviterà di prendere alcun provvedimento. A lui i Villalba piacciono. Sono forse gli unici siciliani con cui è riuscito a parlare davvero.

Le mosche ora volano intorno a lui, riempiendo l'aria di un monotono ronzio. Una si avvicina al suo braccio e lo pizzica. Albert la scaccia. L'insetto riprende a vagare in aria, ma non sembra volergli dare tregua. Così lui continua ad allontanarlo con la mano, mentre l'irritazione che prova da quella mattina aumenta.

Alla fine la schiaccia. Un colpo secco contro il muro bianco che si imbratta di nero e di sangue.

Soddisfatto attraversa la stanza dall'alta volta in gesso e va alla scrivania. Davanti a lui il dispaccio che lo informa che da poche ore la città di Catania è caduta in mano alleata. Lo legge con attenzione. Le truppe inglesi sono entrate da porta Uzeda e hanno raggiunto piazza Duomo alle otto di mattina. Hanno trovato una città semidistrutta dai bombardamenti aerei. Ma niente altro oltre le macerie. La popolazione infatti non ha opposto alcuna resistenza.

È felice?

Non come dovrebbe essere. In fondo Catania, insieme a Palermo, è di uno dei due centri nevralgici dell'isola.

Eppure apprende la notizia con freddo distacco. Lui che aveva così tanto creduto in quella guerra e che aveva davvero immaginato che lo sbarco in Sicilia rappresentasse un vero riscatto davanti alle umiliazioni del passato, è ora disamorato del suo originario sogno.

Perché?

Qualcosa si era incrinato dopo l'ultimo respiro di Luz. I tedeschi erano nemici. Erano 'gli altri', quelli da combattere e sconfiggere; erano gli uomini di quel fanatico di Hitler. Eppure a lui Luz era sembrato solo un brav'uomo mandato a combattere una guerra mentre avrebbe preferito vedere nascere suo figlio. Per lui Luz era e sarebbe rimasto la medaglia d'argento delle Olimpiadi di Berlino.

E certo anche le violenze che aveva visto abbattersi sui civili lo avevano indignato.

Ma a tormentarlo davvero era altro.

Era lo sguardo terrorizzato di Elena nel casolare.

Un'immagine scolpita nella sua mente come una statua nel freddo marmo.

Aveva visto le ragazze all'uscita dalla farmacia inforcare le bici e lasciare il paese, e senza chiedersi perché le aveva seguite fino alla *gebbia.* Si era fermato però sulla collina per vederle scherzare e giocare con l'acqua. Da lì aveva scorto Elena girare dietro il casolare. Solo quando si era reso conto che la ragazza non riappariva, con il binocolo aveva guardato bene la campagna circostante.

Sul prato due zaini e due elmetti.

Un triste presentimento.

Scrutando meglio, li aveva visti. Due militari avevano preso Elena e la trascinavano via.

Abbandonata la sua bicicletta era corso con tutto il fiato che aveva trovato in gola. Era arrivato comunque troppo tardi.

Ora si rivede lì: lei con il labbro che le trema, il volto rigato di lacrime, il corpo esile e bianco sporco di terra; lui con un'infinita e inspiegabile voglia di proteggerla.

Capitolo 69

Catania, 5 agosto

Luigi vaga per la casa che è stata di Agata. La immagina lì, felice, nel suo nido con i figli a svolgere le attività quotidiane. La nota di malinconia è interrotta dalla calma che deriva dalla consapevolezza. La consapevolezza di avere fatto bene ad accompagnare Luca a Catania. Per quanto il ragazzo sia sveglio, non sarebbe stato in grado di affrontare l'impresa da solo. E lui per Agata farebbe qualsiasi cosa.

Si ferma in cucina. A lungo.

Da fuori un gran trambusto.

Il rumore dei mezzi cingolati è assordante. Passano ininterrotti in fila, sventolando la bandiera blu con la croce rossa.

La porta sbatte.

Samuele finalmente è rientrato. Il ragazzo si avvicina, trafelato, il ciuffo rosso bagnato dal sudore. Poggia un sacchetto di carta sul tavolo della cucina: «Ho procurato sei uova, una bottiglia di cognac, dei fichi. In città c'è il delirio. I tedeschi hanno evacuato la zona, ma le nostre strade sono ridotte in polvere e la paura si tocca con mano. Ora che Catania è caduta nelle mani degli alleati nessuno sa cosa ci attenda davvero».

Don Luigi prende due bicchieri e versa il cognac: «E questo?» chiede divertito indicando il liquido ambrato. «Dove lo hai preso?»

«Lo tenevo nascosto da un po'. Conviene berlo. Non si sa cosa ne sarà domani di questa bottiglia. Né di noi» considera il giovane, che svuota il bicchiere in un unico sorso.

«Trovato?» domanda dopo poco don Luigi.

L'altro annuisce. «Sì. Ho parlato con la persona giusta. C'è un carico di carbone diretto a Cesarò. A causa di un'esplosione c'è stato un crollo sulla strada e per raggiungere la zona, a causa della deviazione, il mezzo passerà davanti al km 115,7 senza destare sospetti. Il camion proseguirà fino in paese dove prenderà un altro carico».

«Non di carbone immagino».

«Immagini bene. Neanche tu mi sembra lo sia» sorride Samuele che scola il secondo bicchiere. «Ma il carbone ci sarà davvero. Preparati a sporcarti».

«E dopo?»

«L'autista tornerà indietro, passando di nuovo dal km 115,7. Ti riprenderà verso l'ora di pranzo e proseguirà diretto a sud. A quel punto hai due possibilità: o salti giù dal camion a Palagonia e torni a Catania o prosegui anche tu con il nuovo carico verso sud. Fino a Caltagirone. E da lì in qualche modo raggiungi casa tua. Nella seconda ipotesi ho già trattato per il professore e Luca». Samuele fa scivolare il pollice sull'indice. «Costerà caro. Tutto questo 'carbone' su un unico camion può destare sospetti. Soprattutto se c'è un cieco con le mani senza calli».

«Pagherò fino all'ultima lira» afferma don Luigi. Per lui non è questione di soldi, ma solo di sicurezza. Lo preoccupa portare Vittorio e il ragazzo in quelle zone.

Samuele alza le spalle: «Il professore e il figlio potrebbero scendere con te al km 115,7, aspettare nella pineta vicino al fiume Alcantara e risalire sul camion al rientro. Eviterebbero l'entrata a Cesarò e il momento del cambio merce. L'alternativa è rimanere qui, con le truppe inglesi che scorrazzano per le vie, in questa casa pericolante. Non so cosa sia meglio. Pensaci su. Parlane con loro». E conclude: «L'appuntamento è domani alle otto di sera davanti alla chiesa di Sant'Agata al carcere. I tedeschi non ci sono più e gli inglesi non controllano ancora la città. Un buon momento per partire ».

« Grazie, Samuele ». Don Luigi socchiude gli occhi e fa scivolare il cognac in bocca, tutto di un fiato.

Sa che Samuele ha ragione. È quello il migliore momento per lasciare la città.

Capitolo 70

Randazzo, 7 agosto

Le istruzioni che gli ha dato Samuele sono precise.

Quando il sole è ormai basso all'orizzonte il camion si ferma davanti alla chiesa di Sant'Agata al carcere.

Luigi e Luca, vestiti da manovali, aiutano Vittorio a salire.

Il camion parte, diretto verso l'Etna. Il porto è occupato dall'armata britannica e passare da lì è follia.

Luigi guarda attraverso il finestrino. La vista della città sfregiata lo infastidisce e sebbene sia già sera e i finestrini siano spalancati il caldo torrido è asfissiante. Ma a preoccuparlo è la presenza del padre e del figlio. Ha sempre agito da solo, muovendosi veloce. Senza doversi preoccupare di nessuno se non di se stesso.

Inizia a giocare con le bretelle.

Per quanto detesti ammetterlo, è molto nervoso.

Sa che quello che sta per fare potrebbe costargli la vita. Ma tace. Non vuole che gli altri due si spaventino.

Il viaggio è lungo, ma tranquillo. Nessuna truppa li ferma. Il camionista ha scelto bene le strade da percorrere.

All'alba arrivano al km 115,7.

I tre scendono.

Alle loro spalle la pineta.

Luigi aiuta Vittorio a camminare. È incredibile, pensa, come lui in salute possa provare invidia per un cieco. Scaccia il pensiero da Agata.

«Voi rimarrete qui» dice quando hanno raggiunto un alto colle. «Io scendo fino a valle, incontro il mio contatto e poi torno indietro».

Luca lo scruta con occhi indagatori: «È per il messaggio, vero? La telefonata. Anche quella era per lo stesso motivo. Non hai mai chiamato all'ospedale».

«Ma cosa avete fatto voi due?» chiede il professore. «Non sono tempi per giocare agli eroi».

«Vittorio, lo so. Ma perseguo un sogno da anni. Ora devo» dice rivolto al professore. «Tieni Luca con te, non si deve allontanare per nessun motivo. E alle dodici raggiungete la strada. Risaliremo sul camion». Poi apre lo zaino, prende la pistola dell'aviatore americano e il messaggio di Politi. Anche se lo ha ricopiato su un foglio perché sia ben leggibile, non vuole che Luca lo tenga con sé. «Se ti fermano, tu non sai nulla. Stai solo accompagnando tuo padre in paese. Si è perso».

Il professore fa un cenno di assenso con la testa. Mette una mano sulla spalla del figlio e gli dice: «Luca *assettamuci*, che è meglio».

«Mi raccomando, se tardassi voi partite lo stesso».

E vedendo gli occhi profondi di Luca colorirsi di preoccupazione: «Arriverò per tempo. Ma la prudenza non è mai troppa». Si volta e inizia a scendere per il viottolo acciottolato e scosceso che porta alla casa in fondo alla vallata. Da fuori sembra un vecchio rudere abbandonato. Ma lui sa che abbandonato non è.

Non serve neanche che bussi. Un uomo vestito di scuro si affaccia silenzioso e gli fa cenno con la mano di seguirlo.

Dopo poco il farmacista entra nella casa quasi diroccata, felice di essere tornato in azione. Si guarda intorno. Le travi di legno sostengono ancora quello che rimane del tetto. In un punto un grande squarcio. Al centro della stanza solo un letto sfondato e un tavolo verniciato di verde chiaro.

Un secondo uomo alto e magro, con il viso scarno si avvicina. Parla con gli occhi. Vuole il messaggio da inviare.

Luigi infila la mano in tasca e tira fuori il biglietto.

«Appena mandato dobbiamo lasciare questo buco» afferma l'uomo con il viso scavato. «Le linee non sono sempre sicure. I servizi segreti tedeschi intercettano i segnali di partenza e la zona è piena di crucchi con la smania di sparare».

«Ma quando saranno qui sarà troppo tardi» interviene calmo l'altro. «Passeranno ore. Le informazioni saranno ormai arrivate. E noi saremo lontani».

I tre uomini si siedono intorno al grande apparecchio. L'uomo vestito di scuro gira la manopola di accensione. Un lungo sibilo. Poi una voce. Parla inglese.

«Sono Catone» dice Luigi e appoggia la bocca al microfono. «L'operazione Eureka è stata scoperta dai servizi segreti tedeschi. Messaggio US Navy proveniente dall'atlantico è stato decriptato. L'agente segreto Die Nacht è...» Riesce appena a dire. Non sa se la sua voce si perda nell'aria o giunga a destinazione.

Non ha il tempo di assicurarsene.

Una forte esplosione lo fa saltare oltre il letto mentre nella stanza scende una pioggia di proiettili che esplodono in mille fuochi.

Luigi si ritrova schiacciato dal corpo dell'uomo vestito di nero, ormai privo di vita.

Lo scosta e prima che gli altri ricarichino i fucili, comincia a correre.

Rimanere in quella cascina è morte sicura.

Capitolo 71

Randazzo, 7 agosto

Raggiungere Luca e Vittorio?

Farebbe certo in tempo per salire sul camion del carbone con loro.

Ma non può. Non vuole. Ha scelto lui di mettersi in contatto con i servizi segreti alleati. Gli altri non hanno colpe. E poi ha fatto una promessa ad Agata: riportarle suo figlio e suo marito. Vivi.

Così senza indugi inizia a correre dal lato opposto all'appuntamento e si inoltra nella pineta.

Non sa quanto tempo abbia corso. Intorno a lui solo il canto di qualche uccello.

«Forse ce l'ho fatta» mormora fra sé e sé.

Troppo presto.

Un proiettile gli sfiora l'orecchio.

La ferita brucia, ma lui non si arrende.

La corsa riprende.

Incespica, cade, si rialza.

Ora gli duole anche la mano destra e per lo sforzo improvviso il cuore sembra uscirgli dal petto.

Poi si acquatta. Deve recuperare fiato e vuole evitare di muovere la vegetazione e fare rumore.

Il silenzio.

Un lungo respiro.

Un coniglio scappa tra le foglie secche.

Gli spari riprendono.

E con loro la sua corsa. Ha percorso ancora molti metri, quando viene colpito alla gamba.

Vede il sangue colorare i calzoni. Il dolore è forte. Ma a preoccuparlo non è quello, quanto la consapevolezza che la sua corsa è finita e che i tedeschi avanzano verso di lui. Presto lo troveranno.

Un sobbalzo.

Accanto a lui sbuca all'improvviso Luca. Sudato. Il volto preoccupato.

«Che ci fai qui?»

«Ero sull'altura e osservavo il casolare. Ho visto i paracadutisti arrivare. Sono atterrati quasi sul tetto. Ho sentito gli spari e ho visto che correvi da questa parte. Perché?» chiede. «L'appuntamento è oltre la collina». Il ragazzo riprende fiato, mentre l'espressione del suo viso cambia. «L'hai fatto di proposito?»

«Luca, vai via. Pensa a tuo padre. Lascia che qui me ne occupi io. In qualche modo farò».

«Sei ferito. Mi prendi in giro? Da solo non puoi scappare».

Luca si abbassa e cerca di alzarlo, ma don Luigi lo scosta. Con tutta la forza che ha.

In lontananza intanto si sentono le voci dei tedeschi.

Si avvicinano.

Sono tanti.

«Luca, vai via. Ti prego. Cercano me».

Il ragazzo scuote la testa e sta per caricarlo in spalla: «Non ti lascio qui a farti ammazzare».

Don Luigi lo allontana di nuovo. «Pensa a Nunzia... Alla mamma devi dire che le voglio un mondo di bene. E soprattutto scappa più veloce che puoi».

Luca non capisce.

Non capisce cosa stia dicendo.

Perché lo stia dicendo.

Cosa c'entra ora sua madre?

È un attimo.

Il farmacista tira fuori la Colt M1911 dalla cintola, la punta alla tempia e preme il grilletto.

Il corpo crolla a terra.

La pistola cade dalla mano, mentre la calda mano della morte lo porta veloce nell'Ade.

Capitolo 72

Londra, 9 agosto

Davanti a lui, il prato disseminato di sedie e in lontananza una coppia di fidanzati che parlano sdraiati sull'erba. Lei indossa un vestito azzurro lungo fino al ginocchio e un cappello giallo pallido a proteggere il volto dal sole. Ha i capelli lunghi e ride divertita.

Una scena di vita normale, in un periodo storico che normale non è.

Churchill porta il bastone in avanti, poi si lascia cadere sulla panchina, poggia il giornale alla sua sinistra e sbottona il panciotto. Anche quella mattina le bistecche erano troppo grasse. Dovrà dire a Clementine di cambiare macellaio.

Gli uomini alle sue spalle si fermano. Tutti tranne uno che lo raggiunge.

«Andrew, siediti. Ma fai allontanare i tuoi. Non voglio ci sentano».

L'ispettore Calson si gira e fa cenno alla scorta di fermarsi. Poi rivolto a Winston. «Non li terrò troppo distanti. Hai già scampato più di trenta attentati. Non è il caso di sfidare la sorte».

«A Hyde Park? Nel cuore della mia Inghilterra?»

«Ovunque, come mostrano gli ultimi sviluppi».

Il viso rotondo di Churchill si contrae in una smorfia. «Come avranno fatto a sapere?»

« Da un messaggio della marina. Catone è stato chiaro in proposito ».

« Bisogna ammettere che i tedeschi sono terribilmente pericolosi. Fanatici, tenaci e organizzati ».

« L'attentato è stato pianificato dallo stesso Hallermann. Così sembra alle ulteriori ricerche ».

« Sono una persona importante » e ride. « Di me si occupa direttamente il capo dei servizi di sicurezza del Reich. Ma rimarranno a bocca asciutta ».

Calson riprende. « Nel messaggio ricevuto si faceva cenno anche a un agente, Die Nacht ».

« Cosa ne sappiamo? »

« Ben poco, a dire il vero ».

Churchill alza il sopracciglio: « Nella Germania nazista chi fallisce solitamente non fa una bella fine ».

« Oh, lo so. Nessuna delle spie che ha aperto la valigetta del maggiore Martin è ancora in vita. Ma questa volta forse i tedeschi non sanno che Die Nacht ha mancato il bersaglio. Il centro di comunicazione è saltato in aria proprio nel momento in cui Catone inviava il messaggio. Potrebbero pensare che l'uomo non abbia fatto in tempo ».

« Quindi li aspetteremo a Teheran e ricambieremo la cortesia? »

« Nulla lo vieta ».

« E Catone? Chi è? »

« Non lo sappiamo e forse non lo sapremo mai ».

« Uno dei tanti nomi senza volto che ci aiutano ».

Calson sospira: « Mi spiace che la conferenza debba essere annullata. So quanto ci tenevi ».

Churchill sgrana gli occhi e lo guarda a lungo, divertito. Poi le labbra sottili si muovono, piano: « Chi lo ha detto che sarà annullata? Certo che si terrà! La rimandiamo soltanto. I tempi saranno ancora più maturi per decidere il prossimo attacco ».

Andrew scuote la testa mentre l'altro continua: « Caro Calson, il fallimento non è mai definitivo. Quello che conta è il coraggio di continuare. E quello non ci manca. Cambieremo solo la data. E vedremo questa volta di non farci scoprire». Sospira, si alza e lascia scorrere lo sguardo verso il prato. La giovane coppia si è allontanata.

È arrivato il momento di tornare a casa.

Ora ha bisogno di pace.

Ha bisogno di rivedere la sua Clementine.

Capitolo 73

Caltagirone, 7-8 agosto

Vittorio raggiunge il figlio sul ciglio della strada.

Si è mosso piano, sbattendo il bastone tra gli alberi, lungo il sentiero.

Più volte è caduto.

Più volte si è rialzato.

A guidarlo, l'udito.

Sente che Luca non è lontano. Sente il suo pianto sommesso. Intuisce che si è fermato a riprendersi da un forte dispiacere. Deve essere accaduto qualcosa di grave, ma non a lui, a Luigi.

Mentre procede lento gli risuonano alle orecchie le parole di Plinio il Vecchio. Gli occhi, diceva l'antico scrittore, sono la parte più importante del corpo perché segnano con la loro luce la differenza tra la vita e la morte. Forse però Plinio sbagliava, considera il professor Floridia. Forse sottovalutava la forza dei suoni e degli odori quando anche la luce va via.

«Papà» dice il ragazzo quando lo vede, inarcando le sopracciglia. «Che ci fai qui? Dovevo venire io». La voce è carica di preoccupazione e cela una nota di sconforto.

«Ti ho solo preceduto. Non ero lontano» afferma Vittorio con molta serenità. Vuole alleviare il peso che intuisce opprimere il cuore del figlio.

Luca gli va incontro e insieme raggiungono il luogo dell'appuntamento.

Intanto il ragazzo racconta.

Ma racconta solo che Luigi Villalba è morto.

Non riesce a dire altro e il padre non lo forza. Sa che non è il momento.

Un reparto di tedeschi gli passa vicino, ma fortunatamente non li degna di uno sguardo. I militari hanno fretta.

Luca sente la rabbia salire. Prepotente. Tanto da coprire anche la paura. Dalle uniformi è quasi sicuro che sia il commando che ha inseguito don Luigi nella pineta.

«Mantieni la calma, Luca» gli dice il padre e gli stringe l'avambraccio a cui è appoggiato.

Alle dodici, puntuale, passa il carro del carbone.

Salgono su.

L'autista non fa domande.

Scende il silenzio. Poi un boato e un altro ancora.

La terra trema, la vettura sbanda.

«Maledetti» sbotta il guidatore.

Luca si guarda intorno. Ancora distruzione, ancora morte.

Vittorio non ha bisogno di chiedere cosa stia accadendo. Capisce che la Raf ha ripreso i bombardamenti a tappeto nell'ultima zona dell'isola rimasta in mano all'Asse.

Il loro percorso finisce poco prima di Regalbuto. La strada è interrotta da una grossa voragine.

Scendono.

«Girare da soli è più sicuro per tutti» sentenzia il camionista. La voce asciutta. I modi sbrigativi.

Così il gruppo si disperde dopo essersi salutato con un semplice cenno del capo.

Vittorio e Luca camminano per ore fino alla Rocca dei saraceni. Poi Luca scorge del fumo. Un contadino brucia dell'erba vicino alla sua fattoria. I due chiedono ospitalità. Dapprima la reticenza dell'uomo, poi davanti a un rotolo di banconote, un letto e un pasto. L'uomo gli procura pure una vecchia moto. Il costo è esorbitante, ma Vittorio ha con sé i soldi mai usati che teneva nel libro dello studio e con cui aveva pensato di raggiungere Acate. Con 4.300 lire ora hanno un mezzo e poca benzina.

La mattina seguente montano in sella. Luca non è affatto bravo a guidare e Vittorio è terrorizzato. Sotto il braccio stringe stretto al petto il bastone da cui non sa più distaccarsi. Tace. Non è il caso di spaventare il figlio. Nell'aria c'è già troppa tensione.

Dopo i primi chilometri la guida di Luca migliora e a buona velocità percorrono la strada provinciale che porta a sud. Lì la situazione è più calma. Sembra che la guerra abbia abbandonato quei luoghi lasciando il segno del suo passaggio nei campi bruciati e nei raccolti distrutti.

Raggiungono Grammichele in un'unica giornata.

Poi la moto si spegne.

«Dobbiamo proseguire a piedi» afferma Luca a malincuore. «Mancheranno ancora cinquanta chilometri» considera poi.

«Pensavo peggio». Lo rincuora il padre, che subito muove i primi passi inseguito dal figlio.

«Papà, non da lì. Dobbiamo andare nel senso opposto».

Vittorio sorride e senza scomporsi ruota su se stesso e accelera il passo.

Ora, dopo i primi venti chilometri, è sera.

Si fermano.

«Guarda le mie scarpe» la voce di Luca è un lamento. Intanto si pente delle parole appena pronunziate. Come può essere così stupido da dire a un cieco di guardare?

Vittorio allunga la mano. Le tocca. «Sono messe davvero male. Temo dovrai buttarle. Ma come proseguirai?»

«A piedi nudi, papà. Non vedo soluzioni».

«Vuoi le mie? Facciamo un po' per uno».

«Le tue mi stanno strette e in ogni caso tu ne hai più bisogno di me».

«Perché mai?» scherza Vittorio. «Temi che io non veda dove metto i piedi?»

Intanto raggiungono una macchia d'alberi, vicino a un ruscello.

«Fermiamoci qui» propone Luca e tira fuori dalla sacca delle noci. Le ha portate da Catania. Le spezza con le mani e le passa al padre già sgusciate.

«Mi vuoi dire cosa è successo nella pineta?» chiede finalmente Vittorio. «Chi doveva incontrare Luigi?»

«Ti ho già raccontato di Politi?»

«Certo. Il ragazzo di cui si è infatuata Nunzia». Ormai il professore conosce ogni particolare della famiglia Villalba. A Catania Luca gli ha detto tutto di loro. E anche di Michele.

Luca ora racconta il resto. «Ma in questa storia c'è qualcosa che non capisco» dice alla fine.

«Cosa?» chiede Vittorio.

«Se anche Luigi era dalla parte degli alleati, tanto da perderci la vita, perché non ha fatto inviare subito il messaggio a Politi? Lo ha buttato fuori dalla casa delle spezie, senza farlo parlare».

«Per Nunzia». Il professore sembra sicuro. «Era seccato per come era stata trattata la nipote e forse anche con se stesso per non averla protetta abbastanza. E certo non immaginava l'importanza del messaggio». Si interrompe per una manciata di secondi: «Sai, Luca, nella vita si prendono spesso decisioni, sospinti dal momento, che solo dopo si rivelano sbagliate. Nessuno sa valutare a priori le conseguenze delle singole azioni. Ma ora dimmi, cosa ti tormenta?» chiede nuovamente.

Luca si sente per la prima volta nudo davanti a suo padre. «Come fai a sapere che qualcosa mi tormenta?» domanda curioso.

«Te lo si legge in faccia».

Luca lo guarda stupito. Il padre continua a scherzare sulla sua cecità. Sembra quasi che non sia così grave come immagina lui.

Vittorio torna serio. «Si sente, Luca. Si sente dal tono della tua voce e dai tuoi silenzi. Sai cosa mi è capitato da quando sono cieco? Che ho capito di esserlo sempre stato. La luce e le immagini prima mi rapivano così tanto da farmi dimenticare le pause, i rumori, i sospiri. Siamo sempre troppo attenti a osservare l'involucro esterno. Se uno sorride, per esempio, non è detto che sia felice. Eppure tu vedi i suoi denti in bella mostra e finisci per crederlo. Ora non vedo più nulla di quello che mi circonda. Sono dentro quello che mi circonda. E quindi dimmi. Cosa ti tormenta?»

Luca sta per dire della madre, dell'ultimo saluto di don Luigi, ma cambia il tiro. «La pistola. Mi sento responsabile. Se non l'avessi rubata al cadavere del paracadutista, don Luigi non l'avrebbe avuta con sé. Non si sarebbe potuto sparare».

«Forse non saresti riuscito a salvarlo neanche così o forse se non avesse avuto quella pistola, Luigi ne avrebbe avuta semplicemente un'altra. Avrebbe chiesto a Samuele di procurargliela. Non credo sarebbe andato all'incontro disarmato» dice per rassicurare il figlio.

«Bastava anche che Politi fosse un po' più sveglio. Nel mio immaginario le spie sono furbe e audaci. Lui non mi sembra lo sia stato».

«Il tenente era solo una piccola pedina. Doveva comunicare ai servizi inglesi le informazioni sul dislocamento delle forze dell'Asse in Sicilia. Gli è piovuto addosso qualcosa più grande di lui. Ma ora dimmi, cos'è che ti tormenta davvero oltre la morte di don Luigi?» Vittorio chiede per la quarta volta. «Non è solo che non sei riuscito a salvarlo. C'è altro. Qualcosa che non devo sapere. Lo sento dal tuo respiro».

Luca guarda il padre e tace. «Nulla, papà, non c'è altro» mente.

Sulla faccia ormai scavata di Vittorio si apre un'espressione di scetticismo. «Facciamo così, quando sarai pronto me lo dirai».

'Non sarò mai pronto a dirti che il suo ultimo pensiero è stato per la mamma' comprende ora Luca. Il suo segreto lo condividerà solo con la madre. È giusto così. Lo deve a don Luigi, morto per lui e perché lei riabbracci il marito.

Il sole intanto è basso all'orizzonte.

Luca rompe altre noci. «Vado a prendere dell'acqua, prepariamoci per la notte».

Quando il cielo è pieno di stelle, il ragazzo scivola lentamente in un sonno profondo.

Vittorio non riesce invece a dormire. Il giaciglio che gli ha creato il figlio è scomodo, le formiche entrano nei vestiti a punzecchiarlo, e la fame gli fa venire i crampi allo stomaco.

Ma non è quello a renderlo nervoso.

Sono i suoi pensieri.

È la *hỳbris.*

Quella guerra è piena di *hỳbris.* La tracotanza e la voglia di prevaricare sugli altri mostrata dai tedeschi, per primo da Hitler; il senso di impunibilità e di intoccabilità di cui si era ammalato Mussolini, sedotto dal potere; la superbia di Churchill, che ha condotto l'Europa in guerra; l'orgoglio di Roosevelt, che lo ha spinto ad agognare il controllo economico delle terre oltre oceano e chissà quale altro desiderio di prepotenza si nascondeva nell'animo di Stalin.

Tutti accecati dalla *hỳbris.*

E anche lui ne era stato colpito quando era rimasto a Catania, con la stupida convinzione che le bombe non l'avrebbero ucciso. Non lui. Gli altri sì, ma non lui. Allora, solo allora era stato un cieco: non aveva capito i bisogni reali della sua famiglia. Aveva sopravvalutato se stesso e il destino. E per questo, come nella migliore tragedia greca, era stato punito. Lui e la sua famiglia.

Intanto il sole sorge.

Lo sente dal cinguettio degli uccelli.

Altri due giorni di cammino e, se Dio vorrà, lui e Luca raggiungeranno la casa del carrubo.

Capitolo 74

Berlino, 11 agosto

Respira a fondo e pensa a Julia. È bello essersi riappacificato del tutto con la sua amante. Quella sera la porterà nel migliore ristorante di Berlino e poi a casa. Nella loro casa.

Allontana il pensiero dalla donna e guarda il mappamondo.

Lo fa girare su e giù. Poi lo ferma con l'indice puntato sulla Sicilia.

Ribolle di rabbia per l'esito della campagna in Tunisia e per quanto accaduto in quella minuscola isola del Mediterraneo, ed è preoccupato soprattutto per la situazione in Russia. 'Ma la Moločna' riflette, 'sarà un sicuro baluardo. I sovietici non riusciranno a varcare il fiume'.

Il pensiero lo conforta.

In fondo non è importante vincere tutte le battaglie quanto la guerra e quella non è ancora finita. Il momento difficile passerà. Occorre solo andare avanti. E lui ha una indiscussa fiducia nel Führer e nel suo popolo. Sa che i nazisti sono imbattibili.

Passa davanti alla scrivania di Ursula. E istintivamente si ferma. Gli sembra che lei sia ancora lì, da qualche parte, intenta a sistemare carte, con la sua gonna grigia, la camicetta bianca abbottonata fino all'ultimo bottone e lo sguardo sicuro.

Si avvicina alla postazione e vede che sul tavolo c'è ancora una lettera indirizzata a lui spedita da Fräulein Hilde Kraus, l'agente dell'Abwehr a Roma.

'Ursula non gliel'ha mai potuta consegnare' riflette, 'né mai potrà. Ma come mai' si chiede 'la Abwehr è diventata così solerte con la Sicherheitsdienst?' Cosa vorrà ancora dirgli Fräulein Kraus?

Gira la busta fra le dita. E torna a pensare a Ursula. La donna ha resistito a ogni tortura possibile. Le hanno tirato via le unghie, tagliato l'orecchio, perforato un occhio, strappato un capezzolo. Nulla. Solo urla, ma mai la confessione sperata.

Perché?

C'è un momento in cui la morte è certa e pur di non soffrire, molti confessano qualunque cosa.

Perché allora lei ha resistito?

Jörg si guarda allo specchio.

Un lampo passa nei suoi occhi.

Un'ipotesi: ci teneva a fargli sapere che non era lei la talpa?

Senza le lunghe occhiate di Müller alla sua porta in effetti non avrebbe mai sospettato di Ursula.

Una lunga boccata d'aria.

Poco importa. La Schneider non avrebbe più potuto lavorare con lui, una volta che il dubbio si era insinuato. E forse la donna aveva resistito solo per orgoglio.

I polpastrelli gli prudono. Stringe la busta fra le mani spiegazzandola.

Qualcuno sale per le scale.

Jörg va alla porta. Lo vede arrivare, la pelle paonazza, il passo meno deciso del solito.

«Oberführer, ha bevuto?» non può fare a meno di chiedere Hallermann.

L'altro sbatte gli stivali neri e porta la mano al cappello. «Sono solo molto stanco, generale. Il viaggio in Sicilia mi ha provato. Il sole era cocente e il caldo era...»

«Il caldo? Una SS che mi parla del caldo?» Il tono è irritato.

«La missione non è andata male» si affretta a dire Müller. «Catone è stato trovato e ucciso».

Hallermann cambia espressione e butta fuori un sospiro di sollievo. «Appena in tempo».

«Fräulein Schneider?» chiede poi Friedrich.

«È dovuta partire» mente il generale. «La madre sta poco bene».

L'altro osserva la scrivania. Sopra, il suo orologio da polso d'oro. Morde il labbro inferiore e tace.

«Quindi possiamo stare tranquilli?» domanda Hallermann mentre si siede dietro la scrivania e fa cenno a Müller di accomodarsi di fronte.

L'altro prende posto e alza le spalle. «Consiglierei prudenza. La radio era appena stata accesa quando abbiamo fatto irruzione».

Il volto del generale si tinge di rosso. «Il messaggio è stato inviato?»

«Non sembra ci sia stato il tempo. Il rumore in ogni caso era assordante».

Un lungo silenzio.

Guarda di nuovo negli occhi l'Oberführer. Poi decide di soprassedere. Per la sua smania di vedere nemici lì dove non ci sono ha già perso Ursula.

Così si siede e lentamente apre la lettera di Fräulein Kraus.

Legge.

Deglutisce.

Lascia che sul volto compaia un sorriso. Di circostanza.

Rilegge.

La donna lo informa di avere saputo dal suo direttore di quanto successo in Sicilia. Tiene a comunicargli della parentela di Müller con il maggiore Luzi, a capo della divisione di difesa a Marina di Acate, in Sicilia. Lì dove è partita la telefonata di Catone. Lo informa anche che Müller ha parlato a lungo con il cugino i primi di luglio, una sera che era evidentemente ubriaco. Tanto ubriaco da essere piombato dopo cena a casa sua, tentando inutilmente di sedurla. Tanto da averle confidato, prima di crollare per terra, di avere detto troppo al cugino. Tanto da avere lei dovuto dormire sul divano del salotto per cedergli il suo letto. A suo parere potrebbe essere stato proprio Müller a rivelare di Eureka. Ricostruzione che può fare solo ora che è venuta a conoscenza dell'accaduto.

« Mi dica » riprende il generale dopo avere ripiegato e posato il foglio sulla scrivania. « Come ha saputo che Catone sarebbe andato proprio in quel casolare? »

« Ricorda la talpa che avevo inserito tra i dissidenti? Appena la rete si è messa in moto, sono stato avvertito ».

« Capisco ». Hallermann sembra ora distratto. Liscia il grande mento in silenzio. Dopo chiede: « Ricorda Fräulein Kraus? »

« Fräulein Kraus? » Müller raddrizza la schiena. Cosa c'entra ora la Kraus? Ma senza scomporsi annuisce: « Certo. Abbiamo già parlato di lei, mi sembra ». Guarda il generale in faccia e si chiede se abbia fatto bene a uscire dalla casa di un'agente della Abwehr prima che lei si svegliasse. Purtroppo i ricordi di quella serata romana sono avvolti nella nebbia. Un'ombra riaffiora e, immediato, il peso di un macigno sullo stomaco: ha per caso raccontato alla Kraus di Luzi?

Scruta Hallermann, che gli sembra però perfettamente sereno: « Mi dice che a Roma le cose non sono messe bene. Come se ce ne fosse bisogno. La facevo più furba » butta lì con tono amichevole. « Posso offrirle un rum o del whisky? »

Müller deglutisce e allenta il nodo alla cravatta.

« Whisky? » ripete Hallermann.

« No, grazie » risponde Friedrich cauto. Ha ancora la testa che gli gira per i bagordi della notte. Helga non si è accontentata della sua solita bottiglia. E così sono andati ben oltre fino a tarda notte.

« Lo prenderò io » afferma il generale, che si alza diretto al mobile bar in fondo alla stanza.

Müller ha l'impressione che la tensione stia rapidamente scemando. Socchiude gli occhi. Tutto volge per il meglio: Ursula ha fatto da capro espiatorio, Fräulein Kraus non ha evidentemente scritto nulla di compromettente su di lui e, se pure l'operazione in Sicilia non è andata bene come credeva, ha almeno tolto di mezzo Catone.

Appoggia fiducioso le spalle alla poltrona, senza rendersi conto che il generale è dietro di lui. L'uomo tiene in mano un coltello affilato e presto gli taglierà la gola.

Capitolo 75

Acate, 12 agosto

Nunzia sbircia dalla finestra dello studio, leggermente socchiusa, e intanto scioglie il nastro al cappello e lo sfila, lasciando che la massa di capelli ricci finisca sulle spalle.

Le è sempre piaciuto, pensa, osservare da dentro verso fuori. Guardare le persone che conosce bene quando non sono viste e possono esprimere tutte se stesse.

Sono giorni che Elena non parla e si aggira per le stanze come un fantasma. Passa ore seduta davanti al pianoforte a guardarlo senza toccarlo. Sembra rapita dai tasti rovinati. Ma ora è là fuori, sotto il grande albero, a giocare con Michele, che ride allegro.

Nunzia vede il tenente Sullivan avvicinarsi ai due. Elena alza lo sguardo. Un velato sorriso si apre sul suo volto e la mano si alza in segno di saluto.

È già qualcosa, pensa.

E chiude gli occhi. La scena vista al casolare le è rimasta cucita addosso. Non osa pensare cosa provi l'amica.

Dimenticare non è facile.

Alcuni ricordi hanno la capacità di fare tanto male da rendere il passato sempre presente.

Intanto però la vita ad Acate scorre e la farmacia deve rimanere aperta. Ne va della licenza, ora che Lo Iacono non si dà tregua e tenta di convincere gli ufficiali del governo provvisorio che una ragazza non può sostenere da sola l'attività. Che va a dire per tutta Acate che serve un uomo laureato, come suo nipote.

Fortuna che c'è Sullivan ad aiutarli. Ma per quanto? Lei nel dubbio si è messa alla ricerca di un farmacista da assumere in attesa del ritorno dello zio, la cui assenza si prolunga ormai più del dovuto.

E ha anche provveduto per non fare più la strada fino in paese da sola.

Perché non è soltanto Elena a essere cambiata. Anche lei lo è. Per la prima volta in vita sua ha paura.

Per questo percorre il sentiero che dal paese porta alla casa del carrubo con Ezio, il ragazzo del carro, che ora ha lasciato le poste e lavora con lei, come aiuto. E qualche volta, come quel pomeriggio, passa Sullivan con la sua jeep e lei ne approfitta. La macchina è più veloce e molto più comoda. Il vento caldo che le sbatte in faccia la diverte ed Elena è sempre contenta di vedere quello che identifica ormai come il suo salvatore.

Spalanca le imposte.

Michele la vede e la chiama. Lei gli fa cenno di no con la testa e va ad accendere la radio. È molto stanca e soprattutto è preoccupata per lo zio e per Luca.

Cosa sarà mai successo? Tutti quei giorni per raggiungere Catania e rientrare ad Acate?

Forse ora che anche la città etnea è stata presa dalle truppe di Montgomery viaggiare è più difficile?

Perché mai? Da poco sono anzi ripresi i collegamenti degli autobus.

Sintonizza il grande apparecchio e si siede in ascolto.

La voce metallica parla dei bombardamenti su Cesarò e su Patti da parte delle forze alleate, decise a fare crollare anche l'ultimo spicchio orientale della Sicilia. Dopo il giornalista dà notizia delle truppe della divisione Göring, dirette verso Messina. Sono asserragliate intorno a Castiglione di Sicilia. Hanno preso d'assalto il centro urbano sparando all'impazzata contro i civili. Alcuni ostaggi sono stati rinchiusi nel castello.

Nunzia poggia le spalle allo schienale della poltrona.

« Zio » mormora. « Dove sei? »

Sta quasi per addormentarsi, quando sente l'urlo di Elena che la fa sobbalzare.

Si alza veloce e corre a vedere.

In fondo al vialetto, vicino al cancello, due uomini. Avanzano piano, hanno i vestiti logori, le facce scure come il carbone. Uno è sicuramente Luca. È senza scarpe. I piedi sono pieni di piaghe. L'altro signore è terribilmente magro, ma nella miseria che lo avvolge conserva l'aria distinta. Davanti a sé muove un bastone.

Elena avanza a passi incerti, rallentata dal peso di Michele in braccio, e grida felice: « Papà! È tornato papà! »

Lei la segue fino a raggiungerla e intanto si guarda intorno.

« Lo zio dov'è? » domanda mentre si affacciano anche Agata, Assunta e Lina.

Luca alza le spalle e scuote la testa. Il labbro gli trema.

Nunzia cade in ginocchio. Vorrebbe piangere, ma non riesce. Il dolore che sente è insostenibile per racchiuderlo in una lacrima.

Capitolo 76

Cassibile, 3 settembre

Sullivan si tiene forte al telaio della jeep. Osserva la campagna assolata e polverosa e l'immensa distesa di ulivi dai rami piegati sotto il peso dei frutti.

La camicia della divisa, ormai lisa e rammendata sotto l'ascella alla meglio da Lina, gli si appicciata addosso. Ma non ci fa caso. Da troppe settimane si è abituato al caldo torrido di quella terra impazzita di luce.

Sa che prima che le olive verranno raccolte lui lascerà l'isola. Sa che in Sicilia, dopo l'estate di sangue e fuoco, la vita riprenderà lentamente a scorrere.

Eppure non è soddisfatto.

I suoi piani hanno dato certo buoni risultati, ma il conflitto nel resto del mondo non è finito. La Germania resiste ancora. Ma non è quello a turbarlo, quanto la consapevolezza che quello in cui ha creduto negli ultimi anni ha generato solo inutili sofferenze. Quando mesi prima, nella tranquillità del suo studio, pensava alla guerra non aveva fatto i conti con i respiri, con gli occhi, con i dolori e i sorrisi degli uomini in carne e ossa. Ora le sue notti sono accompagnate dall'immagine del campione olimpionico Luz Long con gli occhi al cielo e dal peso della lettera che lui stesso recapiterà a Jesse Owens. Ma soprattutto non riesce mai ad allontanare da sé il ricordo di Elena nuda nel capanno. Vede ancora l'uomo sopra di lei e il suo sguardo smarrito colmo di dolore.

Deglutisce e si guarda intorno. Quell'isola del Mediterraneo tanto colorata è stata violentata proprio come la bella ragazzina dai riccioli d'oro, e lui ne è stato in parte fautore. Involontario. Giustificato. Ma fautore. Nessuno è esente da colpe. Cosa accadrà alla famiglia Villalba ora che don Luigi è morto? Morto per la sua stessa causa, gli ha raccontato Luca.

E Nunzia? Quando Albert è andato alla casa del carrubo per salutarla, gli ha confidato che vuole iscriversi in Farmacia, e nel frattempo ha trovato un sostituto, uomo e laureato, cosicché Lo Iacono rimanga a bocca asciutta.

Sorride. Non ha mai sopportato il veterinario.

La jeep percorre intanto veloce il sentiero sterrato e Sullivan scorge finalmente la grande tenda da campo. Davanti, diversi uomini in uniforme: italiani, canadesi, inglesi e americani, divisi per gruppi. Scorge un fotografo che accompagna due civili e un ricordo riaffiora alla sua mente: il suo passato da reporter. Gli era costato fatica, ricorda, lasciarlo andare e considera che forse dovrebbe rivedere le sue scelte. Forse fare il giornalista gli piace più della guerra. E cosa importa ormai di Daisy?

Quando l'auto si ferma, con un salto scende giù e si dirige a passo veloce verso il capannello dove si trova Eisenhower, i cui occhi azzurri brillano nel volto rotondo, per quanto la bocca sottile sia contratta in un sorriso amaro.

« Lo sporco affare ancora non si è concluso » afferma Eisenhower, dopo averlo salutato.

« Come mai? Immaginavo che a quest'ora la resa incondizionata fosse già stata firmata ».

« Badoglio non ha dato ancora i pieni poteri al generale Castellano. Aspettiamo da ieri un telegramma da Roma ».

« Perché tarda a mandare la delega? »

Eisenhower alza le spalle: « Non so. Non so se ci possiamo fidare degli italiani. Walter Bedell Smith freme. Sarà lui a firmare l'armistizio per gli Stati Uniti d'America» spiega.

«Bulldog?»

Eisenhower sorride: «Piace anche a te il soprannome che gli ha dato Churchill?» e continua: «Smith è uno degli uomini più valorosi che io abbia conosciuto in questa guerra, non dubito che si farà strada».

La conversazione è interrotta da un soldato che esce correndo dalla tenda e va loro incontro. «È arrivato! Il generale Castellano ha appena ricevuto il telegramma».

«Era ora. Avvisa subito Smith». Quando ha finito di parlare, Eisenhower fa cenno a Sullivan di seguirlo.

Poco dopo i due uomini entrano nella tenda di tela verde. Al centro un tavolo realizzato con due cavalletti.

Sullivan scruta i presenti. La sua attenzione cade su un uomo bassino, leggermente stempiato, con il naso prominente. Indossa un completo scuro e in mano tiene un foglio. «Il generale Giuseppe Castellano» lo presenta Eisenhower.

Sullivan lo saluta, poi si gira verso l'altro italiano, che gli porge la mano: «Franco Montanari, ministro degli Esteri».

Walter Bedell Smith entra seguito da due militari, da un fotografo e da un civile, e dopo un rapido cenno con la testa si siede al tavolo.

Respira a fondo, scruta i fogli e appone la firma, mentre il flash della macchina fotografica esplode in mille scintille.

Castellano a quel punto stringe la mano a Eisenhower e lo informa: «Gli ambasciatori tedeschi sono ancora a Roma».

L'americano alza il sopracciglio, quasi indispettito e con voce atona risponde: «Non ci sono problemi. Procederò come pattuito. Darò notizia dell'armistizio per radio solo l'8 pomeriggio, da Radio Algeri. Avrete tutto il tempo per organizzarvi. E si fidi. Sarà un grande giorno per l'Italia».

Sullivan osserva quel pezzo di Storia. Poi esce dalla tenda e lascia che il suo sguardo si perda tra le foglie sottili e argentate degli alberi. Quando la guerra sarà davvero finita, promette ora a se stesso, tornerà nella terra degli ulivi e dei limoni. «Tornerò a trovare Elena» mormora mentre alza gli occhi verso il cielo di un azzurro intenso privo di nuvole.

Capitolo 77

Catania, 27 settembre 1943

Un passo. Un altro.

Lascia Luca alle sue spalle, fermo all'angolo di via Santa Maddalena. Gli ha spiegato che vuole rientrare a casa da sola, ritornare lì dove tutto è iniziato. Lui ha protestato, inutilmente. Agata ha fatto finta di non sentirlo e adesso procede lenta, ma decisa, avvolta nello scialle nero. Perché ormai come Assunta veste solo di nero, incurante di mettere in risalto la sua attuale magrezza e le sue occhiaie. Lei per ora odia il colore.

Mentre cammina pensa che avere un figlio forte come Luca la rincuora molto. Il ragazzo ha dimostrato un grande coraggio, ha riportato indietro il padre e avrebbe certo aiutato Luigi a scapito della sua stessa vita. Lei non dimenticherà mai il gesto di Luigi e pregherà ogni giorno per la sua anima.

Cammina e riflette ancora. Luca non tornerà con loro in città. Luigi gli ha lasciato i vigneti della casa del carrubo e lui ci vuole costruire una grande cantina.

Quando Assunta ha letto le ultime volontà del fratello, Vittorio le ha chiesto di sentirsi libera di ogni scelta, ma lei ha insistito, con la testardaggine propria dei Villalba, sostenuta da Lina. Ha detto che un uomo in campagna serve e ha anche aggiunto che è un bel modo per omaggiare il fratello. Perché solo così il suo lavoro di tanti anni non andrà disperso come polvere in una folata di vento. Per lo stesso motivo Agata sente che il posto di suo figlio sia proprio lì, ad Acate.

Lei e Vittorio prenderanno invece un'altra casa, sempre a Catania, ma vicina al mare. Samuele li aiuterà nel trasloco e Vittorio ricambierà, con suo diletto, aiutandolo negli studi. Il ragazzo vuole diventare professore di latino, proprio come suo marito. E Nunzia starà da loro per seguire le lezioni di Farmacia all'università. Non sarà facile per una ragazza – l'unica del corso – laurearsi. Ma lei è forte e testarda.

Il pensiero di Nunzia la conforta.

La ragazza è un sostegno per la sua piccola Elena, che ancora non ha ritrovato la sua pace e non sa dormire senza una luce sul comodino. Da quando il tenente Sullivan ha lasciato la Sicilia è più triste che mai. Fortuna che l'americano qualche giorno prima le ha scritto. Quando lei ha consegnato la lettera alla figlia un debole sorriso le è apparso sul volto delicato. Per un istante, ma è riapparso. Cosa Sullivan le abbia scritto nessuno lo sa.

Agata arriva davanti alla palazzina pericolante.

Spinge con forza il pesante portone di legno scuro e fa il primo passo.

La nuvola di polvere che si alza improvvisa la fa starnutire. Tira su con il naso e sale per le scale.

A ogni gradino è sempre più pallida. Sente le gambe cedere, tanto che a metà della rampa deve appoggiarsi al muro.

Il dolore per la morte di don Luigi torna a tormentarla. Ma deve scacciarlo. Lo deve per suo marito.

Fa il segno della croce e riprende a salire fino al secondo piano. Prima di aprire l'uscio ripercorre con l'indice la targhetta di ottone che porta incisi i nomi: Vittorio e Agata Floridia. Socchiude gli occhi, morde il labbro inferiore che trema ed entra.

Intorno a lei odore di muffa. Un topo le passa veloce davanti e nonostante sia preparata a tutto non può fare a meno di urlare.

Ritorna in sé e procede verso il salotto.

I libri non sono più sul pavimento dove erano caduti in quella mattina di primavera. Luca e Samuele li hanno raccolti e ne hanno fatto un'alta pila. Ma per il resto la stanza è vuota. Qualche sciacallo nell'ultimo mese deve essere entrato per rubare tutto. La sorpresa la colpisce come una doccia in una notte d'estate.

Una doccia del tutto inaspettata.

Un'ennesima doccia gelata.

È rimasto solo un tavolino, dimentico. Sopra, una bottiglia di cognac quasi vuota e un portafotografie di legno. Apre il liquore e ne annusa l'odore, mentre il suo sguardo cade sulla foto scattata poco dopo la nascita di Michele e incorniciata prima che scoppiasse la guerra. La prende con delicatezza e la sfiora. Sente che lo sconforto che ha addosso sta per schiacciarla, ma resiste e guarda l'immagine, assorta: Michele con le gambette grosse, Elena con un bel sorriso carico di ingenuità e Lucietta in mano, Vittorio con gli occhiali in bella mostra. Luca, allora più basso del padre, tiene Amore per il guinzaglio. Anche lei nella foto appare molto diversa dalla donna che è ora.

Senza pensare oltre stacca la fotografia dalla cornice. La porterà via.

Si chiede come sarebbe finita se Luigi non fosse morto. Davanti a lui e Vittorio come si sarebbe comportata? Si risponde. Sarebbe rimasta per sempre la moglie di Vittorio, gli sarebbe rimasta fedele. Ma sarebbe per sempre stata una moglie a metà, dilaniata tra ragione e sentimento. Avrebbe vissuto una vita ingannando anche se stessa.

Una fitta al cuore. È l'idea che i dolori più profondi arrivano senza essere annunciati.

Così chiude gli occhi e deglutisce. Quando li riapre guarda i brandelli delle tende, che si muovono mossi dal vento autunnale. Quelle tende, pensa, sono proprio come lei.

Scampoli di una vita che non esiste più.

Di una vita che la guerra ha spazzato via.

Note dell'autrice

Questo romanzo è un'opera di fantasia che muove tuttavia i suoi passi da eventi storici realmente accaduti.

L'idea è nata nel Natale del 2001 ed è rimasta da allora nella mia mente. Mio padre quella sera ha ricordato la storia della sua famiglia negli anni dello sbarco, parlando a lungo di mio nonno, Giuseppe Bellomo – professore di latino e greco al liceo Cutelli di Catania –, del bombardamento che ha colpito la casa in via Plebiscito dove viveva, della fuga verso la campagna, delle condizioni di vita sostenute nell'estate del 1943.

Le vicende sono state profondamente reinterpretate e molte inventate per un libro che ha come fine non quello di raccontare fatti personali, ma quello di emozionare il lettore con storie possibili.

Altri racconti mi vengono da mio suocero, Arturo Failla, che ha combattuto nella divisione Livorno ed era in prima fila all'alba del giorno dello sbarco sulle coste siciliane e da amici che mi hanno raccontato singoli episodi legati ai loro cari. Episodi ovviamente liberamente reinterpretati e in cui nessuno può essere riconosciuto.

Ne è nato un romanzo in cui la Storia dei grandi e delle Nazioni si incontra con quella di due famiglie siciliane costrette a vivere i difficili mesi dello sbarco in Sicilia. Anzi con la storia di tante famiglie, di gente comune costretta a superare quel difficile momento.

Non essendo un libro di storia, ma un'opera di fantasia, non si allega alcuna bibliografia. Un libro ha però dato un importante contributo per capire come si vivesse in un campo militare in Sicilia: Gianni Padoan, *Sicilia 10 luglio 1943*, Capitol, 1977. Ugualmente importante la visita da me fatta al Museo dello sbarco di Catania.

I personaggi storici del romanzo sono esistiti. Tra questi il campione olimpionico Luz Long e ovviamente gli statisti del tempo più volte ricordati e a tutti noti. Altri sono stati liberamente reinterpretati e inventati.

Realmente accaduti anche molti eventi da me raccontati, come il caso del maggiore William Martin della Royal Marines, della strage all'aeroporto di Biscari e di quella alla saponeria Narbone-Garilli di Canicattì.

Su questi due fili dunque, verità storica e libera fantasia, che rimane tuttavia sempre vicina al verosimile, si sviluppa tutto il romanzo.

Ringraziamenti

A chi ha creduto in me, a chi ha acceso in me la voglia di scrivere questo romanzo e a chi mi ha sostenuto durante il percorso.

Innanzi tutto a Luigi Spagnol. Per la fiducia che mi ha sempre dato e per tutto quello che mi ha insegnato. «Mostra e non narrare» mi diceva sempre, «il lettore comprende da solo, non lo sottovalutare mai».

A mio nonno paterno, purtroppo mai conosciuto, ma di cui ho sempre sentito parlare per la cultura sterminata e per la sua passione di insegnante.

A mio padre, che nel Natale 2001 mi ha raccontato la sua storia.

Ad Arturo Failla, il nonno dei miei figli, che quella guerra l'ha combattuta e che ha seminato in me il desiderio di non dimenticare chi quegli eventi li ha vissuti sulla sua pelle.

A Francesca Salvago, amica, che saputo del mio progetto mi ha raccontato tante storie di famiglia, felice che ne prendessi spunto se avessi voluto.

A Nunzio Platania che si è appassionato alla storia, spingendomi a scriverla. Erano anni che volevo raccontare le vicende di una famiglia durante lo sbarco in Sicilia. Mi mancava sempre la spinta per iniziare. Temevo di non riuscire. Ma nei pomeriggi di inverno trascorsi a guardare il mare dalla bianca costa siciliana

– quando eravamo fermati dalla pandemia – gli ho raccontato tante volte la storia che desideravo narrare che alla fine scriverla è stato un processo naturale.

Un sentito grazie va a Silvia Donzelli, il mio agente letterario, che mi sostiene con professionalità e infinta disponibilità.

A Mariagrazia Mazzitelli, a Stefano Izzo, a Riccardo Barbagallo e a quanti mi seguono con il consueto affetto alla Salani.

Barbara Bellomo

IL LIBRO DEI SETTE SIGILLI

Gerusalemme. Nell'anno del Signore la profetessa Anna consegna al mondo un libro destinato a cambiarne le sorti. Molti secoli dopo la storia di questo testo leggendario incrocia il cammino di Margherita Mori, scrittrice di successo affetta da ipermnesia, un disturbo della memoria che la porta a ricordare ogni singolo dettaglio della sua esistenza, anche il più doloroso. Margherita ha da poco pubblicato un romanzo d'avventura, in cui racconta la storia di un libro apocalittico, protetto da sette sigilli e in grado, all'apertura di ogni sigillo, di flagellare la popolazione con terribili catastrofi. Ma se l'opera è solo il frutto della sua fantasia, perché padre Costarelli sembra essere così interessato, tanto da convocarla con urgenza presso il seminario? Quando, solo due giorni dopo il loro incontro, il religioso muore in circostanze sospette, il tenente dei Ros Erika Cipriani viene incaricata delle indagini. Molte sono le domande che cercano risposta: il Libro dei sette sigilli esiste davvero? Dove può essere stato nascosto? E che ruolo hanno i gesuiti nella ricerca? Tra inseguimenti rocamboleschi, archivi che nascondono insospettabili segreti e chiese dense di mistero, Margherita viene trascinata in una vicenda più grande di lei, mettendo a rischio la sua stessa vita.

SALANI EDITORE

Barbara Bellomo

LA LADRA DI RICORDI

Cosa accomuna l'omicidio, ai giorni nostri, di una dolce, vecchia signora dalla vita irreprensibile e i grandi protagonisti dell'età repubblicana – Cesare, Lepido, Cicerone, Marco Antonio, la crudele moglie Fulvia e la piccola Clodia? È quello che dovrà scoprire un terzetto stranamente assortito, chiamato in causa per l'occasione. Isabella De Clio, giovane archeologa siciliana specializzata in arte antica, è bella, volitiva, preparatissima, ma ha un motivo particolare per temere la polizia. E il fatto che l'affascinante Mauro Caccia, l'uomo che la affianca nelle indagini, sia un commissario non l'aiuta più di tanto. Con loro c'è anche Giacomo Nardi, depresso professore di museologia e beni culturali... È l'inizio di una storia che intreccia la Roma del I secolo a.C. e l'Italia contemporanea, gli antichi intrighi politici e i mediocri baroni universitari dei nostri tempi, la violenza che si nasconde tra le mura di casa e la precarietà in cui i ragazzi di oggi, anche i migliori, sono costretti a crescere e a diventare adulti.

SALANI EDITORE

Barbara Bellomo

IL TERZO RELITTO

Isabella De Clio, giovane archeologa siciliana, durante una ricerca trova un documento inedito. È la copia di un manoscritto perduto, proveniente da El Zahra, in Tunisia, scritto nel terzo secolo avanti Cristo. Nel testo l'anonimo autore racconta una nuova versione della battaglia delle Lipari, combattuta da Cornelio Scipione nel 260 a.C., nel corso della Prima guerra punica, e descrive tre relitti affondati misteriosamente nelle acque delle Eolie per difendere un prezioso carico. Isabella, incuriosita, cerca cosa sia stato già riportato in luce e trova che due delle imbarcazioni romane sono state ritrovate, anni prima, da un noto ricercatore, esperto in immersioni, Paul Anderson, e dal suo collega Luca Tridente. Ma nulla si sa del carico delle navi. Che il manoscritto non sia affidabile? Che il tempo e il mare abbiano distrutto tutto? Mentre la giovane è intenta a ricostruire le dinamiche storiche, un'altra verità torna a galla: durante la campagna di recupero dei relitti, una sub esperta, Carla Sollini, ha perso la vita in circostanze misteriose. Ed ecco che quella che è iniziata come una ricerca da tavolino, si trasforma per lei in una vera avventura, piena di insidie e pericoli, che la metterà a contatto con uomini privi di scrupoli e la porterà nel mare delle Eolie alla ricerca del terzo relitto e dell'assassino di Carla.

SALANI EDITORE

Questo libro è stampato col sole

Azienda carbon-free

Fotocomposizione:
Nuovo Gruppo Grafico S.n.c. – Milano

Finito di stampare
nel mese di maggio 2022
per conto della Adriano Salani Editore s.u.r.l.
dalla Grafica Veneta S.p.A.
di Trebaseleghe (PD)
Printed in Italy